MADEMOISELLE

CHANEL

e O CHEIRO DO AMOR

MICHELLE MARLY

MADEMOISELLE CHANEL e O CHEIRO DO AMOR

a história do perfume
mais famoso do mundo

Tradução
CLÁUDIA ABELING

TORDSILHAS

A MULHER
QUE NÃO USA
PERFUME
NÃO TEM FUTURO

COCO CHANEL

PRÓLOGO

1897

Um, dois, três, quatro, cinco... Um, dois, três, quatro, cinco...

Nenhum som saía de sua boca, apenas os lábios se movimentavam. Em silêncio ela contava as pedrinhas do mosaico no piso. Seixos irregulares de rio, desgastados por séculos, por onde Gabrielle andava imaginando formas geométricas ou imagens místicas.

Aqui havia cinco estrelas, lá cinco flores, em algum lugar um pentágono. A disposição nunca era casual.

Ela havia aprendido que o cinco era um número simbólico para os membros da Ordem de Cister: considerado puro, perfeita personificação das coisas. As rosas, por exemplo, tinham cinco pétalas, maçãs e peras escondiam um pentagrama se partidas ao meio, na horizontal. O ser humano contava com cinco sentidos e as cinco chagas de Cristo eram lembradas em todos os ofícios. Mas as freiras não ensinaram que cinco também era o número do amor e de Vênus, a soma indivisível do masculino número três e o feminino dois. Ela descobrira esse fato tão interessante para uma menina de 14 anos num livro que lia escondida, no sótão.

A biblioteca do convento abrigava as coisas mais surpreendentes: os sermões medievais de Bernardo de Claraval, menos escandalosos, porém igualmente não adequados para os olhos de uma adolescente, nos quais o autor lembrava os significados dos aromas em orações e lavagem rituais para os monges. No instante do olhar voltado para dentro, o fundador da Ordem de Cister chegava a aconselhar seus irmãos de fé a imaginar o peito perfumado da Virgem Maria, enquanto era exaltada em cânticos. Incenso e jasmim, lavanda e rosas sobre o altar aprofundavam a contemplação, com ajuda do olfato.

Para crianças órfãs como a solitária menina que ela sempre fora, os aromas das plantas do jardim do convento equivaliam a um sonho distante, assim como se imaginar no colo farto de uma mãe amorosa. Os educandos eram esfregados regularmente numa tina com sabão barato, de modo a não se apresentarem sujos do trabalho no campo ou na cozinha, e que exalassem limpeza em vez de suor do medo e da exaustão. Não havia como pensar em aromas. Os ásperos lençóis brancos, que lavavam, cerziam e tinham de empilhar bem dobrados, na lavanderia, eram tratados com mais cuidado do que a pele dos órfãos.

Um, dois, três, quatro, cinco...

Ela passava o tempo com números, enquanto esperava numa fila junto com outras meninas para se confessar com o padre. Depois de ficarem imóveis por uma eternidade, como soldados num pátio de um quartel, começavam a entrar no confessionário. Achava que as irmãs exigiam essa postura silenciosa, que nenhuma criança suporta por muito tempo, para que elas tivessem algo a confessar em seguida. Em geral, nenhuma delas havia pecado desde o domingo anterior. Ali no alto da rocha cercada por ventos, sobre a qual o convento de Aubazine havia sido erguido no século XII, não existiam oportunidades para pecados.

Há dois anos Gabrielle estava vivendo naquele mundo isolado, no centro da França, longe o suficiente da estrada principal até Paris para que fugas não fossem arquitetadas. Mais de 700 dias se passaram desde a morte da mãe e da hora em que o pai a colocara sobre uma charrete, entregando-a às monjas de Cister. Simples assim. Como se ela fosse uma carga. Em seguida, ele sumiu para sempre e o inferno se abriu na alma frágil da menina. Ela começou a ansiar pela hora em que tivesse idade suficiente para deixar o convento e poder iniciar uma vida independente. Talvez a agulha de costura fosse a chave para isso. Quem soubesse costurar e tivesse obstinação suficiente poderia chegar a Paris e se empregar numa *maison* importante. Ela ouvira falar a respeito, mas no fundo não sabia o que isso realmente significava.

De todo modo, parecia promissor. *Maison* era uma palavra que lhe despertava uma lembrança de belos tecidos, como sedas farfalhantes, *voiles* perfumados, rendas finíssimas. Não que sua mãe tivesse sido uma dama. Fora lavadeira e o pai, mascate. Nunca vendera artigos *assim* tão finos, porém ela relacionava todo pensamento de coisas belas à *maman*. A saudade era tanta que às vezes ela ficava tonta, de tanto desejo por acolhimento, aquele que sempre recebeu da mãe.

Mas Gabrielle estava entregue à própria sorte, passava por dificuldades e treinamentos, castigos e, por vezes, recebia a absolvição divina. O que mais queria, entretanto, era um pouco de afeição. Será que se tratava de pecado a ser confessado? Será que esse segredo acabaria por pesar demais, impedindo a paz de sua alma? Talvez, ela refletiu em silêncio. Talvez não. Ela não iria revelar ao seu confessor que a única coisa que desejava da vida era amor. Não naquele dia. E provavelmente em nenhum outro.

Contou mentalmente as pedrinhas de mosaico do piso no seu caminho à catedral de Aubazine: *um, dois, três, quatro, cinco...*

PRIMEIRA PARTE

1919-1920

CAPÍTULO 1

Os faróis amarelos cortavam a neblina que subia do rio Sena, envolvendo freixos, amieiros e faias como um pano branco. Como uma mortalha, pensou Étienne Balsan.

A imagem de um morto no caixão formou-se em sua mente: membros esmagados, pele queimada, coberto pelo linho. Aos pés havia um ramo de buxo; sobre o peito, um crucifixo. Uma bacia com água benta ao lado da cabeça dissimulava o cheiro da morte. A luz de velas lançava sombras bruxuleantes sobre o cadáver, arrumado pelas freiras para sua aparência causar a menor comoção possível.

Étienne tentou imaginar como estaria desfigurado o bonito rosto do amigo. Ele o conhecia quase tão bem quanto o seu.

É provável que não tivesse sobrado muito dos traços harmoniosos, dos lábios cheios, elegantes, e do nariz reto. Quando um automóvel rola por uma ladeira abaixo, se choca contra a parede de pedra e pega fogo, não são muitos os ossos que permanecem no lugar. Alguma habilidade era necessária para recompor minimamente a aparência do acidentado fatal.

Ele sentiu um fio úmido escorrendo pelas suas bochechas. Estava chovendo dentro do carro? Ele quis ligar o limpador do para-brisa, procurando com tanta aflição pelo comando que o carro saiu lateralmente da pista. Ao pisar no freio, em pânico, a lama espirrou contra a janela lateral. Não estava chovendo. Por fim, a borracha rangeu sobre o vidro. Lágrimas escorriam de seus olhos, uma onda de cansaço e tristeza o oprimia, ameaçando explodir sua cabeça. Mas se ele não quisesse ter um fim semelhante ao do amigo, era preciso se concentrar na estrada.

O carro estava parado, atravessado na pista. Étienne se esforçou para acalmar o ritmo da respiração, desligou o limpador, agarrou o volante com ambas as mãos. O motor gemeu quando ele pisou no acelerador, as rodas giraram. Depois de um tranco, o carro retomou sua trajetória. Ele sentiu a pulsação se normalizar. Felizmente não havia tráfego no sentido oposto, tão tarde assim depois da meia-noite.

Ele se obrigou a olhar fixamente para a estrada. Tomara que nenhum animal noturno resolvesse cruzar seu caminho. Ele não estava com vontade de atropelar uma raposa; se fosse o caso, uma caçada a cavalo era mais seu estilo. Seu amigo sentia igual, o amor aos cavalos foi o que unira os dois. Arthur Capel, o eterno jovem, que nunca conseguiu abandonar o apelido infantil, "Boy", era um fantástico jogador de hóquei – melhor, tinha sido. Boy fora um *bon-vivant*, tão intelectual quanto charmoso, cem por cento *gentleman*, um diplomata britânico, promovido na guerra a capitão. Por fim, alguém que todos gostavam de ter por perto. Étienne podia se considerar um sujeito de sorte por ser um dos seus mais velhos e melhores amigos. Tinha sido...

Outra lágrima escorreu sobre a face bronzeada de Étienne. Mas ele não tirou a mão do volante para secá-la. Ele não podia se distrair com pensamentos se quisesse chegar são e salvo em Saint-Cucufa. Essa viagem era o último serviço que podia prestar ao morto. Ele tinha de transmitir a terrível notícia a Coco, antes de ela ser informada no dia seguinte, pelos jornais ou pela ligação de uma fofoqueira. Realmente não era tarefa agradável, mas ele a cumpria com o coração.

Coco era o grande amor de Boy – tinha sido. Sem dúvida. Para todo mundo, principalmente para Étienne. Afinal, ele apresentara os dois. Naquele verão, em sua propriedade. Boy havia chegado a Royallieu por causa dos cavalos – e fora embora com Coco. Embora ela fosse namorada de Étienne. A bem da verdade, na época ela não era nem isso. Era uma garota que se apresentava em Moulins, cidade com uma guarnição militar, entoando canções de sentido dúbio no cabaré barato do lugar, e que de dia cerzia as calças dos oficiais com os quais se divertia à noite. Delicada, de aspecto pueril, lindíssima, cheia de vida, frágil e, apesar disso, incrivelmente corajosa e cheia de energia. O perfeito oposto da *grande dame* que tantas jovens da Belle Époque ambicionavam ser.

Étienne tinha se divertido com ela e lhe dado guarida quando ela apareceu de repente, diante de sua porta, mas não mudou em nada a própria vida por causa disso. No início, ele nem a queria por perto, mas ela era teimosa e simplesmente foi ficando. Um ano, dois anos... Ele não conseguia se lembrar mais por quanto tempo ela viveu ao seu lado sem que a percebesse como companheira. Na verdade, foi Boy quem primeiro lhe abriu os olhos para a beleza interior de Coco e sua força. Mas daí já era tarde demais. Daí ele já lhe tinha roubado a concubina que nem era sua amante fixa, como se costumava fazer em seu círculo antes da Grande Guerra. Mas ele se tornou amigo dela. E continuaria assim, mesmo depois do último suspiro de Boy. Era uma promessa.

Ela tinha que parar de se enlouquecer.

Há horas Gabrielle rolava na cama. Volta e meia caía num sono profundo, do qual logo despertava, assustada, confusa e presa num sonho do qual não conseguia se recordar. Daí tateava o outro lado da cama a fim de sentir o corpo tão familiar, que tanto a amparava. Mas o travesseiro estava vazio, o lençol intocado – e Gabrielle absolutamente desperta de novo.

Claro. Boy não estava. Ontem – ou teria sido anteontem? – ele tomara o caminho de Cannes, a fim de alugar uma casa na qual passariam juntos os feriados. Um tipo de presente de Natal. Ela amava a Riviera e achava muito importante que ele passasse o Natal em sua companhia e não com a mulher e a filhinha. Ele tinha até falado em pedir a separação. Assim que ele encontrasse a casa adequada, ela iria ao seu encontro. Entretanto, não houvera um telefonema nem um breve telegrama para avisá-la de que ele chegara bem no sul da França.

Será que os planos tinham mudado?

Desde seu casamento, há quase um ano e meio, Gabrielle volta e meia era acometida por dúvidas. No começo ficou chocada porque ele escolhera como esposa uma mulher que personificava o seu oposto: uma loira alta, tão pálida quanto *blasé*, rica, pertencente à alta nobreza britânica, e que proporcionava a Boy a ascensão social na sociedade da Inglaterra. Entretanto, ele já conseguira muita coisa sem um relacionamento desses. Como filho de um negociante plebeu de navios de Brighton, havia se tornado conselheiro do presidente francês Clemenceau e membro da Conferência de Paz de Versalhes. Isso posto, para que ele precisava de uma cara-metade nobre?

Acima de tudo: havia dez anos que ele e Gabrielle viviam juntos. Ela dava como certo que um dia se casariam. Será que ela não seria um bom partido? Bem, havia sua origem simples que ela ocultava com um pano escuro, sem qualquer transparência. Mas ela conquistara alguma fama. Coco Chanel era uma estilista de sucesso e até uma mulher rica.

Começou como chapeleira, financiada pelo velho amigo Étienne Balsan. Suas criações tão simples quanto elegantes logo chamaram a atenção das parisienses. Nada de penas ou outros adereços – o que caiu no gosto das senhoras após um longo tempo de enfeites exagerados. As blusas no estilo marinheiro, soltinhas, que ela desenhou em Deauville fizeram sucesso. Gabrielle baniu o espartilho e costurou calças para as mulheres. Depois vieram os anos de fome da Grande Guerra e – totalmente pragmática – ela tentou criar vestidos simples e trajes de noite funcionais, de jérsei de seda barato, com os quais as mulheres, elegantes e confortáveis, podiam se esconder nos porões dos ataques alemães. As nobres damas quase que arrancavam as peças das mãos dela. Quase todas, sim, toda a alta nobreza ia até Gabrielle para ser vestida por Coco Chanel.

Por que Boy precisava da certidão de casamento com a representante dessa gente? Gabrielle tinha subido na vida e feito um nome. Como ele podia sacrificar o grande amor dela por uma carreira cujo auge ele já tinha alcançado? Gabrielle não compreendia, nunca iria compreender. E o sofrimento corroía seus ossos como a tísica.

Mas daí ele tinha voltado para ela. O elo que unia Boy e Gabrielle era mais forte do que os anéis dourados que ele trocara com Diana Wyndham, filha de lorde Ribblesdale. Claro que hesitara, mas depois Gabrielle caiu em seus braços. Melhor aceitar o novo papel como concubina do que abrir mão totalmente dele, esse era seu lema. O que havia de mal nesse arranjo? Nada. Ou... Tudo ia bem, mas as dúvidas continuavam a rondá-la secretamente, como as traças.

Boy vivia praticamente separado da mulher, estava a maior parte do tempo em Paris. Mas de tempos em tempos, claro, era preciso aparecer do lado da esposa. Gabrielle o deixava partir porque tinha conquistado a segurança de que ele voltaria. O amor deles era maior do que tudo. Apesar de todas as tormentas, esse amor tinha completado dez anos e não se extinguiria. Se algo estava destinado à eternidade, então era o relacionamento deles. Gabrielle estava convencida. Mesmo assim, às vezes os pensamentos mais sombrios emergiam e a faziam cair do céu feito Lúcifer. Como nessa noite.

Ele se virou de lado, afastou o lençol com os pés, tremeu de frio e voltou a puxar o cobertor até a altura do queixo.

Por que Boy não tinha falado com ela desde que partira? A magia do Natal o fazia lembrar-se da filhinha de nove meses? Será que estava tão encantado pela família que reprimia a lembrança da amante, deixada no palacete onde ela morava nos arredores de Paris? Será que seu destino não era o sul da França, a fim de procurar uma casa para Gabrielle e para si? Mas e Cannes e a reconciliação com a esposa? Ele havia falado de separação antes da viagem. Gabrielle entrou em pânico. Conciliar o sono passou a ser realmente impossível.

Mas ela não se levantou, nem acendeu a luminária da mesinha de cabeceira, não escolheu uma leitura leve que pudesse distraí-la. Ela se entregou aos demônios, cansada demais para fazer qualquer outra coisa. Em algum momento, a exaustão puxou-a novamente para a profunda escuridão de um pesadelo inquieto...

Um estalo acordou Gabrielle. Era o inconfundível ruído de borracha sobre pedregulhos. Pneus de um carro que tinha sido freado. No silêncio da noite, os sons atravessavam muito nítidos a janela fechada do quarto de Gabrielle. Em seguida, os cachorros começaram a latir.

Ainda meio sonada, ela pensou: Boy!

Intimamente radiante, imaginou que ele estava voltando para buscá-la. Ele não queria que ela viesse apenas depois. O corpo dela tremia de felicidade. Só Boy podia ser tão maluco. Ela o amava tanto. Tanto fazia passar o Natal no sul da França ou nesse palacete afastado em Saint-Cucufa. *La Milanaise*, seu nome, onde o verão rescendia a lilases e rosas, era um pouco desoladora no inverno do norte da França. Por isso eles se decidiram por uma estadia na Côte d'Azur. Mais desolador ainda era o lugar onde eles não estavam juntos. Por que Gabrielle não compreendera isso antes?

Nesse instante, bateram à porta. "Mademoiselle Chanel?" Era a voz de Joseph Leclerc, seu mordomo. Não o esperado sussurrar de seu amante.

De súbito ela estava absolutamente desperta.

Étienne Balsan conhecia Boy Capel quase tão bem como a si mesmo, e Coco também lhe era familiar como fora ao amigo. Quando Coco entrou na sala na qual Étienne fora instado por Joseph a aguardá-la, a primeira coisa que pensou foi em quão pouco ela mudara desde o primeiro encontro, há treze anos. Aos 36 anos, ela ainda parecia uma jovem. Quase uma menina, pequena e frágil, seios pequenos e quadris estreitos, o cabelo preto cortado curto todo desgrenhado, como depois de um abraço apaixonado. Se ele não se lembrasse do calor do pequeno corpo metido no pijama branco de seda, a teria achado um ser andrógino, sem qualquer apelo erótico.

Um segundo depois, ele se assustou. Olhara seus olhos – e vira a morte.

Ela sempre conseguia manter os sentimentos bem escondidos atrás de uma fachada de indiferença, mas os olhos escuros descortinaram uma visão da alma profunda dessa mulher. Naquele instante, exprimiam agonia desesperada e atônita. Mas nenhuma lágrima brilhava.

E ela fazia silêncio. De túnica branca, postava-se muda diante dele, mantendo a postura feito Maria Antonieta diante da guilhotina. Era terrível. Se ela tivesse soluçado, Étienne saberia o que fazer. Poderia tê-la abraçado. Mas seu sofrimento silencioso, os olhos secos, eram de partir o coração.

"Sinto muito incomodá-la no meio da noite", ele começou. Pigarreando baixinho o tempo todo, continuou gaguejando: "Achei que devia isso ao Boy, avisá-la... Lorde Rosslyn telefonou de Cannes..." Ele inspirou fundo. Sentia imensa dificuldade em anunciar a notícia triste para Coco. "Boy sofreu um acidente terrível. O carro saiu da estrada. Boy estava ao volante, seu mecânico no assento do passageiro. Mansfield ficou seriamente ferido... Para Boy, o resgate chegou tarde demais."

Estava dito. Mas ela ficou sem reação.

Com algum atraso, Étienne se deu conta de que o mordomo já havia transmitido as novas. Certamente Joseph precisou ter explicado porque permitira a entrada de um estranho no meio da noite, tirando *mademoiselle* da cama. Por que ela não falava nada?

Para quebrar o silêncio, Étienne continuou: "A polícia deve estar investigando ainda... Até agora não se sabe exatamente o que se passou. De toda forma, Paris ainda não está sabendo. O que temos: o acidente aconteceu em algum ponto da Riviera. O freio do automóvel, ao que parece, falhou..."

"*Mademoiselle* entendeu, *monsieur*", Joseph cortou-lhe a palavra.

Étienne assentiu com a cabeça, constrangido. Nunca antes tinha se sentido tão desconfortável. Ele via a mulher soluçar sem verter uma lágrima sequer. Cada centímetro de seu corpo irradiava assombro e desespero.

Ele podia ver, literalmente, como a tristeza ia se apossando dela mais e mais intensamente. Porém, ela ainda não chorava.

Sem dizer palavra, ela se virou e saiu da sala. A porta se fechou às suas costas.

Desconcertado, Étienne ficou onde estava.

"Posso lhe oferecer algo, *monsieur*?", perguntou Joseph. "Talvez um café?"

"Conhaque. Duplo, por favor."

Ele tinha acabado de ser generosamente servido, fechado os dedos ao redor do copo bojudo para se aquecer e à bebida, quando a porta da sala foi aberta de novo.

Coco estava de volta. Dessa vez, usava um vestido até a altura do tornozelo, o sobretudo pousava no braço, a mão segurava uma bolsa com o estritamente necessário. Ela apertava tanto a alça que os ossinhos da mão ressaltavam, brancos. Entretanto, esse era o único sinal visível de tensão. Sua face se mantinha, como antes, uma máscara. Os olhos estavam vazios.

"Podemos ir", ela explicou com voz firme.

Espantando, Étienne balançou a cabeça.

Ela devolveu o olhar, mas não disse nada.

Num ato de total desamparo, ele fez um sinal de sim. Como se soubesse para onde. Mas ele não tinha a menor ideia do que ela queria fazer no meio da noite. Deu um grande gole no conhaque, torcendo para que o álcool o tranquilizasse. Em vão. Percebeu que a mão que segurava o copo tremia.

"Você está se referindo a mim?" Ele hesitou, irritado, inseguro, sem saber se ela não preferia sair com o motorista, seja lá para onde.

"Vamos para a Riviera." Novamente essa firmeza em sua voz, que não combinava em nada com sua aparência fantasmagórica. "Quero vê-lo. E quero sair imediatamente, Étienne."

"O quê?" Ele ofegou, entornando mais um tanto de conhaque na garganta. "É perigoso lá fora. A estrada está escura e tem neblina e...".

"Não demora muito para começar a clarear. Não devemos perder tempo. O caminho é longo até a Côte d'Azur." Ela se virou para partir.

Ele trocou um olhar de desespero com Joseph. Por que ela não pediu para seu motorista tomar as providências necessárias para uma partida de manhãzinha? Suas obrigações de amigo incluíam apoiar a loucura de Coco? Ela não está louca, Étienne constatou, triste.

Sem nenhum comentário, ele a seguiu noite adentro.

CAPÍTULO 2

A festiva atmosfera do Natal que Gabrielle encontrou em Cannes lhe pareceu dolorosamente estridente e barulhenta. Músicas natalinas com letras em inglês e animadas canções de jazz escapavam dos cafés, enquanto restaurantes espalhavam seu som pelo calçadão. Um agrado aos inúmeros turistas das ilhas britânicas e dos Estados Unidos. Para que os estrangeiros se sentissem em casa na Riviera, ao lado dos sinos – costumeiros na França –, também penduraram estrelas de papel nas palmeiras.

Estava fresco, quase sem vento, e o céu estrelado estendia-se sobre a baía, cintilante como tule azul-marinho bordado com paetês transparentes. Croisette, o famoso bulevar, era sinônimo de elegância. Automóveis caros desembarcavam gente fina trajando roupas de noite caras, diante dos hotéis de luxo. Era véspera de Natal: rolhas de champanhe espocavam por todos os lados, mesas postas com porcelana fina, cristal e prata, estavam decoradas com galhos de azevinho e visco, ostras eram abertas e bolos esperavam em câmaras refrigeradas para serem servidos na sobremesa.

Gabrielle sentiu enjoo ao pensar numa ceia festiva. Ela estava em trânsito há quase vinte horas, mas quase nada havia mudado em sua perplexidade, dor, desespero e petrificação interior.

Quando Joseph batera à sua porta, ela sentiu medo. Boy não teria acordado o mordomo, ele usaria a própria chave e, claro, teria chegado ao quarto sem ajuda de terceiros. Alguma coisa que perturbava a ordem tinha acontecido. Lá no fundo de sua mente a suspeita de uma tragédia era despertada, mas ela a descartou. Boy possuía a aura de um herói, nada poderia acontecer a um homem como ele. Mas então o bom e fiel Joseph desferiu o golpe. Com cuidado, atenção, empatia. Claro. Em nenhum momento seu mordomo perdeu a calma, embora ele certamente também estivesse devastado com a notícia trazida por *monsieur* Balsan. De súbito, tudo havia mudado. Gabrielle sentiu quase fisicamente a sua vida se partindo em pedaços.

Em seguida, veio a esperança de que se tratava de um engano. Ela se agarrou a esse pensamento durante alguns minutos grotescos. Mas rapidamente se deu conta de que Étienne não teria vindo no meio da noite de Royallieu até Saint-Cucufa para fazer uma brincadeira. E Joseph não entraria no seu quarto naquela hora movido por uma bagatela. Não, Boy não estava mais entre eles. De repente nada era mais importante do que seu desejo de vê-lo. Talvez ela precisasse ter uma prova de que ele realmente tivesse morrido. Provavelmente ela queria se convencer de que ele não tinha sofrido. Ela queria velá-lo. Ele era seu homem mesmo sem ser seu marido, e ainda assim a parte mais importante de sua vida. Não, não era uma parte – ele era a sua vida *inteira*.

Sem Boy, coisa alguma fazia sentido.

Ela não comeu nada e enquanto Étienne parou no meio do caminho numa pousada, ela protestou para tomar o café que ele lhe trouxera; mais não queria. Ela nem desceu do carro. Ficou sentada no banco de couro como que congelada. E estava tão silencioso quanto em casa, na *La Milanaise*. O amigo não merecia o silêncio, ela sabia. Mas Gabrielle tinha a sensação de não conseguir falar mais do que o essencial – como se Boy também tivesse levado sua fala. Para longe. Para sempre.

Étienne não conduziu seu carro pela subida sinuosa até a entrada principal do Hotel Carlton, mas parou embaixo. O motor morreu. Por um instante, o silêncio reinou no carro, do lado de fora ruídos de festa eram abafados pelos vidros erguidos. Étienne inspirou profundamente antes de se virar para ela. "Espero que encontremos Bertha. Tenho a informação de que ela se hospeda aqui. A irmã dele será quem melhor vai saber o que aconteceu com Boy e onde o corpo está sendo velado."

"Sim", ela disse apenas. Gabrielle ergueu o colarinho de seu sobretudo e escondeu o rosto pálido nele.

Num gesto quase paternal, Étienne tocou seu braço. "Você precisa dormir um pouco, com certeza. Certamente haverá dois quartos livres e..."

Dormir? Que ideia idiota. Como se ela tivesse de aceitar que sua vida prosseguia. Como ela conseguiria dormir sem ao menos ter visto Boy mais uma vez?

"Não." Ela balançou a cabeça com veemência. "Não. Por favor. Descanse você. Você merece uma cama de hotel. Ficarei esperando no carro."

Silêncio.

Gabrielle notou que o amigo estava profundamente desconfortável. Seus maxilares se movimentavam como se ele cerrasse os dentes para esmagar a raiva que possivelmente sentia dela. Claro que ele estava cansado depois da longa viagem. Uma segunda noite sem dormir cobrava seu preço inclusive em homens cheios de vida como Étienne Balsan. Mas ela não o liberou de sua tortura.

"Volto logo", ele prometeu afinal. Hesitou brevemente mais uma vez e acabou descendo do carro.

Ele venceu a subida com passadas ágeis. Era um homem incomumente alto para um francês, inclusive superando Boy em meia cabeça. No começo, foi a estatura de Étienne o que mais impressionou Gabrielle. Era compatível com a dos briosos oficiais da cavalaria, com os jogadores de polo e com os criadores de cavalos. Um homem de postura impecável. Um amigo melhor do que ela jamais imaginara.

Enquanto observava Étienne, Gabrielle começou automaticamente a procurar pela carteira de cigarros dentro da bolsa. Tratava-se quase de um reflexo. Ela fumava o tempo todo, já estava envolvida com os cigarros quando fumar ainda não era considerado *comme il faut* para uma dama. A nicotina tinha um efeito calmante para ela. Ter na mão o tabaco enrolado no papel fino, em brasa, ou a piteira, lhe dava uma segurança muito especial. No começo, ela se divertia em fazer algo que não era convencional e que chocava os paladinos dos bons costumes. Nesse meio-tempo, os cigarros se tornaram sua companhia natural. E ninguém mais se escandalizava com mulheres usando calças de montaria ou fumando. Coco Chanel havia trazido novos ventos à moda.

O isqueiro de bolso também foi encontrado rapidamente. Ela tocou o mecanismo de ignição e uma chama azul de gás surgiu na escuridão do carro.

Em sua mente, uma faísca se acendeu. Uma pequena luz amarela na noitinha verde-azulada de uma noite de verão no interior. Estava quase escuro no terraço, mas à luz do isqueiro, Gabrielle conseguiu ver nitidamente a mão pequena, bem-cuidada, de unhas polidas...

"Uma mulher como você nunca deveria ter de acender o próprio cigarro", afirmou uma voz masculina áspera com um ligeiro sotaque, como se a pessoa tivesse engolido uma rolha.

Ela não prestou atenção no conselho e inalou, sem fazer maiores comentários, a primeira tragada. Com o olhar voltado para os dedos do estranho que agora sacudiam o fósforo, concluiu: "Você tem mãos de músico". A cada palavra ela soltava minúsculos círculos brancos de fumaça.

"Toco um pouco de piano." Embora ela não estivesse vendo, sabia que ele sorria. "Mas sou melhor no polo."

"É por isso que você está por aqui?" Ela fez um movimento amplo com a mão que abarcava todo o castelo de Royallieu, os estábulos com os puros-sangues de Étienne e o campo de jogo ao lado do parque.

Ele balançou a cabeça. "Creio que o destino me trouxe até aqui para encontrá-la, mademoiselle Chanel."

"Verdade?" Ela riu dele de uma maneira nada galante. Também não tinha a intenção de flertar com o desconhecido. "Já que você conhece o meu nome, eu deveria saber com quem estou falando."

"Arthur Capel. Meus amigos me chamam de Boy".

"Coco?"

Ela estremeceu.

Demorou um pouco até que a mente de Gabrielle voltasse à realidade. A lembrança daquela noite de verão em Royallieu a assombrara. Sentiu claramente a presença de Boy, cada segundo de seu primeiro encontro. Ele tinha estado junto dela. Dolorosamente se deu conta de que estava no carro de Étienne e não no terraço de Étienne – e não no começo da vida com Boy, mas no final.

Em silêncio, ela desceu o vidro e jogou a bituca na rua.

"Falei com Bertha", disse Étienne. "Ela está inconsolável..." Ele se interrompeu, fez uma pausa, antes de acrescentar: "Claro que está".

Um ventinho morno entrou, dava para ouvir o marulho das ondas. Nos arredores, uma animada voz de barítono desafinava *Jingle bells*:

Dashing through the snow

in a one-horse sleigh...

Gabrielle voltou a subir o vidro.

"Onde posso vê-lo?", ela perguntou baixinho.

Étienne suspirou. "Você... Nós... Eu..." Ele parou com os balbucios desolados, esfregou os olhos. "Perdão, Coco. Vamos nos deitar por umas horinhas. Pelo menos até o nascer do sol. Bertha está lhe oferecendo a suíte dela..."

"Onde está Boy?", ela insistiu.

Num primeiro instante ele não respondeu, depois soltou a voz. Parecia berrar com alguém que não estava presente: "O caixão já foi fechado e levado para um navio. Hoje pela manhã aconteceu uma cerimônia fúnebre na catedral de Fréjus com todas as honras militares. *Madame* Capel tinha pressa. Ela se preocupou em garantir a presença da comunidade britânica da Côte d'Azur e nenhum dos amigos franceses dele pôde se despedir." Por um instante, ele perdeu o controle e esmurrou o volante, mas logo se conteve novamente. Como se não compreendesse como as coisas pudessem ter se passado daquele jeito, ele murmurou: "Sinto muito, Coco. Chegamos tarde demais".

Diana quis evitar que eu estivesse presente na cerimônia fúnebre, ela pensou. Na vida, Boy era meu; na morte, ele me foi tirado por ela.

O choque veio na sequência desses pensamentos. Ela começou a tremer. Como num calafrio muito forte. Ela estava sentindo frio. Ao mesmo tempo, ficou tonta. A fachada diante do para-brisa se transformou numa massa escura. A dor de cabeça martelava sua testa, o corpo foi tomado por enjoo, os ouvidos zumbiam. Seus dedos procuraram apoio no painel e agarraram o vazio. Todos os sentidos foram afetados de uma só vez. Só as lágrimas redentoras não vinham.

Étienne tomou sua mão gelada. "Você se desestruturar não vai trazer Boy de volta. Por favor, Coco, vamos entrar e dormir um pouco. Se você não quiser ficar com Bertha, vou pegar um quarto para você..."

O cérebro dela ainda funcionava. "Bertha sabe onde foi o acidente?", ela sussurrou.

"Sim. Ela disse que aconteceu na estrada nacional 7, entre Saint-Raphaël e Cannes, em algum lugar na região de Fréjus, próximo a uma pequena cidade chamada Puget-sur-Argens."

"Quero ir até lá."

"Amanhã", ele prometeu com um tom de voz desesperado. "Amanhã te levo lá, assim que clarear. Por favor, seja razoável e agora venha comigo para o hotel."

Ela não retrucou. O que havia para discutir? Ela não podia passar as próximas horas dentro do carro de Étienne estacionado no centro de Cannes. Era inevitável que em algum momento a polícia haveria de aparecer e o escândalo estava dado: Coco Chanel tinha passado a noite num automóvel em vez de se registrar num hotel! Sair imediatamente até o local do acidente, esse era seu impulso. Mas ela não podia exigir que Étienne empreendesse mais uma perigosa viagem noturna. Ele a tratara com tanto carinho, mais do que um amigo, quase um irmão. Merecia que ela se mostrasse razoável e lhe permitisse algumas horas de sono. O fato de ela própria não conseguir descansar era outra coisa.

As pernas ameaçaram não funcionar, mas Gabrielle finalmente desceu do carro. Os músculos estavam tensos de tantas horas sentada, os ossos lhe doíam. Ela tropeçou ao dar o primeiro passo, mas Étienne pegou-a pelo braço e ofereceu apoio.

Étienne esclareceu ao porteiro que Lady Michelham aguardava *mademoiselle*, e depois o amigo escolheu para si outro quarto no mesmo andar.

Gabrielle ficou calada. Nem uma palavra enquanto atravessavam o saguão de mármore até o elevador, observada com desconfiança pelos outros hóspedes que se admiravam pelos trajes inadequados e a falta de bagagem, além de sua aparência fantasmagórica. Gabrielle não tomou conhecimento dessa gente.

O que lhe interessava os vivos? Seus pensamentos concentravam-se em um morto. Ela ficou calada quando o mensageiro acompanhou-os à suíte de Bertha. Apenas marchava lado a lado de Étienne pelo comprido corredor do hotel, os saltos de seus sapatos espetavam em silêncio as cerdas felpudas do tapete.

Ao contrário de Gabrielle, a irmã de Boy estava banhada de lágrimas. Ela beijou as faces secas de Gabrielle, deixando-lhe um filme úmido sobre a pele.

"É terrível", Bertha soluçou. "Quisera eu que nos víssemos em outra circunstância."

"Sim", Gabrielle retrucou secamente.

"Você precisa descansar, querida. Pedi para arrumarem a cama aqui ao lado..."

"Não", Gabrielle se interpôs. "Não preciso de cama." Ela olhou para a sala elegantemente decorada com móveis Luís XVI até que seus olhos se fixaram na *chaise-longue* junto à janela. "Se você não se importar, gostaria de me sentar ali."

Irritada, Bertha olhou para a porta do segundo quarto. Seus cílios encharcados com lágrimas tremiam. "Como você quer dormir aí? Vá para a cama, é muito mais confortável."

Gabrielle balançou a cabeça e sem mais explicações foi até o móvel estofado. Sentou-se ereta. Sentia-se grata por Étienne já ter se recolhido ao seu quarto. Provavelmente suas estratégias de persuasão seriam mais difíceis de serem suportadas do que os ataques desesperados de Bertha.

Ela não se despiu, rejeitando a camisola leve, o penhoar e a coberta fina que Bertha pediu que lhe trouxessem. Completamente vestida, Gabrielle ficou no lugar que havia escolhido, olhando para a janela.

Dali ela conseguia olhar para o céu. Era o melhor lugar possível para seu velório particular. Depois de lhe negarem um último olhar ao seu amado, talvez ela conseguisse ao menos enxergar a ascensão da alma de Boy ao paraíso.

O sol nascendo mergulhou as formações rochosas muito recortadas numa luz púrpura e os pinheiros-bravos destacavam-se feito debruns pretos sobre o vestido azul-claro do céu da manhã. O mar à esquerda da estrada que ondulava curvas fechadas era um tapete platinado, longínquo.

O motorista que Bertha Michelham lhes colocou à disposição dirigia devagar no perigoso trajeto. Ele certamente estava tão concentrado como seus passageiros porque também pensava no acidente que motivava aquela viagem. Bertha havia sugerido a Étienne e Gabrielle usarem seu carro para irem até o local da tragédia. Uma solução prudente, pois assim ela tirava de Étienne a tarefa da procura – seu funcionário conhecia o lugar.

Mas, apesar de toda cautela, o motorista não pôde evitar que o carro derrapasse ao ultrapassar uma carroça puxada por um burro quando, no mesmo instante, teve de desviar do coelho que havia saltado das folhagens de um zimbreiro para a pista.

Gabrielle, amuada no banco traseiro, foi atirada contra os ombros de Étienne. Inconscientemente, ela segurou a respiração, perguntando-se se aquele era seu fim. Um segundo acidente na estrada entre Cannes e Saint-Raphaël num intervalo muito curto de tempo. Um grande amor que chegou ao fim nesse maciço montanhoso. Provavelmente a melhor solução seria mesmo ela seguir Boy.

"Não aconteceu nada", disse Étienne, acariciando de leve o braço dela, antes de empurrá-la de volta ao seu lugar. O carro voltou a rodar suavemente através da paisagem solitária.

Não, pensou Gabrielle enquanto olhava pela janela, minha morte não seria a melhor solução. Seria o caminho mais simples, mas não aquele que Boy teria escolhido. Ela não sabia como continuar vivendo sem ele. Mas teria de encontrar um jeito. Mais tarde haveria de pensar em como viver sem o homem que, na realidade, foi quem lhe dera a vida. A vida de Coco Chanel. Ele não fora apenas seu amante, mas também pai, irmão, amigo.

"*Mademoiselle, monsieur*, chegamos." O motorista freou o carro, estacionou no acostamento, o motor silenciou. Depois desceu, a fim de abrir a porta aos passageiros.

Gabrielle sentiu como se estivesse observando a si mesma. Como se observasse uma mulher com trinta e poucos anos que segura o chapéu que ameaça voar devido ao vento que sopra naquela altitude. Cuja roupa está amassada, que se movimenta com passos cuidadosos, desajeitados.

Havia restos de um carro incendiado que havia sido puxado da ribanceira até a lateral da estrada. As rochas e suas quinas começavam a descer logo atrás; eucaliptos e arbustos partidos indicavam onde o carro estivera.

Gabrielle estava sozinha, ambos os homens que a acompanhavam ficaram para trás, zelosos. Como num transe, ela se enxergava – a mulher se aproximando dos destroços queimados, retorcidos, de lata, madeira, couro e borracha, outrora um conversível. Tudo tão irreal quanto uma sequência de cinema.

Apenas quando se postou bem ao lado dos escombros é que ela tomou consciência da realidade. Um cheiro forte lhe subiu ao nariz. O fedor de gasolina, enxofre e borracha queimada ainda pairava sobre o carro. Curiosamente o olfato expunha mais intensamente a realidade do terrível acidente do que a visão. De repente aquilo que ela não conseguia conceber até então se tornara muito concreto.

O sol espocava flashes brilhantes que se alternavam com sombras escuras mais longas; o conjunto ofuscava o motorista. O vento que vinha de encontro estava úmido e frio, fazia a pele formigar; ao se encontrar com a respiração quente, embaçou seus óculos. Entretanto, ele continuava em alta velocidade, como se estivesse num percurso reto e de excelente visibilidade. Ele dirigia sempre muito rápido, não era um homem que fizesse nada de maneira refletida ou lenta. O ronco do motor era música para seus ouvidos, por vezes scherzo por vezes rondó. Os freios guincharam. Aço raspando sobre aço, borracha sobre lona. Em seguida, o carro se ergueu no ar, quebrou arbustos e árvores, para finalmente bater no canto de uma rocha e explodir numa bola de fogo.

Gabrielle estendeu a mão com cuidado, tocou os restos amassados do Rolls-Royce, imaginando que se queimaria. Mas o metal já estava tão frio quanto o corpo de Boy no caixão.

Nesse instante, ela desmontou. As lágrimas que não queriam escorrer desde a chegada de Étienne em *La Milanaise* vieram aos borbotões. Como se todas as comportas de seu corpo, alma, coração, fossem abertas, Gabrielle começou a chorar.

CAPÍTULO 3

Marie Sophie Godebska, no primeiro casamento chamada Natanson, no segundo Edwards, aos 47 anos continuava sendo uma mulher bonita e de arrebatadora elegância. A educação musical na casa da avó em Bruxelas e a mudança da garota com seu pai polonês para Paris, bem como o contato precoce com os artistas mais importantes da chamada Belle Époque, transformaram seu gosto. Tal senso de beleza aliado a uma grande inteligência tornava Misia – seu apelido – uma exceção. Por meio da fortuna do segundo marido e do relacionamento com o famoso pintor espanhol José Sert, ela finalmente progrediu de musa à rainha da sociedade parisiense e sua mecenas. Entretanto, foi sua delicadeza e seu ímpeto por liberdade que a tornaram, dois anos após seu primeiro encontro, a melhor amiga de Gabrielle Coco Chanel.

Naquela tarde cinza de inverno, quando ia com o motorista para Saint-Cucufa, ela não estava apenas a caminho de uma visita de condolências; em sua opinião, tratava-se de uma missão salva-vidas. Tudo que tinha ouvido falar sobre o estado de espírito da enlutada era assustador. Claro que Coco precisava de tempo para ajeitar sua vida sem Boy. Mas nem por isso ela tinha de se tornar uma sombra de si mesma.

Saltava à vista que seu estado era alarmante -- tanto que Joseph tinha pedido socorro a Misia. Se Coco estivesse frequentando missas negras ou fazendo exorcismo, Misia estaria menos preocupada do que ficou quando soube que *mademoiselle* estava perdendo a razão. Quão desesperado o mordomo deveria estar para falar assim? Exceto Étienne Balsan, ninguém mais sabia do estado de Coco. Desde o retorno da Côte d'Azur, ela não tinha visto ninguém, seu ateliê ficava fechado nos feriados de Natal.

Tomada pela inquietação, Misia queria ver as coisas na *La Milanaise* com os próprios olhos. Enquanto seu carro subia até a entrada, ela rezava para não estar chegando tarde demais. Independentemente do que fosse. Mas principalmente para proteger Coco de si mesma.

Joseph abriu a porta. "Que bom que a senhora chegou, *madame*", ele falou aliviado. Suas palavras sussurradas foram audíveis mesmo com os latidos e ganidos atrás dele, cada vez mais intensos.

Ele fez um sinal de cabeça para Misia como que se desculpando antes de erguer a voz e ordenar aos cachorros: "*Couche! A place!*".

Os dois cães pastores aquietaram-se no ato e voltaram aos seus panos, nos fundos do palacete; apenas os dois pequenos *terriers*, presente de Boy para a dona da casa, continuaram latindo e rondando, curiosos, as pernas da visita.

"Como vai *mademoiselle* Chanel?", perguntou Misia com o olhar voltado para Pita e Popee.

Joseph ajudou-a a tirar o casaco de pele. "*Mademoseille* me parece totalmente fora de razão. Ao voltar do sul da França, exigiu que as paredes do seu quarto fossem pintadas de preto. Imagine, *madame*! De preto. Preto-carvão!" Ele balançou a cabeça. "Ela estava fechada nos seus aposentos como numa caverna. Trancou-se lá e não queria comer. Muito terrível."

"*Estava?*" O tempo passado usado por Joseph fez com que Misia se esquecesse até da preocupação com suas meias de seda, que estavam à mercê das unhas dos *terriers*. "O que aconteceu com *mademoiselle*?"

"Há pouco ela desceu e me pediu para chamar o pintor. É para ele pintar seu quarto de rosa avermelhado. Até lá, não quer mais entrar ali. Mas eu me pergunto se *pink* é a melhor escolha para o humor de *mademoiselle*.

"Onde ela está agora?", Misia interrompeu a reflexão do mordomo.

"No salão, *madame*." Joseph se curvou; em cada um dos braços segurava um cachorrinho que não parava de se mexer. "Se a senhora tiver a bondade de me seguir."

Misia lançou um olhar furtivo para os tornozelos finos, que apareciam embaixo da saia longa. Na meia de seda, um pequeno buraco se transformava num fio corrido. Que maçada. Mas, claro, fato absolutamente desimportante tendo em vista o sofrimento do outro lado da porta do salão, que Joseph estava abrindo, desajeitado.

Em poucos segundos, Misia sentiu-se presa numa câmara frigorífica. Embora um fogo recém-aceso crepitasse na lareira da sala – Joseph e sua mulher Maria tomavam conta de Coco direitinho –, a atmosfera reinante a fez tremer.

Coco estava sentada, melhor, encolhida, numa poltrona, o olhar fixo dirigido para a frente. Olhar vazio. Sem vida. Suas pálpebras se mexeram de maneira fugaz quando Misia entrou; ela não ergueu o olhar, os olhos pareciam baços. Seu rosto estava tão branco quanto a seda do pijama que ela usava apesar do adiantado da hora. Ela sempre foi magra, mas agora Misia achava que ela estava um palito. Ressecada. Provavelmente Coco não se alimentava há dias.

"Querida, estou inconsolável", Misia curvou-se até ela para tocar levemente uma das bochechas na bochecha de Coco e soltar um beijo no ar. "Sinto muito", ela acrescentou ao se erguer novamente e procurar por um lugar para se sentar. Por fim, escolheu o sofá. Ela girou a perna de um jeito a esconder o rasgo da meia.

Coco, porém, não estava interessada em trivialidades. "Obrigada por ter vindo", ela retrucou desanimada. "O que Joseph pode lhe trazer? Café? Uma taça de vinho?" Perto dela, sobre uma mesinha de apoio, havia uma xícara de chá que parecia intocada. Seu conteúdo já devia estar frio.

"Enquanto você não beber nada, eu também passo."

Coco assentiu, em silêncio.

"É difícil para você. Claro. Mas, querida", Misia ficou à procura das palavras e depois: "Você precisa reagir. Todos estamos muito preocupados." Ela não falou quem o pronome incluía.

Coco assentiu mais uma vez, só que falou: "Hoje pela manhã aconteceu uma cerimônia em sua intenção na igreja da Place Victor Hugo." Ela continuou olhando para a frente, sem se voltar a Misia; em algum lugar distante, Boy devia estar em seus pensamentos. "Étienne diz que o enterro será no cemitério de Montmartre..."

"Estou sabendo", disse Misia baixinho. Pouco antes de sua partida para Saint-Cucufa, ela ouvira de outra amiga que a viúva de Boy não havia comparecido à missa. Provavelmente Diana contava com a presença de Coco, que também não participou da cerimônia.

Como se tivesse lido os pensamentos da amiga, Coco prosseguiu: "Eu não quis ir porque me deixariam num lugar aleatório, bem nos fundos. Não quis lhe dar esse gostinho de triunfo sobre nosso amor... Fiz mal, Misia?" Finalmente ela ergueu os olhos.

O coração de Misia apertou ao tomar ciência da dor, do sofrimento, no olhar de Coco. "Certamente não", ela disse, sentando-se no encosto do sofá a fim de acariciar delicadamente a mão da amiga. "Você sempre fez o que achou que era certo para a ocasião e, depois, sua decisão sempre foi a correta. Será assim mais uma vez. A intuição é um dos seus pontos fortes. Te admiro por isso."

"Boy era a coisa mais importante para mim. Formávamos uma unidade, nos entendíamos sem as palavras."

"Sei disso", repetiu Misia. Ambas as amigas haviam encontrado o amor de suas vidas mais ou menos pela mesma época. Quando Coco e Boy se apaixonaram, Misia ainda não os conhecia, mas naquele tempo – dez ou onze anos antes – ela se apaixonara por José. José era para Misia o que Boy tinha sido para Coco. E imaginar perdê-lo para sempre, de um dia para o outro, era tão terrível que não apenas conseguia imaginar a tortura de Coco como também sofrê-la.

Ela observou a amiga que parecia encolher a olhos vistos. Havia a decadência física, mas a loucura também não estava distante de Coco. Independentemente do que havia se passado na sua cabeça para mudar de modo tão drástico a cor de seu quarto, a razão ainda parecia estar presente. Mas seu estado era, sem dúvida nenhuma, muito preocupante. Quantas mulheres morreram de coração partido?, Misia pensou. Na Grande Guerra, o número de mulheres mortas não se aproximou daquele dos soldados caídos. Pelo menos, não se tinha notícia a respeito. Nosso dever é sobreviver, continuou pensando. Apenas por meio do nosso amor é que os mortos conseguem continuar vivos em nossas memórias.

"Boy era incrível", ela começou. "Não resta dúvida. Mas por essa razão ele iria querer que você continuasse do ponto em que ambos tinham parado juntos. Por causa dele."

Foi o puro desespero que se manifestou quando Coco se rebelou: "Mas como eu conseguiria fazer alguma coisa sozinha? Sem ele não sou nada".

Coco olhou espantada para Misia. Como se ainda não tivesse lhe ocorrido que Boy pudesse, de uma certa maneira, continuar vivo por seu intermédio.

Aliviada por ter atravessado pelo menos por aquele instante a fachada de tristeza, Misia emendou rapidamente: "Você acabou de se mudar para a casa de número 31 na rue Cambon – cinco andares de Chanel, e nem tudo está no lugar ainda. Boy me contou que você está registrada na junta de comércio como *couturier* e não como chapeleira. Ele estava tão orgulhoso. Você não pode abandonar isso porque está paralisada pela dor...", e ela se interrompeu, apertando brevemente a mão de Coco para então prosseguir: "Claro que você passou por algo terrível. Mas você não considera como obrigação concretizar os planos que vocês tinham em comum? Agora é só você. Sim. Mas você deve. Olhe para a frente, Coco!"

Ele fez uma pausa, aguardando a concordância de Coco, mas a amiga ficou em silêncio e seus olhos eram baços. Por essa razão, insistiu depois de um tempo: "Querida, não vou deixá-la sozinha nesse caminho. Estarei do seu lado sempre que você precisar. Prometo".

Coco desviou o olhar como se procurasse por uma resposta ao longe. O corpo parecia querer endireitar-se, mas a carga da tristeza ainda não permitia.

"Sobre o que vocês falaram pela última vez?", perguntou Misia. Ela dirigiu uma prece silenciosa aos céus, pedindo a Deus para lhe dar a inspiração capaz de tirar Coco daquela letargia. E arriscou: "Quero dizer, quais os planos comerciais de vocês?"

"Não me lembro mais. Misia, não me lembro mais dos detalhes da nossa conversa. Foram tantas coisas..." Desesperada, Coco tentava agarrar algo dentro de seu interior, mas não conseguia. Duas lágrimas despontaram em seus olhos e ela esfregou-as no rosto como se quisesse afastar um inseto irritante. De repente, um pouco de vida instilou-se em seu semblante. "Tratava-se de um perfume. Isso, sim, conversamos sobre uma *eau de toilette*."

Misia orou em silêncio e esperou.

A voz de Coco soava estranhamente monótona, quase surpresa, como se admirada o quão bem sua memória tinha voltado a funcionar de repente: "Havia algo no jornal sobre um assassino de mulheres, que só foi preso porque uma testemunha se lembrou do seu cheiro. O homem usava *Mouchoir de Monsieur*, de Jacques Guerlain, e Boy e eu conversamos sobre as peculiaridades desse perfume. Pensamos se eu não deveria oferecer uma *Eau de Chanel* às minhas clientes. Não nas butiques, mas como presente de Natal. Uma produção de cem vidros..." Sua voz emudeceu.

Misia estava ciente de que nunca mais Coco haveria de passar um Natal leve, sem se recordar do acidente com Boy. Temendo que a amiga fosse submergir no seu mar de infelicidade, ela resolveu encompridar o assunto: "Ora, um perfume é um presente para todas as datas. Uma ideia maravilhosa. Veja François Coty: ele ganhou uma fortuna com *Chypre* porque os soldados americanos enviaram milhões de frascos para casa como suvenir ou levaram consigo, quando foram embora. Suas clientes vão amar uma *Eau de Chanel...*"

"*Monsieur* Coty é perfumista. Ele tem uma fábrica. Sou apenas uma costureira."

"Não seja ridícula, querida." Misia começou a se animar com o tema. Soltou a mão de Coco para continuar gesticulando, cheia de energia: "Paul Poiret também é *apenas* um estilista..."

"Mas o maior..."

"Até agora, a proeminência de Poiret não abalou sua ambição em nada e nem vai. O importante seria achar uma nota olfativa que fosse tão única quanto a sua moda. Nada de perfumes pesados, que recendem a rosas. O *Parfum de Rosine* de Paul Poiret não é outra coisa senão uma impressão sensorial das criações dele. E não é mais a última moda. Você faz sucesso, Coco, porque..."

"... porque eu tinha Boy ao meu lado."

Misia gemeu internamente. "Sim, claro, também por isso. Mas me permita, Coco, ele não desenhou as suas roupas. As suas ideias é que são tão modernas. E o seu sucesso vem principalmente daí. E se você priorizar o que é único no seu estilo na hora de escolher os aromas de sua *eau de toilette*, estará fazendo uma homenagem a Boy." Sem fôlego, Misia silenciou, cruzou os dedos sobre o colo e esperou pela reação de Coco.

"Você tem razão. Já pensei nisso também: vou mandar erguer um monumento para Boy. De pedra. No lugar do acidente. Quero criar um lugar para sua memória."

"Mire o futuro, Coco! Por favor, não olhe para trás. Por Boy. Por mim. Você não pode simplesmente desistir."

Perdida em pensamentos, Coco passou a mão pelo cabelo. "Não disse que uma *Eau de Chanel* não era uma boa ideia. Meu Deus, foi sugestão de Boy – como não dizer que é maravilhosa? Mas não consigo. Sei criar chapéus e costurar roupas, mas não tenho nenhuma noção sobre o trabalho de um perfumista. Trata-se de uma área diferente, muito especial. Não vou conseguir sozinha. E não sei de ninguém que poderia me apoiar nessa empreitada. Eu teria de confiar cegamente nessa pessoa. Boy teria me ajudado. Mas Boy não está mais aqui para descobrir comigo qual seria meu perfume."

Misia duvidou que Arthur Capel, ligado às artes e com formação literária, fosse a pessoa adequada para iniciar Coco nos processos de trabalho num laboratório químico. Mas ela deixou o pensamento de lado e decidiu tomar a frente da coisa. "Yvonne Coty é uma boa amiga. Você também a conhece, não? Ela não é sua cliente? Bem, tanto faz: eu poderia pedir para ela falar com o marido. François Coty certamente poderá ajudá-la. Ele não consegue negar nenhum desejo de nenhuma mulher e ninguém melhor para ensinar-lhe os segredos dos aromas que o maior fabricante mundial de cosméticos."

"Quando falamos a respeito, Boy disse que Coty era o melhor para fabricar uma *Eau de Chanel*", murmurou Coco.

"Como ele tinha razão."

Coco encarou Misia com olhos grandes, inescrutáveis. "Por que alguém tão ocupado quanto *monsieur* Coty iria perder tempo comigo? Dizem que ele é um tirano."

"Mas um tirano muito charmoso." Misia deu uma risadinha. "Sabe, mesmo François Coty tem suas fraquezas. Yvonne me contou como ele se importa em sempre fazer boa figura. Como o grão-duque em *A cartuxa de Parma*. Quanto mais conhecida a pessoa que Coty pode impressionar, com suas habilidades, melhor. E o que é mais tocante do que uma mulher famosa que, como homenagem ao seu amor, deseja concretizar seu último desejo?"

Um pouco de cor retornou à face pálida de Coco. "Um perfume em lembrança de Boy. É algo bem diferente de um monumento..."

"Se você encontrar um aroma especial, será um monumento. Um momento do amor de vocês." Misia ficou ouvindo, espantada, o eco das próprias palavras. Como ela havia chegado a essa ideia? Um anjo deve tê-la sussurrado em seu ouvido. Era exatamente o caminho certo para tirar Coco da sua letargia.

"Talvez. Mas então eu deveria encontrar o melhor aroma do mundo."

"Você tem de conseguir o melhor perfume do mundo." Misia estava radiante. Ela se perguntou se haveria um deus dos bons cheiros na mitologia antiga. Pena, não sabia. Mas com ou sem um deus dos perfumes, a alegria de viver de Coco era importante demais para ser entregue a forças terrenas. Em pensamento, Misia rogou a todos os deuses que lhe vieram à mente naquela hora.

"Primeiro vou arranjar uma reunião com François Coty para você. Estou segura que depois desse encontro tudo será muito fácil."

CAPÍTULO 4

Será que o vazio, que aumentava cada vez mais intensamente ao seu redor, conseguiria ser preenchido com um perfume, feito um gás no vácuo? Gabrielle se perguntava isso quase que diariamente. E justo quando Misia vinha visitá-la, para concretizar o mais rápido possível a primeira conversa de ambas sobre uma *Eau de Chanel*. E ela a visitava tarde sim e outra também, seja no seu ateliê, seja em casa. Nenhum caminho era longo demais para a amiga.

Gabrielle não estava bem certa de que a decisão espontânea de transformar a ideia de Boy em realidade era a correta. A coisa estava andando rápido demais. Mas ela acompanhava o projeto em alta voltagem de Misia como num transe. E então toda sua vida se parecia com a de uma marionete. O destino era quem manipulava os fios, talvez Misia também. Gabrielle não queria saber por que se levantava todas as manhãs, trabalhava no ateliê e se deitava noite após noite. Ela funcionava, mas sem reconhecer um sentido. Exatamente como estudava, sem maiores questionamentos, os livros sobre química e botânica que Misia lhe trazia, embora não entendesse quase nada do seu conteúdo. Ela leu novos e antigos artigos de jornal sobre François Coty, que Misia encontrara sabe-se lá onde e lhe entregara organizados em pastas. Ela fazia tudo o que lhe era exigido. Automaticamente. Consciente de seus deveres. De maneira satisfatória. Como a órfã do passado, que tinha de obedecer às freiras do convento de Aubazine.

Quando Gabrielle finalmente estava diante dos portões da fábrica de François Coty em Suresnes, na periferia de Paris, ela repetiu a pergunta – e mais uma vez não conseguiu dizer o que a animara a ir até ali. Ela ergueu o olhar para o logotipo da empresa, que na luz leitosa daquela manhã do final do inverno tinha algo de mágico e pensou que, no fim das contas, tudo o que fazia tinha alguma relação com Boy. Com mais nada nem ninguém. Nem mesmo consigo mesma.

O alto relevo na parede transportou-a para um mundo encantado: duas mulheres ajoelhadas diante de um destilador, reverentes. A cena era maravilhosa, misteriosa, atraente. Tratava-se de deusas criando um aroma especial? Ou as figuras, na qualidade de seres terrenos, reverenciavam um perfume divino? Era o logotipo da empresa, criado por René Lalique, que também aparecia como marca d'água no papel de carta usado pelo chefe para confirmar a reunião numa caligrafia rebuscada. Provavelmente representava a adoração dos aromas que eram produzidos atrás daqueles muros, ela concluiu. Procurou na imagem pelo número mágico – *um, dois, três, quatro, cinco*. Nada.

Um empurrão trouxe-a de volta à realidade. Um grupo de mulheres jovens passou por ela, desatentas e apressadas. O turno da fábrica estava por começar. Em suas pesquisas, Gabrielle tinha descoberto que Coty empregava cerca de 9 mil funcionários, entre homens e mulheres, espalhados nos laboratórios, oficinas, na vidraria e em diversos departamentos de embalagem em Suresnes. Ao longo de dez anos, ele tinha criado um centro para aromas, com o tempo juntaram-se outras empresas e naquele momento a zona industrial junto ao Sena chamava-se *Perfume City*. Boy estava com a razão, claro: esse era realmente o melhor lugar para produzir uma *Eau de Chanel*.

Gabrielle deixou-se levar pelo fluxo. Ela seguiu os outros, sem pensar muito a respeito. Estava vestida com mais elegância, naturalmente, mas no geral seu tipo correspondia ao de muitas funcionárias da Coty. Quem dava algum valor à moda embarcava no novo estilo, com saias midi e cabelos curtinhos; aquelas com mais curvas femininas as escondiam com um korpete. Era a moda que Gabrielle assinara como Coco Chanel e que depois da Grande Guerra criara uma nova geração de mulheres autoconfiantes, emancipadas – em todas as camadas da população, como então era possível atestar. Essa visão fez sua pulsação acelerar e seu orgulho aumentou, o que – pelo menos naquele momento – apagou a tristeza da alma. A confiança se alastrava pelo seu corpo, aquecendo o interior como seu sobretudo forrado de pele.

A direção do império de perfume localizava-se no palacete ao lado da área fabril, que se chamava *La Source*, a fonte. Um nome muito significativo. A casa de dois andares de estilo provençal era revestida com telhado vermelho de madeira e tinha corrimãos de ferro fundido nas escadas e nos balcões. Para um homem que desfrutava da fama de colecionar castelos renascentistas e rococós como outros colecionam selos, a aparência da construção era surpreendentemente modesta, e Gabrielle gostou disso. Ela sempre desdenhou da ostentação. Talvez o entendimento com François Coty acabasse sendo melhor do que imaginara no começo.

Curiosamente o interior não recendia a perfumes, talcos e batons, comercializados para o mundo inteiro a partir dali. Para dizer a verdade, o saguão de entrada da administração, de discreta elegância, não cheirava a nada, nada que enlevasse os sentidos, apenas ao vento úmido e frio do inverno e à umidade das roupas das pessoas, que atravessavam o lugar a caminho de seus postos de trabalho. Gabrielle sentiu a decepção crescendo inconscientemente dentro de si. Mas ela se consolou com a ideia de que os fiapos de tecido, retalhos de amostras e agulhas espalhados no seu ateliê também não permitiam concluir nada a respeito dos modelos que eram criados, cortados e costurados por lá.

Ela precisou esperar um pouco até ser encaminhada ao todo-poderoso. O escritório do chefe tinha muita madeira, mobiliário barroco com pinturas certamente muito valiosas, mas que Gabrielle não sabia avaliar. Seu ponto central, além da escrivaninha, era uma estante com latas e frascos belíssimos de cristal, elegantemente dispostos ao lado de vidros comuns de remédio, tudo banhado pela luz que vinha da janela. Gabrielle sabia que os artefatos de vidro tinham sido produzidos por René Lalique, cujo nome estava na boca de todo o mundo há décadas. Suas joias para a atriz Sarah Bernhard tornaram-no definitivamente uma celebridade.

"Perdão por tê-la feito esperar", cumprimentou François Coty, levando as mãos dela aos lábios.

Gabrielle já o encontrara em ocasiões de negócios e o chamava secretamente de *Napoléon*. O nome não se referia apenas ao poderio de Coty: ele era mesmo originário da Córsega e corria a lenda de que tinha parentesco com a família Bonaparte. Igual ao imperador, Coty tinha baixa estatura, fama de mulherengo e de ser dado à ostentação. Corria o boato de que guardava um punhado de diamantes no bolso da calça, com os quais brincava feito bolinhas de gude.

"Não exagero ao afirmar que estamos atolados de serviço", Coty prosseguiu. Ele segurou a mão dela um pouco mais do que a etiqueta sugeria. "Meu fornecedor de frascos não está dando conta dos pedidos. Evidentemente que entregar os cem mil vidrinhos que vendemos todo dia é um desafio, mas não estou disposto a diminuir a produção de perfumes só porque Lalique não consegue acompanhar a demanda das minhas clientes." Certamente o número não foi citado *en passant,* mas para deixar claro à visita que ele chefiava um império mundial.

Ele quer impressionar, Gabrielle recordou-se e abriu um sorriso compreensivo. "Claro que sei valorizar o fato de ser recebida mesmo assim."

"No futuro, vou desenhar e produzir os frascos na casa. Facilitará o processo produtivo. Acabei de ditar uma circular à minha secretária informando meus clientes a respeito. Amanhã será despachada. A senhora é a primeira a saber dos meus planos, *mademoiselle* Chanel."

"Sinto-me honrada."

Ele abriu um sorriso. "Por favor, sente-se."

Enquanto ela afundava numa poltrona, tomou uma primeira nota mental. Ela tinha de pensar na criação de um belo frasco para o seu perfume, procurar um vidreiro com uma pequena fábrica. As dificuldades que René Lalique estava sujeito ao trabalhar com François Coty não lhe diziam respeito. Gabrielle não pensava em inundar o mercado com a *Eau de Chanel.* Ela tinha conversado com Boy a respeito de um presente especial de Natal para suas melhores clientes – e disso não passaria. O que significava produzir não mais de cem unidades.

Coty lhe ofereceu café, que ela aceitou agradecida. Seguiu-se uma troca de amenidades sobre temas relativamente neutros: Coty lamentou a morte do escritor Paul Adam, Gabrielle reclamou do tempo fresco, úmido. Depois ela mudou de assunto e explicou seu caso. O perfumista assentiu com a cabeça, já sabia de alguma coisa por intermédio da esposa, que conversara com Misia. Mas deixou Gabrielle terminar de falar, antes de dizer todo galante: "Será uma honra poder lhe criar um aroma, *mademoiselle* Chanel. Um trabalho nosso, em conjunto, certamente trará bons frutos".

"Eis o motivo de eu estar aqui."

"Meu lema é: ofereça a uma mulher o melhor produto possível, apresentado num frasco lindo, vendido a um preço razoável – o resultado será um mercado de tamanho inédito no mundo."

"Procuro por um presente para minhas clientes, não por um grande mercado."

Ao fazer um movimento curto com a mão, ele pareceu desdenhar dessa limitação. "Nada disso é problema. Confie totalmente em mim e..."

"Sem dúvida, *monsieur*", ela interrompeu-o com uma voz muito doce. "Devo apenas acrescentar que quero estar envolvida no processo de produção desde o início."

Ele hesitou. "O que quer dizer com isso? A senhora não é química, a senhora..."

"Evidentemente...", ela o interrompeu de novo, "evidentemente que vou deixar a parte técnica aos especialistas." Ela fez uma breve pausa e abriu um sorriso amistoso, para depois continuar: "Mas eu quero acompanhar todos os passos da produção, ser informada também a respeito da fórmula e do acabamento. Isso é muito importante para mim. Esse perfume é algo que me diz muito ao coração."

"Sempre é, *mademoiselle* Chanel, sempre é. Se não cheirássemos com o coração, os perfumes não seriam mágicos. A fascinação vem aqui de dentro", ele bateu com a mão aberta no peito, "e não aqui de cima", e tocou a testa com o indicador. "Porém, para satisfazer seu desejo, a senhora tem de estar de posse de um requisito fundamental: como vai seu nariz?"

Inconscientemente, ela tocou o rosto. "Como assim?"

"Vou lhe mostrar." Ele se levantou, aproximou-se da estante com os frascos de vidro e pegou um com sua mão grande, mais três tubos de ensaio de farmácia. De volta à poltrona, colocou tudo na mesinha junto com as xícaras de café. Em seguida, abriu o frasco e passou-lhe uma vareta de cristal. "O que a senhora sente?"

Ela cheirou. A resposta à pergunta era fácil. Ela reconheceu o inconfundível perfume na hora. "É *Chypre*."

"Sim. Meu perfume. A *eau de toilette* de maior sucesso do mundo. Estava certo que a senhora o reconheceria. Na verdade, estava perguntando pelos aromas."

"Tem jasmim...", ela murmurou, franzindo a testa. De repente, ela não tinha mais tanta certeza se apenas estava dizendo o que já sabia ou se realmente estava sentindo a doçura pesada do jasmim. Ela tentou concentrar-se no olfato, mas não conseguiu decifrar os outros ingredientes. "Me lembra um pouco o cheiro de talco...", ela se interrompeu para acrescentar: "Algo me lembra de um passeio no campo."

"Nada mal", ele elogiou. "A senhora foi bem, *mademoiselle* Chanel. Vai valer a pena educar um pouco o seu nariz. A nota de cabeça é realmente o jasmim, e ainda temos patchouli, vetiver, sândalo, bergamota e musgo de carvalho. Essa mistura de essências é o segredo de um perfume moderno. Um perfumista tem à disposição centenas de milhares de possibilidades, encontrar a fórmula correta é sua arte. A senhora deveria saber de tudo isso antes de entrar no processo criativo."

Coty estava esperando que ela fizesse um curso de química antes de se meter na produção de uma *Eau de Chanel*? "Ouvi dizer que a formação do perfumista é muito difícil", ela reconheceu. Mas nada é difícil demais para não ser ao menos tentado, ela pensou. Boy sempre admirara sua coragem em experimentar coisas diante das quais outras mulheres capitulavam. A fim de agradar Étienne Balsan e seus convidados, em poucos dias ela tinha aprendido a andar a cavalo. Logo ela estava montada nos cavalos dele como se tivesse nascido sobre uma sela. E ela nem gostava especialmente de cavalos.

Coty interrompeu suas lembranças ao pegar a vareta da sua mão e fechar o frasco. Em seguida, tirou a rolha de uma garrafinha marrom. "E isso?"

O penetrante aroma picante e doce era inconfundível. "Sândalo", ela exclamou, triunfal.

"Exato." Ele trocou os frascos mais uma vez. "Por favor, tente este."

Gabrielle tinha imaginado que ele lhe colocaria diante de uma tarefa mais difícil, mas não que... Céus, o que estava acontecendo? De repente seu nariz não cheirava mais nada. Era como se estivesse com um resfriado forte. Ela sentiu um aroma de laranja, muito fraco, mas também podia estar imaginando coisas. Ou será que ele estava tentando confundi-la, oferecendo um produto inodoro? Confusa, ela balançou a cabeça. "Não faço ideia."

"Claro que não."

Ela não sabia se tinha de achar graça ou ficar irritada por estar caminhando sobre gelo fino. Coty estava se fazendo de examinador astuto. Que ridículo de sua parte.

Mas ele prosseguiu calmamente: "O nariz se fecha depois de no máximo três provas olfativas, no caso de perfumes intensos até antes. Aliás, trata-se de bergamota." Ele esticou a mão em direção a um pote antigo de porcelana, decorado com ornamentos dourados, e abriu a tampa. Ela achou que ele guardava charutos ali, mas ficou surpresa com o cheiro que sentiu. "Por favor, *mademoiselle* Chanel, cheire um pouco esses divinos grãos de café. O café neutraliza o olfato."

Ainda preciso aprender tanto, ela pensou, enquanto seguia a sugestão. O efeito foi surpreendente. Seu nariz estava novamente pronto para entrar em ação. Vou treinar em casa, ela se decidiu em silêncio. Vou aprender a arte dos aromas exatamente como quando me sentei sozinha no cavalo e saí andando. Quando ela aprendeu a cavalgar, não tinha ideia que pouco depois encontraria seu grande amor na pessoa de um jogador de polo. Agora ela queria educar o olfato para guardar esse amor para sempre. Sensual, fresca, eterna – *Eau de Chanel* deveria ser assim. Gabrielle sorriu, satisfeita. Com sua aula introdutória, Coty contribuiu para uma visão.

Coty continuou testando-a, fazendo com que cheirasse novos aromas a cada vez e lhe recitava nomes de essências cuja existência desconhecia, apesar das muitas leituras com as quais ela tinha se preparado. Ele não usava apenas a denominação corrente como nota de cabeça e nota de corpo, mas também diferenciava entre notas e famílias olfativas. Como sempre quando queria aprender alguma coisa, Gabrielle ouvia tudo em silêncio, sugava todas as informações. Por exemplo, que a fixação da *eau de toilette* na pele de sua usuária é o maior desafio para os químicos. A maior parte das matérias-primas se dissipa muito rápido. Por essa razão, muitos perfumistas fazem experiências com substâncias sintéticas, como fixadores de substâncias naturais. "Mas isso certamente não vai em frente", Coty afirmou. "A produção é muito cara para um mercado de maiores proporções."

Mais tarde, ele acompanhou-a pela sua fábrica. No caminho até os grandes galpões, ele lhe explicou que as mais valiosas espécies de rosas e de jasmins são originárias do sul da França e por essa razão mantinha um local de seleção em Grasse. "Todos os dias, cerca de cem mulheres se ocupam em achar as melhores flores para a destilação. O resultado continua a ser processado aqui." Os espaços pelos quais passavam eram de quase assépticos. Gabrielle sentia-se às vezes como num hospital, e não apenas por causa dos aventais brancos que todas as funcionárias tinham de usar. Por uma porta aberta, Gabrielle reconheceu uma sala com mesas longas, junto às quais inúmeras – certamente centenas – de mulheres tiravam frascos de vidro de uma caixa de madeira para checá-los atentamente e para depois recolocá-los numa outra caixa. "Controle é o único caminho possível para a perfeição", disse Coty ao perceber o olhar dela. Em seguida eles chegaram a um salão com pilhas de embalagens, e homens trajando as mesmas limpíssimas roupas de trabalho organizavam os produtos para a distribuição. A quantidade era realmente impressionante.

"E aqui está o laboratório", Coty abriu uma porta: "observe sua futura área de trabalho, *mademoiselle.*" Ele deu uma piscadinha e abriu caminho para que ela entrasse.

Subitamente Gabrielle estava envolvida numa grande nuvem de cheiros. Os aromas que até então ela não tinha sentido em lugar nenhum no império de Coty flutuavam numa intensidade inimaginável ao seu redor. No ar do laboratório pareciam se ligar todas as substâncias que estavam guardadas em tubos de ensaio fechadas, frascos de farmácia e vidros de reagentes, que eram misturadas em mesas limpas. Uma dor se manifestou nas suas têmporas. Ela observou os homens e suas assistentes com os aventais brancos e se perguntou como os perfumistas e os químicos conseguiam diferenciar, nessa atmosfera, os diversos ingredientes de uma *eau de toilette*.

Como se tivesse lido seus pensamentos, Coty falou: "Um nariz educado consegue se concentrar num determinado aroma. Mas isso não é sempre necessário. Muitas vezes as notas de coração são obtidas apenas por fórmulas químicas, de modo que o olfato tem um papel secundário nessa hora. Mas a senhora vai conhecer tudo isso quando começar a estagiar comigo."

Gabrielle apertou a base do nariz com a ponta dos dedos e, balançando a cabeça, concordou.

CAPÍTULO 5

Misia queria ser informada por Coco de cada progresso que o nariz da amiga fazia nas semanas seguintes. Elas se encontravam com uma certa regularidade no departamento de perfumaria das Galeries Lafayette, onde havia uma grande variedade de perfumes. Era o lugar adequado para as palestras cada vez mais profissionais de Coco. Independentemente das lições, Misia adorava a nuvem pesada dos aromas mais diversos que pairava sobre os produtos expostos e o brilho dos frascos sob a luz. Coco estava em meio à explicação sobre a composição do famoso *Jicky* -- patchouli e baunilha --, que há décadas era o sucesso de vendas dos irmãos Guerlain, quando perguntou para Misia, por sobre um balcão, com os frascos reluzentes: "Como o erotismo se expressa num aroma?".

"Almíscar", Misia respondeu sem pensar. "A sexualidade sempre cheira a almíscar."

"Não quero abrir um bordel, mas criar um perfume."

As sobrancelhas de Misia se ergueram. Coco havia lhe explicado havia pouco que um aroma sempre era uma mensagem de sua usuária. Será que a amiga, ao procurar por uma fórmula sensual, estava insinuando haver um novo homem em sua vida? Nada teria alegrado mais o coração de Misia. Entretanto, era difícil imaginar que Coco pudesse ter começado um relacionamento às escondidas. Como é que ela conheceria um homem adequado? Em geral, só saía de casa para ir ao trabalho e aos estudos de perfumaria. A sociedade parisiense a via no máximo num *dîner*, numa estreia teatral ou num baile, quando sua presença era indispensável para a casa Chanel. Fora isso, ela se afastava inclusive dos seus melhores amigos, só se encontrando regularmente com Misia. Já se passaram três meses desde o acidente com Boy, mas Coco se mantinha tão afastada do mundo, que continuava a existir sem ele.

"Então nada de almíscar", Misia respondeu abatida, enquanto abria de maneira tão automática quanto impensada um frasquinho de teste. Os aromas doces de rosa, jasmim e pêssegos vieram de encontro a ela.

"Uma mulher moderna deve assumir sua sexualidade. A modernidade é expressão da minha moda, por isso também deveria ser reconhecida no meu perfume." Coco engoliu em seco. "Quero que meu relacionamento sensual com Boy se torne um dos elementos fundamentais deste perfume. Por isso o erotismo é tão importante para mim aqui."

Misia suspirou. Realmente nada de novo amante. Há pouco ela havia pensado que a amiga pudesse ter se rendido ao charme de François Coty. Poucas mulheres eram imunes a ele. Coco parecia ser uma delas. Ou então sua obsessão em erguer um monumento a um morto espantava Coty. Como faria também com qualquer outro homem.

Misia admirava Coco por esse amor incondicional. Seu amor por José Sert era tamanho que ela colocava a própria felicidade em segundo plano, e o homem que amava valia tal devoção. Misia estava convencida disso. Mas será que o mesmo era válido para Arthur Capel? Claro que ela não devia pensar mal do finado, mas a recente divulgação do testamento dele pelo *Times* não gerara especulações apenas entre os fofoqueiros de plantão: as principais herdeiras de sua fortuna, na casa de setecentas mil libras, eram naturalmente a esposa e a filha pequena, alguns legados foram deixados às irmãs; as doações feitas a Gabrielle Chanel e à princesa Yvonne Giovanna Sanfelice, antes viúva Yvonne Viggiano, causaram espanto. Tratava-se exatamente da mesma quantia: quarenta mil libras. Desde então, *tout le monde* se perguntava se Boy mantinha mais que uma vida dupla. Além disso, a segunda gravidez de sua viúva tinha se tornado pública. Será que Boy queria mesmo se separar da mulher, como Coco afirmava? Ou será que ela se segurava a todo custo naquela relação? Talvez nem tivesse sido um acidente trágico...

Cogitar um possível suicídio era algo mais pecaminoso do que uma terrível difamação. Misia estava decepcionada com a própria estupidez. E para se ocupar com outra coisa além da vida amorosa de Arthur Capel, olhou para o rótulo amarelo-dourado do frasco que havia acabado de tocar: *Mitsouko*. O novo perfume de Guerlain. Sem nem cheirá-lo, ela fechou o frasco novamente. Enquanto isso, tentava encontrar uma resposta razoável ao monólogo de Coco.

"Há algum tempo, li que Cleópatra se perfumou com sândalo antes do primeiro encontro com Marco Aurélio e que queimou canela, mirra e incenso nos seus quartos. Talvez sejam essas as substâncias que você procura."

"*Madame* Pompadour também confiava nos efeitos de um afrodisíaco. Mas em um comestível." Finalmente Coco sorriu.

As fragrâncias pesadas tinham se depositado sobre Misia tanto quanto seus pensamentos desagradáveis. Era hora de tomar um pouco de ar fresco. "A propósito: que tal um lanche? Estou com fome e talvez possamos encontrar algumas ostras frescas por aí. Acho que seriam as últimas *bélons* da estação." Ela deu o braço à amiga, como se tivesse de arrancá-la à força do departamento de perfumaria.

Coco, entretanto, não tinha nada contra uma refeição ligeira. "Assim que estivermos sentadas à mesa, vou contar da minha nova casa."

Misia, que estava caminhando em direção à saída, parou na mesma hora: "Você quer se mudar?"

"Encontrei um palacete em Garches, bem perto do meu antigo endereço", Coco respondeu sem dar muita gravidade às palavras. "É a melhor oportunidade para investir o dinheiro que Boy me deixou."

Misia não tinha certeza se deveria ficar contente com os planos de Coco ou decepcionada por não ter sido informada deles mais cedo. No primeiro momento, a desconsideração prevaleceu. "Por que você fez segredo da sua nova casa?"

"Pelo contrário. Estou contando a você agora. E eu lhe peço que me ajude com a decoração. Ande, Misia, vamos logo ao Café de la Paix. Estou segura de que há ostras por ali. E daí combinamos quando você vai visitar o imóvel."

Ela está olhando para a frente, pensou Misia. Finalmente.

Mas ao sair animada da loja de departamentos com Coco, Misia não fazia ideia dos verdadeiros motivos por trás da compra daquela casa.

"Você o quê... o quê?" A voz de Misia era pura incredulidade e indignação. Suas palavras ecoavam nas paredes nuas do salão sem mobília.

Gabrielle não tinha contado com essa estupefação. Por que Misia estava incomodada pelo fato de que ela comprara a casa de Boy? O testamento divulgado pela *Times* havia tornado públicos todos seus bens. Ao lê-lo, ela deparou com esse imóvel, que não ficava muito distante de *La Milanaise*. No começo, tinha ficado irritada por ignorá-lo. Depois, pediu a um corretor que fizesse algumas pesquisas. Por fim, descobriu que *monsieur* Capel tinha adquirido *Bel Respiro* apenas recentemente. Ele comprara aquele palacete maravilhoso, de desenho arquitetônico simples e elegante, para ela – disso Gabrielle estava convencida. Para quem mais? Provavelmente seria seu presente de Natal. E como ele não tinha podido fazê-lo, ela assumiu a casa por outro caminho. O preço de compra foi estabelecido em 40 mil libras e a viúva de Boy descobriu apenas na hora de assinar o contrato quem era a pessoa representada por um advogado. Gabrielle resolvera se precaver, para que Diana não desistisse do negócio por ciúmes.

"*La Milanaise* não é minha, moro lá de aluguel", ela explicou com a voz calma, embora também estivesse irritada com a falta de entusiasmo de Misia. Entretanto tinha de confessar que já contava com restrições por parte da amiga. Por esse motivo também não tinha lhe contado todos os detalhes de pronto, mas apenas durante aquele primeiro convite ao novo espaço. Gabrielle tinha suposto que Misia e José Sert e também outros amigos iriam querer desaconselhá-la do negócio. Teimosa, ela acrescentou: "A compra do imóvel é um bom investimento para a herança de Boy".

"Por que você não comprou uma casa na Côte d'Azur?", Misia replicou.

"É um bom investimento", Gabrielle insistiu.

"Você deveria parar de viver no passado e se libertar das lembranças, em vez de se esconder nelas. No sentido literal da palavra. Coco, você tem de viver!"

Gabrielle não esperava que o protesto de Misia lhe cortaria o coração. "Não quero me libertar das minhas lembranças. E eu vivo. Bastante bem, por sinal. Você é testemunha."

As duas mulheres se olharam, irreconciliáveis.

Claro que Gabrielle sabia que Misia tinha razão de certo modo. Mas sua vida nunca seria a mesma, independentemente dos esforços da amiga para tanto. A casa, que Boy havia escolhido e comprado, trazia consigo algo do gosto e das visões dele. Estar ali emprestava a Gabrielle um pouco daquele acolhimento que ela só sentia quando era abraçada por ele. Não podia permitir que a última propriedade dele caísse nas mãos de uma pessoa qualquer – aos seus olhos, isso equivaleria a uma traição. Mas não disse nada disso. Temia que uma palavra errada fosse suficiente para Misia virar as costas e ir embora. E ela também não queria se dar por vencida.

Mas quando a amiga se fechou em copas no seu lugar, Gabrielle finalmente fez uma tentativa de conciliação: "Tenho uma ideia para a decoração do interior. Tudo em tons claros e madeira escura. O que você acha?"

Misia deu de ombros, indiferente, mas seus olhos deixaram escapar interesse. "Branco e preto. Sim. Poderia ter um grande efeito."

"Quero pintar a casa de branco", Gabrielle continuou, animada, "e as persianas de preto."

"Persianas pretas?" O espanto que há pouco havia sumido do olhar de Misia retornou. "Por favor, você não pode fazer isso. Vai contra todas as convenções."

É um sinal eterno do meu luto, Gabrielle pensou. Em voz alta, disse: "Desde quando me preocupo com isso?".

Os cantos da boca de Misia tremeram. "Seus vizinhos vão odiá-la."

"Eu sei." Os olhos de Gabrielle eram puro desdém.

"Mas eu gosto tanto de você", Misia voltou à carga, "e vou presenteá-la com a decoração mais bonita e mais exclusiva de uma casa até hoje." Ela esticou os braços para puxar Gabrielle para si.

Em seguida, os risos das amigas ecoaram nas paredes nuas.

SEGUNDA PARTE

1920-1921

CAPÍTULO 1

"Bem-vinda a Veneza, *mademoiselle*!"

Gabrielle levou um susto e olhou transtornada para o rosto simpático do cobrador, que havia aberto uma fresta na porta da cabine. Um pesadelo a acompanhara na última hora de sua viagem. Apesar de tantos meses após o acidente, seu inconsciente mantinha vivo os últimos minutos de Boy. Quando fechava os olhos, o barulho dos freios continuava a ecoar do mesmo jeito em sua cabeça. Os ruídos do trem haviam transportado Gabrielle para outro mundo, como um espírito que estivesse observando a tragédia do banco traseiro do carro. O impacto da frenagem da locomotiva, antes da parada na estação Santa Lucia, arrepiou-a tanto quanto o terrível barulho da carroçaria do automóvel se esfacelando.

Ele dirigia sempre muito rápido, não era um homem que fizesse nada de maneira refletida ou lenta. O ronco do motor era música para seus ouvidos, por vezes scherzo por vezes rondó. Os freios guincharam. Aço raspando sobre aço, borracha sobre lona. Em seguida, o carro se ergueu no ar, quebrou arbustos e árvores, para finalmente bater no canto de uma rocha e explodir numa bola de fogo.

O baque ainda ecoava em sua cabeça quando o funcionário da empresa Simplon Orient Express a trouxe de volta ao presente.

Ela se aprumou. O olhar de Gabrielle foi e voltou da janela da sua cabine exclusiva no carro-dormitório até o homem. Nas plataformas já reinava o caos habitual depois da chegada; a visão era semelhante à de qualquer outra estação que ela conhecia: pessoas andando de lá para cá, bolsas e cestos sendo carregados sobre a cabeça no instante que atravessar a multidão ficava impossível. Com a voz depois do sono pouco reparador, mais rouca que de costume, ela pediu: "Por favor, arranje alguém para cuidar da minha bagagem".

O funcionário se curvou ligeiramente. "Já está tudo organizado. Suas malas serão levadas diretamente ao barco do Grand Hotel des Bains, no Lido." Depois de hesitar um pouco, ele ainda falou: "A senhora está passando bem, *madame*? Achei que ouvi gritos".

"Deve ter sido engano seu." Com um movimento de mão, ela dispensou o homem. "Obrigada."

Apenas quando a porta da cabine foi fechada de novo ela relaxou. Não era impossível ter gritado. Talvez não fosse um espírito observador tão silencioso quanto supunha ser. Gabrielle recostou-se na poltrona e por um instante fechou os olhos. Felizmente as imagens lamentáveis do pesadelo só retornavam muito borradas por debaixo das pálpebras. Por que agora? Por que ali? O que estava acontecendo com ela para ser sufocada exatamente durante esta viagem por essas lembranças, como se fosse por um amante leviano e desprezível? Ela não estava indo à Riviera, mas num lugar ao qual nunca pusera os pés antes. Nada na Itália, muito menos em Veneza, poderia ligá-la a Boy.

Na sua incansável tentativa de arrancar Gabrielle do luto, Misia não se furtou a levar a amiga na própria viagem de núpcias. No final de agosto, em Paris, Misia Edwards e José Sert haviam se casado numa cerimônia espontânea, simples, partindo em seguida para a Itália. Os recém-casados não se esqueceram de convencer Gabrielle a se juntar a eles. Que ideia engraçada de ambos! Tão pouco convencional quanto tocante. Gabrielle estava viajando para Veneza apenas para não decepcionar Misia. Os dois eram tão carinhosos com ela que era impossível reagir de maneira negativa e mal-educada. E talvez o sol mediterrâneo e a arte veneziana realmente pudessem ajudar a relaxar. Gabrielle sentia como o corpo magro ia aos poucos trincando sob o peso do desespero.

Com um suspiro profundo, ela abriu os olhos. Pegou a bolsa, procurou por um espelho, checou a aparência. Ela tinha acabado de completar 37 anos e, enquanto antes sempre lhe davam dez a menos, agora parecia uma mulher de 40: a pele oliva parecendo desbotada, as sobrancelhas pretas como traços de carvão sobre os olhos vermelhos de tanto chorar, olheiras, os cantos da boca caídos, flácidos. Ela se esforçou em sorrir ao reflexo no espelho, sem muito sucesso.

Também de perto a plataforma se parecia com todas as outras que Gabrielle conhecia. Normal. Monótona, cinza, entupida de gente. Nada era tão suntuoso e maravilhosamente belo como ela havia esperado de Veneza.

Sem nenhum sinal de canais nem de palácios, descendentes de doges venezianos cravejados de joias, muito menos cortesãs sedutoras. As pessoas que desciam da primeira classe do Simplon Orient Express eram em sua maioria americanas e inglesas, que já nos primeiros segundos de sua chegada ao sul começavam a suar em bicas. O calor calcinante de setembro pousava sobre os trilhos, era intensificado pelas plataformas e, junto com o cheiro de carvão queimado e de corpos suados, concentrava-se debaixo do telhado de vidro.

O nariz sensível de Gabrielle se rebelou inconscientemente contra os odores. Ela segurou a respiração, o que pouco adiantava, visto que estava presa ali. Aqueles que desembarcavam, funcionários da ferrovia e carrinhos de bagagem, formavam uma montanha maciça diante de sua estatura baixa, delicada, e não lhe permitiam nem olhar ao redor. Caso Misia e José fossem buscá-la, estavam escondidos em algum vale entre as pessoas. E que barulho! Seu tímpano ameaçava romper pela cacofonia de vozes e de línguas, ruídos de motor e o vapor apitando. Em comparação, a movimentação mais animada na estação de Nice era uma tranquilidade só. Ela desistiu de procurar pelos amigos, era custoso demais encontrar um caminho por entre aquela confusão.

"Coco!"

Ao ouvir seu nome, Gabrielle sentiu como se um manto protetor estivesse sendo jogado sobre si.

Ela descobriu Misia no final do saguão da estação, debaixo do cartaz com a inscrição *Vaporetto*. A visão de sua amiga bonita, elegante, teve o efeito de uma brisa cálida: alta, o cabelo loiro escondido sob um chapéu de abas largas, sem maiores enfeites, e um vestido *chemisier* leve, da casa Chanel, que ia até o meio das canelas. Misia era alvo de olhares admirados e surpresos; provavelmente quase ninguém conseguia se imaginar com uma aparência tão fresca assim naquele lugar. Gabrielle abriu um sorriso largo, espontâneo.

Ela caiu nos braços de Misia. "Que bom estarmos juntas novamente."

"Você está horrível", a amiga devolveu sem rodeios, enquanto colocava o braço ao seu redor e a empurrava delicadamente para a saída. "Mas vamos fazer você mudar seus pensamentos aqui. Veneza é a melhor cidade para colocar a vida novamente nos eixos."

Ela não teve tempo para reagir ao comentário, pois as portas de vidro da estação se abriram – e Gabrielle sentiu-se subitamente ofuscada.

Seu olhar encontrou finalmente o panorama que conhecia por fotografias e a respeito do qual não ousara alimentar maiores expectativas.

O Grande Canal resplandecia em azul-aço à luz do sol vespertino e duas gôndolas deslizavam suavemente por ele, mergulhando na névoa que saía das chaminés dos pequenos barcos, à espera dos passageiros no cais da estação. Do outro lado daquela rua d'água, erguiam-se os maravilhosos edifícios medievais em tons de cobre – por vezes chamado de vermelho de tiziano graças ao mais famoso pintor de Veneza – diante de um reluzente céu azul. Uma brisa fraca soprava sobre o canal, não ventava de verdade, mas ainda assim era forte o suficiente para trazer o cheiro típico das algas e do alcatrão, característico de toda cidade portuária. A algaravia de vozes não diminuía ao ar livre, mas era menos perturbadora. As pessoas se distribuíam em diversos pequenos vapores, que se assemelhavam ligeiramente às pequenas chalanas do Sena. Quando Gabrielle quis seguir o fluxo, Misia puxou-a na outra direção.

José Sert esperava por elas debaixo de um pequeno baldaquino azul com franjas douradas. O espanhol que tendia ligeiramente ao sobrepeso acenou com um gesto amplo, antes de abraçar Gabrielle e beijar-lhe as duas bochechas. "O táxi está esperando pela senhora, *mademoiselle* Coco", ele brincou e apontou para o pequeno barco a motor na parte debaixo do píer. "A bagagem será transportada pelo navio do hotel até a praia do Lido. Enquanto isso, vamos desfrutar da maneira mais confortável de nos locomover. Não a mais romântica, mas tudo tem sua hora."

O marujo, vestido com uma camisa de marinheiro listrada de azul e branco, esticou a mão para Gabrielle a fim de ajudá-la a subir a bordo. Ela hesitou um pouco porque queria ficar controlando suas malas, mas depois decidiu confiar no destino. Ou no carregador veneziano de bagagens, na companhia Simplon Orient Express, no Grand Hotel des Bains – e no amigo José. Sem nem ao menos se virar outra vez, ela entrou no barco e sentou-se no banco com o olhar voltado à frente.

Bem-vinda a Veneza, Coco Chanel, pensou Gabrielle. Bem-vinda a uma nova vida.

CAPÍTULO 2

Gabrielle conhecia Deauville, Biarritz, Cannes e Monte Carlo. Ela conhecia a amplidão das praias brancas e a infinitude do mar, guarda-sóis coloridos e casas deslumbrantes, hotéis luxuosos e sua clientela elegante. Havia tudo isso no Lido também, mas alguma coisa era diferente. Mesmo na praia de mar aberto da ilha, a cabeça nunca se esquecia do que havia atrás: o cenário gigantesco da igreja San Giorgio Maggiore, que funcionava como um portão para o Grande Canal. Saber da inacreditável multiplicidade colorida da arte de séculos, do outro lado do canal Orfano, tornava mais animadas mesmo as conversas amenas sob o sol ardente durante o aperitivo no terraço repleto de colunas do Grand Hotel de Bains do que qualquer escândalo social, político ou artístico o faria.

O público mundano no Adriático pouco se diferenciava daquele de lugares afins. Era composto em grande parte pelos muitos imigrantes russos, que povoavam os banhos no Atlântico e as costas do Mediterrâneo desde a revolução no antigo império czarista, festejando a sobrevivência num êxtase que se pretendia eterno. Enquanto Gabrielle cochilava debaixo de um guarda-sol ao lado de Misia e de José, ouvia ao redor a prosódia eslava ou pelo menos o sotaque que se misturava ao inglês ou ao francês. Os tons já haviam se tornado familiares, embora ela não compreendesse nem uma palavra do russo. Mas a maioria dos refugiados, como representantes da classe alta czarista, falava francês.

O coração de Gabrielle abriu-se para isso desde que os primeiros príncipes e condes apareceram em Paris, vindos de São Petersburgo e Moscou. Na sua opinião, aqueles homens e mulheres altos, oriundos de uma aristocracia decadente, não eram apenas muito atraentes, mas também muito cultos e conhecedores de bons modos, do bom gosto e da elegância. Infelizmente, a maioria deles havia perdido seu dinheiro e, como na canção, era pobre de marré, de marré deci. Não trabalhavam para viver ou se aproveitavam da generosidade de seus mecenas ou amantes e de donativos de amigos. Também Misia juntava dinheiro por meio de um comitê, para o *Ballets Russes*, uma companhia de balé que já havia estado em turnês pela Europa ocidental antes da Grande Guerra. No comecinho da noite, os Serts queriam se encontrar com o empresário do grupo, o famoso Sergei Diaghilev, e claro que com Gabrielle a tiracolo.

Ela não se importava de ser uma espécie de sombra dos amigos por esses dias. Aliás, não gostava de ficar em evidência, preferia o papel de ouvinte quando os outros falavam; as conversas sagazes dos outros fiavam-lhe a memória e a inteligência. A viagem para Veneza realmente estava sendo um bálsamo para sua alma ferida. Ela não tinha qualquer responsabilidade, não precisava organizar nem resolver nada como fazia em seu ateliê, não se encontrava com ninguém que quisesse algo dela, não precisava fazer funcionar nem a cabeça nem o nariz a fim de encontrar o aroma especial que, apesar dos grandes esforços de François Coty, ainda procurava em vão. Pela primeira vez, ela aproveitava o dia, sem qualquer planejamento.

Isso lhe fazia tão bem quanto as impressionantes visitas às igrejas e aos museus venezianos e os comentários incansáveis e educativos de Sert sobre as pinturas, esculturas e arquitetura, tudo sempre terminando numa refeição maravilhosa num dos muitos restaurantes da cidade encantada. Gabrielle não chorava mais tanto quanto nos meses anteriores, em Paris. Em geral estava cansada demais para isso, depois dos passeios e das comilanças regadas a vinho. E as noites nas quais ela submergia em seu luto também foram rareando porque seu pensamento se voltava novamente a outros temas que não a perda terrível. E quanto maior sua paz interior, mais saudável ficava também a cor de seu rosto, mais brilhantes os olhos.

"Vamos nos encontrar com Serguei Diaghilev para um aperitivo no Café Florian", explicou Misia, enquanto percorriam com um barco-taxi a Laguna, em direção ao pôr do sol. As torres e as cúpulas de Veneza estavam mergulhadas em luz vermelho-dourada; do animado píer na Piazzeta ouvia-se um saxofone. Um músico de rua tocava *ragtime*, que não combinava exatamente com a fachada do Palácio Ducal, mas sim com o comentário de Sert: "Napoleão chamou a praça São Marcos de melhor salão de festas da Europa. Continua sendo".

Turistas e locais reuniam-se sob as arcadas das Procuradorias para tomar um espresso, um *ombra* – pequena taça de vinho – ou outro drinque. Gabrielle teria preferido se sentar num dos espaços internos do Caffè Florian para admirar os murais alegóricos. Ela gostava de obras de arte que se moldavam à arquitetura interna. Mas claro que não reclamou quando José lhe puxou uma cadeira junto à mesa ao ar livre.

O empresário russo e seu acompanhante apareceram antes de eles terem feito um pedido. Sergei Diaghilev, da idade de José, era um homem bem-apessoado que se vestia com elegância e emanava suavidade. O jovem que o acompanhava era delicado e magro, certamente não contava mais que 16 anos. Chamava-se Boris Kochno, como Gabrielle veio a saber.

Ambos os russos cumprimentaram-na com educação, mas com isso havia se encerrado a atenção que lhe seria destinada. Ela não parecia ser importante o suficiente para o famoso chefe do balé e seu secretário. Diaghilev supostamente nunca ouvira falar de *mademoiselle* Chanel e o rapaz, menos ainda. Ela não ficou magoada com a falta de atenção; pelo contrário, divertiu-se, pois se sentia igual a essas pessoas. Entre os artistas, sua procedência, a ocupação de seu pai e onde ela estudara nunca havia sido uma questão. Também ninguém lhe perguntava sobre o cabaré e os relacionamentos com homens de sua juventude. Os atores, pintores, poetas e músicos eram indiferentes a isso. O motivo de Diaghilev ter reagido com tão pouco interesse certamente não teria qualquer relação com sua origem. Por isso ela pisou no pé de Misia às escondidas, debaixo da mesa, quando a amiga quis começar uma apresentação.

Rebaixada como ouvinte invisível, Gabrielle recostou-se em sua cadeira e tomou uma taça de vinho branco gelado. A conversa girava em torno da recém-falecida, em Paris, a grã-princesa Maria Pavlovna, nascida princesa de Mecklenburg-Schwerin, casada com o irmão do penúltimo czar e tida como eminência parda na corte de São Petersburgo.

"Claro que ela foi a mais importante de todas as grã-princesas da Rússia", elogiou Diaghilev. "Um dos momentos mais belos da minha vida foi rever minha antiga *patronesse* no início do ano, aqui em Veneza, depois da fuga. Infelizmente sua saúde já não era das melhores. Sua morte foi uma perda trágica." Para sublinhar suas palavras, ele pegou o lenço branco do paletó e secou as pálpebras. "Este lenço é o último presente que me restou dela."

Era apenas uma levíssima emanação, mas graças ao treinamento de François Coty, o nariz de Gabrielle registrou por um instante o aroma que perfumava o lenço. Floral e ao mesmo tempo amadeirado, seco com uma ínfima nota doce. Promessa e realização ao mesmo tempo. Uma mistura de muitos aromas incomuns, que Gabrielle não conseguia encaixar de pronto. Que singular! Era preciso muito esforço para não levar sua cadeira ainda mais perto de Diaghilev.

"Quando penso na grã-princesa, lembro-me da estreia de *A sagração da primavera*", ela ouviu Misia falando.

"Que estreia!", exclamou Diaghilev, encantado. "Música de Stravinsky, cenário de Picasso e figurinos de Poiret. Foi maravilhoso. Excessivo para o público esnobe, ignorante, de Paris."

Gabrielle lembrou-se da sua ida ao teatro, naquela época. Ela assistira à apresentação cerca de um ano antes do início da guerra, numa das poucas oportunidades em que abria mão da companhia de Boy. Ela seguira a dica de uma das clientes de seus chapéus. Na verdade, só frequentava o balé por causa dos figurinos. Queria ver as criações de Paul Poiret. Ficou tão seduzida nos cortes e nos tecidos, nos bordados e nas aplicações artísticas, no encantamento das cores com todo aquele vermelho luminoso, que a princípio nem notou o escândalo. Mas é claro que se impressionara com os movimentos incomuns de ginástica dos dançarinos, ouvindo com espanto os músicos que exigiam que seus instrumentos alcançassem limites acústicos. A recepção da obra foi de decepção, em vez de contentamento. As vaias, os assobios e os protestos do público fizeram com que o diretor artístico do recém-construído Théâtre des Champs-Élysées acendesse a luz, enquanto os dançarinos e os músicos continuavam a apresentação com uma calma estoica, no palco e no fosso da orquestra. Um fracasso sem igual, que embora tenha tornado o compositor Igor Stravinsky conhecido no mundo inteiro, não levou ao sucesso nenhum dos outros envolvidos. Exceto Poiret, claro, que continuava incólume, no topo do mundo da moda.

"Na época a grã-princesa não havia financiado a apresentação em Paris?", perguntou Misia.

Diaghilev guardou o lenço no bolso superior do paletó e, para a tristeza de Gabrielle, a nuvem aromática se dissipou. "Nunca me esquecerei da generosidade de Sua Majestade", ele respondeu à pergunta de Misia. "Nos dias de hoje, esse tipo de patrocínio se tornou infelizmente impensável."

"Embora o dinheiro não devesse ter importância na arte", José Sert se pronunciou.

"Como homenagem à grã-princesa, quero incluir a *Sagração* em nossa programação de outono. Léonide Massine, nosso coreógrafo, já está ensaiando com o grupo, mas os custos para a remontagem são enormes. *Mon dieu*, a começar pela orquestra sinfônica de que Stravinsky precisa!

Sempre o dinheiro! Apesar de seus esforços de coleta, ainda não está certo se vamos chegar lá, *madame* Sert." Diaghilev curvou-se, pegou a mão de Misia e, com um gesto galante, levou-a a boca. "Apesar disso, sei exatamente que o tempo está apropriado para a *Sagração*..." Num silêncio muito significativo, ele parou, balançou a cabeça e esticou a mão na direção de sua taça.

"Vamos dar um jeito de o senhor conseguir montar a nova versão da *Sagração*", afirmou Misia sem muita convicção.

"É tão triste que nossa última turnê pela Inglaterra tenha sido artisticamente brilhante, mas de tão pouco retorno financeiro."

Gabrielle mal estava escutando. O que lhe interessava o balé? Era o aroma que ainda flutuava em seu pensamento com o toque de uma recordação. Essa era a sensação que ela queria alcançar com uma *Eau de Chanel*. Seus olhos esquadrinharam ao redor, fixando-se no lenço de bolso do empresário, que lhe fazia lembrar-se de uma rosa murcha. Era imprescindível que ela descobrisse qual era esse perfume tão impactante. Será que podia ser deselegante e interromper de maneira brusca a conversa entre Diaghilev e os seus amigos? Será que ele saberia qual perfume a grã-princesa da Rússia tinha usado? Gabrielle quebrou a cabeça e imaginou que a remontagem de *A sagração da primavera* era tão importante para a Compagnie des Ballets Russes como a descoberta da fórmula adequada era importante para ela.

"O mundo inteiro conhece seu nome, mesmo assim Stravinsky precisa viver com a família em condições muito precárias", ela escutou Diaghilev se lamentar. "Esse grande compositor leva a vida de um camponês pobre. Nossos tempos são sombrios."

"*Pues bien*!", Sert interrompeu as lamúrias e ergueu a taça, "saúde, amigos. Apesar de tudo, vamos brindar à vida e à amizade! *Salud*!"

Ela faria o papel de ridícula caso simplesmente perguntasse sobre o perfume naquela hora, pensou Gabrielle. Ela acompanhou o brinde, ainda sem lhe dar muita atenção. Algum dia farei você me enxergar, Sergei Diaghilev, passou pela sua cabeça. Se eu conseguir criar um perfume que seja tão inimitável quanto o do lenço da grã-princesa, também nada se oporá ao sucesso de *A sagração da primavera* do Ballets Russes. Vou tomar conta disso. No instante seguinte, um levíssimo sorriso movimentou seus lábios, porque ela sorria internamente de si mesma e dos planos grandiosos.

CAPÍTULO 3

Ao contrário dos amigos, Gabrielle era madrugadora. Ela estava acostumada a começar o trabalho às sete e seu relógio interno arrancava-a cedo da cama também nas férias.

Nos primeiros dias ela ficou na companhia de um livro até metade da manhã, no jardim ou no terraço do hotel. Mas em algum momento mesmo o novo romance de Colette sobre o amor impossível de uma mulher madura com um homem muito jovem não conseguiria vencer a mística da cidade encantada. Veneza, com seus muros antigos, testemunhas mudas de histórias sem fim, seduzia Gabrielle. Então ela deixou *Chéri* no seu quarto, pegou a bolsa e foi até a estação do *vaporetto* a fim ir até a Piazza San Marco com o ônibus aquático. Sozinha pela primeira vez e como uma turista absolutamente comum.

A magia que a fascinava nos passeios de fim de tarde com os Sert ardia hoje sob o sol da manhã escaldante. Fazia muito calor e havia turistas demais na praça e nas vielas adjacentes. Mesmo os pombos, fatigados, alçavam voo apenas quando eram espantados por crianças saltitantes. E os muros se calavam. Gabrielle sentiu gotinhas de suor se juntarem sob o laço do chapéu; a seda de sua camisa de alfaiataria grudava, úmida, nas costas. Ela pensou se era o caso de tomar um drinque, mas preferiu não. As mesas dos cafés estavam quase todas ocupadas, os restaurantes se preparando para o almoço. Bem ou mal ela teria de se misturar à massa de gente com a qual tinha sido conduzida pelas vielas sem rumo definido. Quando por acaso passou diante de um ancoradouro no Grande Canal, ainda não percebido pelos turistas, parou a fim de observar o vai-e-vem de um *traghetto*.

O único passageiro dessa gôndola comprida que fazia o trajeto entre Sestiere Dorsoduro e San Marco era um cãozinho cor de conhaque ligeiramente parecido com uma raposa. Quando o gondoleiro atracou, o animal saltou todo alegre, com o rabo em pé, sobre o muro do cais. Primeiro ele se sentou e olhou cheio de expectativa em volta. Depois de um tempo, supostamente entediado, saiu caminhando até a entrada de uma casa, onde ficou farejando os detritos largados por ali. Em seguida, ergueu uma perna, marcou o lugar e voltou ao ancoradouro.

Nesse meio-tempo, um casal com um filho pequeno já tinha embarcado, mas o marinheiro esperava paciente pelo seu pequeno passageiro. Sem refletir muito a respeito, Gabrielle começou a andar e também se juntou ao grupo. Seu desejo não era exatamente o de fazer a travessia, mas ela amava os cachorros. Os seus próprios eram os melhores amigos e os consoladores mais longânimes em suas horas escuras. Ela era especialmente apegada a Pita e Popee, presentes de Boy. Na sua ausência, os animaizinhos eram cuidados pelo casal de empregados; não era preciso se preocupar, os cães passavam bem. Mas naquele momento ela sentiu muitas saudades. Ela queria acariciar as cabecinhas fofas, sentir o pelo macio sob os dedos, o focinho úmido na pele. Por essa razão se sentiu tão atraída por aquele mascote, o último a subir na gôndola. Não teve coragem de esticar a mão e tocá-lo, pois temia que qualquer movimento fosse tombar o barco, que balançava. Ela se limitou a olhar para o simpático cachorrinho: ele estava no banco da frente e mantinha o focinho erguido, como se quisesse sentir o cheiro do outro lado.

A tranquila travessia durou apenas poucos minutos. Gabrielle desceu do *traghetto* com pesar e voltou a flanar. Dessa vez não acompanhando os grandes grupos de turistas. Seguiu as sombras que mergulhavam seu caminho numa obscuridade agradável, percorreu vielas surpreendentemente vazias, a cada vez desembocando em praças banhadas de sol, onde geralmente uma árvore e um banco convidavam-na a descansar. Mas ela não deu trégua ao corpo molhado de suor e continuou caminhando, saboreando a mente vazia. Quando chegou num pequeno canal lateral viu uma balsa atracada, carregadíssima com todo o tipo de frutas e verduras. A imagem pareceu-lhe uma festa aos olhos. Foi ali que ela finalmente resolveu parar – maravilhada, ficou observando.

Uma mulher roliça e um grupo de jovens com roupas chamativas juntou-se a ela. A italiana começou a discutir em voz alta com o fruteiro, negociando suas compras; os outros eram turistas como Gabrielle e pareciam tão impressionados quanto ela com a exuberância das cores.

Em seguida, um séquito de meninas pequenas, de 6 anos talvez, passou caminhando pelo barco em fila dupla e guiadas por uma mulher de hábito. Eram órfãs. Provavelmente viviam no convento próximo, constantemente torturadas pela fome e perseguidas por um onipresente sentimento de solidão. Gabrielle sentiu os olhos se enchendo com um mar de lágrimas. Ela sempre chorava quando via meninos ou meninas na mesma situação que a sua no passado.

"*Mademoiselle...*"

Primeiro ela apenas ouviu a voz suave.

Só depois de alguns instantes ela percebeu, através do véu de lágrimas, um lenço branco de cambraia numa mão masculina bem-cuidada. Alguém estava lhe oferecendo um lenço.

Ela ignorou a oferta e esfregou os dedos sobre as pálpebras.

"Também sempre fico tocado ao ver crianças de orfanato", explicou o jovem cavalheiro em francês. "Posso entendê-la, *mademoiselle...*" Ele hesitou um pouco e continuou: "*Mademoiselle* Chanel, não é?"

Surpresa, ela o olhou com atenção pela primeira vez. Ele era grande e esguio, com pernas muito longas; seu corpo desenvolvido parecia não combinar direito com a cabeça pequena e os traços bem marcados, os olhos verde-mar e o cabelo loiro-escuro. Parecia alguém sensível, triste e – talvez exatamente por causa disso – muito atraente para ela. Desse homem ninguém se esquecia rapidamente.

"Se ele lhe interessa", disse a famosa soprano Marthe Davelli, "passo-o à senhora, mademoiselle Chanel. A longo prazo, ele é um pouco caro para mim."

Há alguns meses, a diva da ópera havia oferecido um jantar em seu apartamento em Paris e Gabrielle não pôde recusar. Nessa oportunidade, ela foi apresentada à conquista do momento da anfitriã: grão-príncipe Dimitri Pavlovitch Romanov, primo do último czar, 29 anos, um pouco tímido, mas charmoso. Como ex-cavaleiro olímpico tinha um porte muito esportivo e, para além disso tudo, envolto numa aura de aventura e de licenciosidade. Ele fazia parte dos conspiradores que haviam assassinado o místico Rasputin, e fugido dos bolcheviques para Londres, passando por Teerã e Bombaim.

Gabrielle se recordou de um breve diálogo com o grão-príncipe, dos olhares dele à mesa, que não paravam de buscar os seus. Ela devia ser seu tipo, pois Marthe Davelli tentava havia anos copiar o estilo de Coco Chanel. Gabrielle, porém, não levou o flerte adiante e recusou sem pestanejar a magnânima oferta da cantora. Ela sentia falta de uma pessoa impossível de ser substituída por alguma coisa ou por alguém. Além disso, não ousava imaginar o que um homem como Dimitri Romanov diria quando soubesse que ela era filha de um trambiqueiro.

Ela se esforçou para sorrir. "Também não o esqueci, Dimitri Pavlovitch."

Ou será que ela tinha de ter se dirigido a ele usando seu título de nobreza? Sua cabeça estava a mil. De repente, ela não sabia mais o que era certo, os pensamentos divididos entre a tragédia de sua vida e a recepção da cantora Davelli. Seus olhos procuraram as crianças órfãs e depois se voltaram ao homem alto, bem mais alto que ela.

"Fico contente por esse inesperado reencontro, *mademoiselle* Chanel." Ele curvou-se ligeiramente. "Realmente contente."

"Dimitri, onde você está?", uma voz feminina que não se parecia com a de Marthe Davelli se fez ouvir. Era de uma das moças bonitas do grupo.

Ele não se virou, não tirou os olhos de Gabrielle. "Já vai. Daqui a pouco estou aí", ele respondeu.

"Sua namorada vai ficar brava."

"Minha irmã Maria sempre me desculpa", ele retrucou com um sorriso.

De soslaio, Gabrielle observou os jovens russos se afastando, aos cochichos e risadinhas. A irmã de Dimitri se esforçava em não encarar Gabrielle de maneira muito ostensiva. Esta última, por sua vez, não conseguia deixar de observar Maria Pavlovna com interesse. Curioso, ela pensou. A princesa era uma mulher luminosa – e o chapéu de palha de abas largas uma sensação, mesmo se Gabrielle achasse o véu de tule que ela usava por baixo um tanto exagerado. A roupa, entretanto, deixava a desejar; a irmã de Dimitri vestia-se feito uma camponesa.

Os olhos das duas mulheres se cruzaram por um átimo. Quaisquer outras teriam desviado o olhar, sentindo-se flagradas. Gabrielle e Maria, porém, se olharam com um misto de obstinação e curiosidade.

Apenas depois de um certo tempo a russa virou a cabeça bruscamente. De queixo erguido, seguiu os amigos sobre a ponte estreita do canal, em cuja margem estava o barco com as frutas coloridas. Gabrielle acompanhou-a com o olhar, também notou o jeito de caminhar das mulheres no grupo de Maria e Dimitri e pensou que as princesas russas dariam ótimos manequins de passarela.

"Seria uma honra se você aceitasse o meu lenço", disse Dimitri Pavlovitch.

Gabrielle teve de se voltar para o grão-príncipe. Todo o resto seria falta de educação. Mas as palavras dele soavam tão deliciosamente ultrapassadas, seu gesto tão romântico, que dessa vez o sorriso nasceu do coração. "Sinto muito", ela pegou o lenço e deu umas batidinhas nas pálpebras, que nesse meio-tempo nem mais estavam molhadas, "que o senhor tenha me encontrado nesse estado."

"Uma dama que derrama lágrimas ao ver pobres órfãos me comove. Sabe, também cresci sem pais. Minha irmã é a única pessoa que restou da minha família."

"Comigo aconteceu o mesmo: também fui criado por estranhos." A voz de Boy ecoava na cabeça de Gabrielle. Ela lhe parecia tão próxima e familiar como as batidas dos cascos dos cavalos de polo no campo, correndo, bufando, e o barulho do taco acertando a bola. Essa foi a primeira frase pessoal que ele dirigira a ela. Após uma partida de polo, os dois estavam na beirada do pasto do castelo Royallieu, observando os pôneis comendo grama."

O fato de Dimitri ter dito a mesma frase que Boy no passado abriu-lhe o coração. Ela pensou no que responder sem revelar muito de si e ainda continuar oferecendo empatia. Mas ela ainda estava confusa demais, enrodilhada em suas lembranças, para invocar a criatividade. Por essa razão, tentou desviar o assunto: "Sua irmã é uma mulher bonita".

"Oh, sim. E muito talentosa. Maria sabe desenhar e bordar maravilhosamente. O artesanato russo tornou-se uma obsessão. Ela quer muito preservá-lo do esquecimento."

Sem querer, ela se lembrou dos planos de Diaghilev. "A proteção de seus antigos valores é uma grande tarefa."

"Sim. Exatamente. Sobretudo porque as esperanças da maioria dos imigrantes acabaram. Nunca mais conseguiremos retornar a Petrogrado e para nossas vidas de antes. Os bolcheviques venceram."

Enquanto ele falava, tinha enlaçado o braço dela com a maior naturalidade. Lado a lado, passeavam por uma praça e depois entraram numa viela erma. Gabrielle não fazia a menor ideia para onde estava caminhando. Mas tanto fazia. Seu objetivo, se muito, era o caminho. E caminhar ao lado daquele príncipe era inebriante.

Na hora que fez a observação sobre os bolcheviques vitoriosos, Dimitri chutou para o lado uma pedra que havia se soltado do ressalto de um muro. O pequeno pedaço de mármore foi quicando sobre o calçamento. Esse era o único ruído. Ao redor deles, só silêncio; a agitação febril de Veneza parecia ter sido apagada.

Eles continuaram calados por um tempo. Gabrielle achou agradável não ter de ficar mantendo uma conversa ridícula qualquer com Dimitri, como era costume se fazer ao se passear com desconhecidos. Era agradável sentir sua proximidade e ao mesmo tempo permanecer calada. Pensou se aquele encontro poderia ter um futuro. Será que as barreiras sociais que os haviam separado no mundo anterior da guerra tinham sido realmente derrubadas? Será que ele a convidaria para um drinque? Quem pediria a conta? Ela sabia lidar com homens, mas até então costumava ter as contas pagas, e não o contrário. O grão-príncipe possuía algum dinheiro? Em geral, os nobres russos refugiados não tinham nada, e se Gabrielle estava bem lembrada, Dimitri trabalhava em Londres como representante de uma marca de champanhe. Seu salário era suficiente para cortejar uma mulher rica sem berço?

"Você ainda não me contou por que motivo começou a chorar ao ver os órfãos", ele interrompeu os pensamentos dela. A voz era tão suave e melódica que as palavras nem fizeram eco naquela viela estreita.

Nunca que ela lhe contaria a verdade. Nunca. Ninguém ainda ouvira essa história de sua boca. Nem mesmo Boy. Misia também não. Ela sentia vergonha da sua origem e daquilo que o pai lhe fizera. Por essa razão, escondia-se numa lenda, na qual já estava quase acreditando também. Tratava-se de uma invenção como todos aqueles contos de fadas com os quais ela floreava sua biografia. Desde a infância, Gabrielle se aferrava à mentira misericordiosa. A verdade continuava sendo insuportável e a vergonha era grande demais.

"Lamento a sina das pobres crianças e sou grata por não ter passado por isso, embora também tenha perdido meus pais muito cedo", ela afirmou, intrépida. "Depois da morte precoce de minha mãe, meu pai emigrou para os Estados Unidos, onde se tornou um comerciante de sucesso. Claro que ele não podia me levar. Antes da sua partida, fui deixada com minhas tias. Nunca o revi." Exceto a última frase, nada era verdade.

"Somos ambos órfãos", Dimitri Pavlovitch Romanov concluiu. "Isso cria um vínculo. Não acha?" Nessa hora, os dedos dele roçaram, como que sem querer, a parte interna do antebraço dela.

Um leve arrepio fez a pele de Gabrielle vibrar. Ela reagiu ao toque como uma corda, há tempos intocada, de um instrumento que queria produzir sons perfeitos. Mas não era apenas o súbito despertar do desejo por mãos masculinas sobre seu corpo que a tonteava: o primo do último czar se sentia unido à filha ilegítima de uma lavadeira com um mascate. Além disso, ele a fazia lembrar-se de Boy.

Gabrielle brincou com o lenço alheio e não estava bem certa se devia rir ou chorar.

CAPÍTULO 4

"Ele é oito anos mais novo do que eu."

"E daí?", Misia respondeu de pronto. "Esqueça a idade, são apenas números."

"Ele é um grão-príncipe russo."

"Então?"

"Pobretão."

"Você tem dinheiro para dois."

"Ele poderia ser o novo czar."

"Oh, Coco!" A exclamação parecia um grito de dor.

Misia ergueu a cabeça, pegou um punhado de areia e viu os grãozinhos finos caírem sobre as pernas nuas. "A velha aristocracia encontra a executiva moderna. É o novo mundo, *ma chère*." Como se isso explicasse tudo, ela voltou a se recostar na espreguiçadeira.

Gabrielle esperava encontrar uma aliada em Misia. Uma amiga que dividisse seus receios em relação a um relacionamento com o grão-príncipe Dimitri Pavlovitch Romanov. A bem da verdade, ela queria que Misia a convencesse a largar mão desse homem. A atração que sentia por ele era tão forte que não tinha forças para impedir o que aconteceria necessariamente após o primeiro encontro com ele. Não era uma questão sobre o se, mas sobre o quando. Mas ela ainda não estava pronta para um novo amante. Gabrielle continuava sofrendo e é provável que, nos braços de outro, ficaria pensando apenas no falecido – e isso estragaria tudo. Era injusto com Dimitri compará-lo a Boy. E ela tinha medo de amar outro homem. Não de amar tanto quanto um dia amou Boy, mas de sentir alguma coisa em relação a qualquer outro homem. Ela temia o próprio fracasso. Mas, havia seu corpo que exigia carinho e satisfação. E, por fim, havia ainda sua alma, que se beneficiava de atenção e admiração. Dimitri era atraente, culto, elegante. Um príncipe, não apenas dos contos de fada. Claro que Gabrielle gostava dele.

Ela aproveitara a hora de ócio na praia a fim de se abrir com Misia. Como José precisava fazer algumas ligações, ele tinha ficado no hotel; a oportunidade de conversar a sós com a amiga era aquela. Elas estavam deitadas lado a lado sob o guarda-sol próximo do cais. O marulho das ondas pequenas chegava aos seus ouvidos. O lugar ficava distante dos outros banhistas, de modo que ninguém atrapalhava a conversa. No começo, Gabrielle leu as últimas páginas de *Chéri*, sentindo-se estranhamente tocada. A história de uma mulher experiente e seu jovem amante não terminava bem. Seria um mau augúrio estar lendo exatamente esse livro ao se encontrar com Dimitri? De todo modo, a diferença de idade lhe parecia o argumento mais forte contra uma relação. Misia, porém, não compartilhava dessa opinião.

"Ele não é Boy", disse Gabrielle baixinho.

A mão que ainda há pouco tinha mexido na areia, tocou a mão de Gabrielle. Misia, em silêncio, apertou os dedos da amiga e alguns grãos de areia arranharam a pele dela. O que havia para dizer?, pensou Gabrielle. Claro que Dimitri não era Boy.

"Ainda não estou pronta para um novo amor", ela explicou num tom enérgico.

Misia puxou a mão. "Quem está falando de amor? Você tem de se divertir. Por isso estamos em Veneza. Se Dimitri Pavlovitch idolatra você, tanto faz o que você sente." Sua voz se tornou mais doce ao acrescentar: "Coco, está na hora de suas feridas cicatrizarem. Ele me parece o bálsamo perfeito."

Sim, ele era. Claro. Misia tinha razão, e Gabrielle sabia. Mas enterrar silenciosamente o luto por Boy num cantinho do coração, assim como Diana fez com o morto no cemitério de Montmartre, lhe parecia uma traição ao seu grande amor. Ela o tinha esquecido por algumas horas. E se sentia culpada por isso.

Ao lado de Dimitri, ela havia flanado pelas belas e antigas vielas de Dorsoduro e San Paolo. Eles tinham conversado, observado e admirado lugares e coisas, se divertido. Quando não estavam chamando a atenção um do outro para algo especial numa fachada ou numa mureta de ponte, rindo de um gato roncando num peitoril de janela ou assistindo uma gôndola passar por um pequeno canal, conversavam sobre medos de abandono e quebras de confiança. O que tinham em comum era inegável; mesmo se suas experiências fossem de mundos completamente diferentes, seus sentimentos a respeito eram semelhantes.

A mãe de Dimitri, a princesa Alexandra da Grécia e Dinamarca, tinha morrido no parto. Embora o czar não tivesse aprovado o casamento, seu pai se casou com uma mulher de uma nobreza secundária, que há anos já era sua amante. O casal teve de deixar a Rússia, fugiu para Paris, mas Maria e Dimitri permaneceram no império czarista. O tio Sergei Alexandrovitch Romanov, o governador de Moscou, assumiu as crianças. Essa vida em família relativamente amorosa não durou muito: Sergei foi vítima de um atentado quando Dimitri tinha 13 anos. As crianças foram desenraizadas de novo, dessa vez Maria e Dimitri foram encaminhados à corte, Dimitri diretamente aos cuidados da família do czar. Para ele, foi o início precoce de uma trajetória como oficial. "Provavelmente numa caserna a situação não seja muito diferente de um orfanato", comentou Dimitri e Gabrielle assentiu, concordando. Ela sabia o que ele queria dizer. Mesmo assim, não revelou nada sobre a época mais sombria de sua vida, que aconteceu quase na mesma época.

Eles andaram horas por Veneza e conversaram tanto que uma profunda confiança havia sido estabelecida. Por fim, chegou a hora de Gabrielle retornar ao Lido, os Sert ficariam preocupados caso ela se ausentasse ainda mais. Ela se despediu de Dimitri num atracadouro.

Na hora do adeus, ele lhe beijou a mão e perguntou pelo endereço do seu hotel.

Evidentemente que ela disse onde estava hospedada. No dia seguinte, no caminho à praia na companhia de Misia, o porteiro do hotel lhe entregou uma mensagem do grão-príncipe: tratava-se de um bilhete manuscrito com o pedido de um reencontro à noite. Dimitri sugeria uma visita ao cassino que ficava no Grand Hotel Excelsior do Lido, não distante do hotel de Gabrielle. Provavelmente ele estava supondo que ela preferiria um encontro nas proximidades. Isso combinava com sua elegante civilidade. Um passeio depois do jantar, um jogo de azar em todos os sentidos. Tudo estava em aberto.

Naquele momento, porém, o estado de espírito de Gabrielle era outro. Aceitar o convite significava tomar uma decisão com sérias consequências. *Rien ne va plus.*

"Do que você tem medo?", perguntou Misia a meia-voz. "Até hoje, você foi a única pessoa que eu conheci que nunca demonstrou medo."

Claro que nunca tive medo, Gabrielle pensou, afinal eu estava com Boy.

No mesmo instante ela percebeu que isso não era verdade.

Ela tinha dado sozinha os primeiros passos rumo a uma vida livre. Naquela época, ao deixar o convento. E mais tarde, ela tomou sozinha a decisão de aparecer na propriedade de Étienne Balsan em Royallieu, apostando numa vida melhor. Eles tinham dormido juntos algumas vezes antes, apenas isso. Na verdade, não havia nada em que sua impertinência pudesse se apoiar. Mas quando ele abriu a porta para ela, foi como se um novo mundo se revelasse. Um mundo que ela conquistou com coragem, valentia e determinação. A porta para sua felicidade. E seu maior fracasso.

Ela quebrou a cabeça para expressar em palavras a confusão da sua mente e da sua alma, a fim de explicar para Misia o que ela no fundo queria fazer, mas não podia. Ainda não, ao menos. Enquanto refletia e revirava seu íntimo, José Sert apareceu do lado da espreguiçadeira de Misia, um garçom logo atrás portando uma bandeja com copos de limonada e uma bacia de prata onde os cubos de gelo já começavam a derreter.

"Minhas senhoras, o que acham de darmos um pulinho a Roma?"

"O que você quer fazer em Roma?", perguntou Misia, enquanto ajeitava os óculos escuros.

Mas José era só sorrisos. "Homenagear Bernini. E Michelângelo", ele disse em seguida.

Misia retribuiu os sorrisos de Sert, para depois de voltar a Gabrielle: "Apresse-se com seu encontro, Coco, senão teremos partido antes do primeiro beijo".

"Perdi alguma coisa?", perguntou José.

"Não", Gabrielle se apressou a responder. "Nada."

Ela pegou um dos copos e encerrou a conversa com um gole grande de limonada gelada.

Champanhe, pensou ela, hoje à noite tomaremos champanhe. E um arrepio percorreu seu corpo.

CAPÍTULO 5

As taças se tocaram com um tilintar muito suave.

"*Santé*", desejou Dimitri, olhando profundamente nos olhos de Coco. O tempo pareceu parar por um instante, os músicos no terraço fizeram silêncio e os muitos hóspedes no bar do Hotel Excelsior tornaram-se bonecos inanimados. Nem o ar se movimentava, as folhas das palmeiras não tremulavam mais na brisa leve, os grilos pararam de zunir, as ondas batiam sem se fazer notar ao redor dos pilares do píer particular do hotel. A única coisa que existia no mundo era o som da voz suave de Dimitri e aquele olhar que penetrava a alma.

"*Cheers*", Gabrielle respondeu em inglês. Foi mais sem querer do que proposital, ela se admirou. Ela conhecia o termo por causa de Boy.

O encanto se quebrou, os ruídos habituais retornaram: a orquestra tocava "Whispering", sucesso onipresente, e o cantor assobiava o refrão. Sobre a pista de dança, casais se movimentavam, os garçons andavam acelerados de mesa em mesa. Bar e restaurante ficavam ao ar livre, limitados pelos muros de ar oriental e do jardim dominado por plantas exuberantes, muito verdes, que se estendia até a praia. Milhões de estrelas faziam o telhado do céu brilhar e os grilos prosseguiam com suas serenatas.

"Como se brinda em russo?", perguntou Gabrielle, que soltara sua taça de champanhe após o primeiro gole.

"Na corte, todos falávamos francês. Por isso sempre brindamos na sua língua." Sonhador, Dimitri rodou a haste da taça entre os dedos. Ele fez silêncio por um instante, certamente estava enlevado pelas lembranças, para depois sorrir satisfeito. "O francês tem suas vantagens, pois *santé* é bem mais curto, dava para começar a beber mais rápido. Os brindes russos em geral são muito longos, porque reverenciamos a alegria de viver desse e daquele e também a vida e a saúde e sei lá mais do quê. Demora. Mas também dizemos que beber sem brindar é uma bebedeira infame."

"Gosto dessas histórias." Ela retribuiu o sorriso dele.

"Na verdade, são histórias tristes, porque tratam do passado e não do futuro."

"Qual brinde em russo seria adequado para agora?" Ela ergueu a taça, na expectativa.

"*Za lyubov*!"

"O que quer dizer?"

O olhar dele entregou o significado antes mesmo de dizer: "Ao amor!"

Gabrielle hesitou. De repente, a música estrondeava nos ouvidos, tudo ao redor parecia soar mais alto e mais nítido, até o olhar de Dimitri. Como sob uma lupa. Como se ela tivesse de aceitar o momento em toda sua clareza. Sua razão sabia que ela precisava se decidir – e o coração capitulou diante do corpo. Dessa vez ela não brindou com Dimitri, mas deixou unicamente os olhos falarem, mergulhando nos dele enquanto sorvia um gole do champanhe.

Um pouco mais tarde, ela estava em seus braços. Eles flutuavam ao som da versão jazzística da canção napolitana "O sole mio", que a orquestra tocava. Dimitri era um dançarino maravilhoso, tão apaixonado quanto elegante. Ele a conduzia com uma força oculta, que despertou o desejo dela de maneira promissora. Sob os dedos, ela sentia o movimento dos músculos dos ombros masculinos, inalava seu perfume, o calor dele a aquecia. Permitiu que ele a puxasse mais para perto, de modo que os quadris se tocassem. As coxas mexiam-se de maneira harmoniosa, como se fossem de uma única pessoa. Seus rodopios se tornaram mais lentos, encontraram um ritmo próprio e perderam o contato com a música ritmada. A dança era uma promessa.

Quando voltaram à mesa, de mãos dadas, o olhar de Gabrielle recaiu casualmente na entrada, uma passagem de estilo mourisco. Ela ainda estava totalmente enlevada, vibrando sob a influência do desejo e da música. Por essa razão ela precisou olhar duas vezes até reconhecer Sergei Diaghilev. Na companhia de vários homens, entre eles também seu secretário Boris Kochno, ele estava sendo conduzido à mesa pelo *maître*. O grupo se pôs em movimento e era fácil reconhecer os que se movimentavam com a elasticidade de dançarinos e os que eram executivos, que provavelmente pagariam a conta daquela noite. Possivelmente Diaghilev concedia sua atenção a esses senhores apenas na expectativa de um donativo generoso. Ninguém dessa roda olhou para eles.

Dimitri percebeu o olhar dela. "Você conhece Sergei Pavlovitch Diaghilev? Quer cumprimentá-lo?"

"Sim. Não. Quer dizer, não é preciso." Embora não fosse educado, ela não conseguia tirar os olhos do empresário. Quando Diaghilev puxou seu lenço e agitou-o rapidamente no ar, ela soltou: "Gostaria de saber qual o perfume da sua grã-princesa."

"De qual grã-princesa?"

Gabrielle, que tinha acabado de se sentar, olhou para Dimitri, espantada pela própria ignorância. Por que ela não tinha pensado logo em perguntar ao seu novo admirador a respeito do perfume da falecida Maria Pavlovna? Caso tivesse compreendido corretamente os estudos genealógicos de Misia sobre os Romanov, a grã-princesa fora sua tia. Cada membro da alta nobreza russa parecia ser grã-princesa e grão-príncipe, era fácil de se confundir. Além do mais era duvidoso que o sobrinho soubesse qual a água de colônia preferida da tia. Mas a tentativa era válida.

"A grã-princesa Maria Pavlovna, nascida princesa de Mecklenburg", ela explicou e lançou uma oração agradecendo aos céus pelo conhecimento de Misia sobre a árvore genealógica dos Romanov.

Sem hesitar, Dimitri respondeu: "Acho que se trata do *Le Bouquet de Catherine*. O que minha irmã usa."

Os olhos dela se arregalaram. "Oh!" Não era possível dizer mais nada, tamanha sua surpresa.

Ele esperou até o garçom voltar a encher as taças de champanhe para então perguntar: "Por que isso lhe interessa?".

O desejo físico que havia nascido em Gabrielle enquanto estava nos braços dele transformou-se de repente numa ambição comercial, a amante chorosa virou executiva focada. Mesmo quando Dimitri acendeu um cigarro para, em seguida, oferecê-lo a ela, a magia erótica não aconteceu. Gabrielle deu uma tragada antes de explicar: "Quando encontrei com *monsieur* Diaghilev, tive a impressão de ter sentido um aroma especial. O lenço que a grã-princesa lhe deu recendia a um perfume diferente de todos que conheço. Não era aquele aroma padrão de rosas, que só existe para disfarçar o odor corporal. Era uma mistura esplêndida, absolutamente incomum. Um pouco como *Chypre*, de Coty, mas muito, muito melhor. Infelizmente não tive oportunidade de perguntar a *monsieur* Diaghilev pelo nome do perfume."

Dimitri acendeu um cigarro para si. Sua boca soltava pequenas nuvens de fumaça ao falar: "Estou seguro que se trata de *Le Bouquet de Catherine*. Foi criado em homenagem à czarina Catarina, a Grande. Mas devido à sua origem alemã, no início da guerra seu nome foi alterado para *Rallet n.1*, que era como se chamava o fornecedor da corte. Apenas as damas mais distintas em Petrogrado e Moscou podiam usá-lo."

"Felicito essas damas por seu bom gosto."

"Em nenhuma outra corte da Europa a questão dos aromas era tão importante quanto em Petrogrado. Éramos alucinados por perfumes." Mais uma vez ele mergulhou rapidamente em suas lembranças, olhando distraído e sério para a pista de dança, depois voltou a encarar Gabrielle e um sorriso iluminou seu rosto: "Minha pergunta continua sem resposta. Por que o interesse nesse aroma? Você não usa perfume, certo?"

"Verdade. Em geral, apenas sabonete."

"Por que está esperando por um perfume especial?" Dimitri balançou a cabeça, triste. "Gostaria de lhe dar um frasco de *Bouquet de Catherine* de presente, mas temo que ele não exista mais. Esse aroma é como a velha Rússia – sobreviveu como um sopro fugaz da memória, mas mesmo assim se perdeu para sempre."

"A fórmula seria suficiente", ela deixou escapar.

As sobrancelhas dele ergueram-se por espanto, mas ele permaneceu em silêncio, talvez esperando por mais explicações.

Gabrielle irritou-se pelo rompante. Era correto confiar nesse homem, dividir com ele seus planos? O assunto não era pessoal, mas de negócios. Os batimentos dela aceleraram por causa da ansiedade. Na tentativa de fugir do assunto, prometeu: "Da próxima vez que nos reencontrarmos, falo mais a respeito. É demais para uma única noite".

A mão dele envolveu carinhosamente a dela, que estava apertando o toco do cigarro no cinzeiro. "Você me deixa feliz, *mademoiselle* Chanel."

Ela desejou que a magia de antes não tivesse evaporado. Mas o coração não batia mais rápido por causa desse homem atraente, mas por um aroma cujo nome ela pelo menos já conhecia. Gabrielle abriu um sorriso acolhedor. "Vamos jogar um pouco?" O olhar dela não permitia contestações.

E ela perguntou-se como seria se ele a entendesse errado de propósito. Mas Dimitri Pavlovitch Romanov não era homem para frivolidades de duplo sentido.

Gabrielle perdeu. Ganhou. Perdeu mais ainda. No final, ela tinha perdido o dobro do que investira na roleta; mesmo assim, era mais cautelosa com o dinheiro do que Dimitri. O grã-príncipe queimava seus ganhos com a imprudência de quem ainda possuía uma corte em São Petersburgo. A diversão de observar atentamente, junto com Dimitri, a pequena esfera na roleta, torcer, vibrar quando ela parava no número certo ou sentir um desapontamento enorme por alguns segundos quando não era o caso, valia cada lira. Era maravilhoso rir com ele, ser ao mesmo tempo esbanjadora e generosa. Parecia um encantamento. Gabrielle estava se divertindo – e se esqueceu da sua dor.

Quando finalmente eles resolveram partir e ele a acompanhou até seu hotel, a noite tinha sido muito mais do que um contato fugaz. Conscientes de uma profunda ligação, eles andavam de mãos dadas. Ninguém parecia ter procurado conscientemente pela mão do outro. Os dedos haviam se encontrado e enrodilhado. Eles caminhavam lentamente e mais uma vez Gabrielle notou quão facilmente seus corpos se coordenavam num mesmo ritmo.

"Quero estourar a banca do cassino em Monte Carlo com você", ele disse. Embora falasse baixo, sua voz ecoava forte pelo silêncio da noite. Naquela hora, à exceção deles, quase ninguém estava a pé em Lungomare. O marulho discreto do mar e o ronco de um automóvel eram os únicos ruídos da noite.

Um sonho, ela pensou, é só um sonho. Em algum momento ela acordaria para voltar à antiga vida. "Monte Carlo sempre é uma ótima ideia", ela retrucou vagamente.

"Então vamos partir imediatamente."

"Vou amanhã com os Sert para Roma. Só uma passada. Voltaremos daqui a alguns dias. Talvez depois haja uma oportunidade para Monte Carlo."

Eles chegaram na entrada do Hotel des Bains. Ficaram frente a frente, em silêncio. Na expectativa. Gabrielle achava que ele estava pensando em alguma pergunta cuja resposta lhe brindasse com um convite para subir ao quarto. Entretanto, não era preciso muitas palavras. Momentos como aqueles só poderiam ser seguidos por uma noite juntos. Eles eram adultos, sabiam o que estavam fazendo. Não deviam nada a ninguém e seriam felizes.

Ele a puxou delicadamente para perto e beijou-a nas duas bochechas. Um gesto de amizade cheio de confiança, não o carinho passional de um amante. Mas nem por isso menos comovente. Era o gesto respeitoso de um homem que podia esperar.

"Infelizmente teríamos então pouco tempo para Monte Carlo. Recebi um convite para a Dinamarca, e não posso fazer desfeita ao embaixador em Copenhague. Ele é mais do que um amigo, salvou minha vida quando estava fugindo dos vermelhos. Por essa razão não estarei mais em Veneza quando você voltar..." Ele fez uma pausa como se pensasse melhor, mas depois falou com a voz firme: "Vamos nos rever. Eu lhe prometo".

Ele não esperou para ver o que ela falaria, virando-se e saindo com passos leves. Um homem que poderia ser o czar da Rússia partia do pressuposto que uma mulher acreditasse piamente em sua promessa.

E ela acreditou.

Sorrindo, Gabrielle ficou a observá-lo. Trata-se de um mestre na arte do amor, ela pensou. Um cavalheiro, que aguardava de maneira educada e reservada, em vez de exigir ruidosamente o que muitos outros achavam ser de direito masculino. Dimitri sabia muito bem que esse era o melhor caminho para alcançar seu objetivo. Ela reconheceu isso pelo brilho no olhar dele. Um brilho que a atraiu e lhe encheu de expectativas. Seu desejo exigia que ela o chamasse. Talvez Dimitri até estivesse aguardando por ela dar o primeiro passo. Em vez disso, ela ficou estática no saguão do hotel, como que encantada.

Gabrielle também sabia jogar o jogo do amor.

CAPÍTULO 6

A Itália mudou Gabrielle. O primeiro flerte não devia ser seguido por outro, mas quando ela voltou a Paris sentia-se descansada como nunca antes e cheia de uma nova alegria de viver.

Ela teve a sensação de estar acordando de um pesadelo. O fato de um homem da categoria social de Dimitri Pavlovitch Romanov tê-la cortejado com tanto respeito já lhe insuflava ânimo. Claro, Boy tinha sido muito mais rico do que Dimitri na imigração. Mas ele não fazia parte da alta nobreza, era da burguesia e tinha conquistado sozinho seu prestígio. Em Paris do pré-guerra, esse prestígio era tão imponente quanto o brilho que os príncipes fugidos de São Petersburgo e Moscou trouxeram à Europa ocidental. Além disso, Gabrielle não apenas considerou o russo como uma alma afim da sua, mas desenvolveu uma verdadeira simpatia pela melancólica cultura russa. Ela não sabia bem ao certo se Dimitri iria cumprir com sua promessa e se iria revê-lo algum dia, mas esse encontro lhe proporcionou mais do que a redescoberta do prazer físico. Era como um sonho maravilhoso do qual ela acordava fortalecida.

José Sert também contribuía, à sua moda, para essa nova força. Por seu intermédio, ela aprendeu quase tudo sobre pintura do Renascimento italiano e os escultores do Barroco. O marido de Misia era um mestre no assunto e apresentou a aluna a esse novo mundo, exatamente como ela havia se aberto à literatura muitos anos antes.

Quando jovem, ela devorava todos os romances que lhe caíam às mãos, independentemente se fossem porcarias, bom entretenimento ou alta literatura. Estava convencida de que em todo texto escrito havia algo que a enriquecia. Depois, Boy apresentou-a aos clássicos, de modo que nesse meio-tempo ela se tornara extraordinariamente lida. As artes plásticas haviam ficado para trás até então. Mas José lhe mostrou a magia e fascinação de sua matéria e ela sentia grande prazer em se ocupar com o novo tema. Não que ela fosse compradora de quadros e esculturas para expor na sua casa. Ela achava que as obras de arte ficavam mais bem guardadas nos museus, onde era possível observá-las.

Seus desejos começaram a se voltar para outra direção: Gabrielle passou a sonhar em fazer o figurino para uma peça de teatro ou um espetáculo de balé, como Paul Poiret na estreia de *A sagração da primavera*. Ela não fazia ideia de como criar um cenário, mas sabia desenhar figurinos; disso estava convencida. Para alcançar esse objetivo, era preciso não somente ser notada por homens como Sergei Diaghilev, mas de preferência ser por eles adorada como Misia Sert. Não seria uma maravilhosa ventura se o trabalho com famosos agentes culturais preenchesse a lacuna em seus sentimentos que a morte de Boy havia aberto? Claro que, por intermédio dos Sert, ela conhecia uma porção de pintores conhecidos, mas homens como Pablo Picasso, por exemplo, eram únicos. Embora esses artistas tivessem amigos, talvez também um galerista entre eles, na realidade trabalhavam sozinhos. Um grupo de balé, por sua vez, dependia de ajudantes e de apoiadores.

Enquanto ainda pensava a respeito, notou que a viagem à Itália fora grande presente que os Sert haviam lhe dado: Gabrielle começara a se identificar a partir de si própria, em vez de pelo homem que ela amava mais que a própria vida.

Depois de seu regresso, ela foi totalmente absorvida pelo seu cotidiano, mas seus pensamentos giravam ao redor de seu futuro papel na boemia. A arte lhe parecia um belo brinquedo, os teatros assemelhavam-se a uma casa de bonecas e os atores, a suas peças. Ela não teve bonecas quando menina, era pobre demais, mas a falta seria compensada por pessoas reais. Visto que Misia e José Sert, depois de Veneza, haviam partido para os Bálcãs e não voltariam tão cedo, ela achou o momento oportuno para trilhar sozinha o caminho da amiga. Além disso, mais uma missão estava em jogo.

Assim, num final de tarde estava diante do espelho ajeitando o chapéu preto de palha e repetia palavras de incentivo à futura mecenas. Ela deixou seu ateliê não às 7 da noite, como de costume, mas duas horas antes estava pronta para um passeio. A hora do chá não era mesmo a mais adequada para uma visita surpresa? Esse tipo de pensamento era um resquício da educação social de um inglês, ela pensou, e sorriu divertida.

Gabrielle ficou surpresa de como era bom pensar em Boy sem sentir dor. Havia saudade, sim. Mas não desespero. Ele também teria achado graça se ela lhe contasse no que estava pensando naquele exato momento. Era possível haver humor na tristeza? Olhar para o futuro tornava a saudade mais suportável, pelo menos. Viver fechada em uma caverna não o traria de volta. Essa tinha sido a lição das últimas semanas.

Animada, ela foi da rue Saint-Honoré até a rue Royale. Era um dia fresco de setembro, nos estertores do verão, criado como que especialmente para se flanar por aí. Seu caminho levou-a para uma das ruas mais antigas e mais belas da cidade. Mas Gabrielle não estava andando a esmo, ela caminhava determinada para a Place de la Concorde. Em Veneza, havia prestado muita atenção e ouvido que Sergei Diaghilev estaria hospedado no Hôtel de Crillon, em Paris, após sua partida da cidade lacustre.

O Crillon era um empreendimento luxuoso, não tão esnobe quanto o Ritz – onde Gabrielle dormia quando não voltava às noites para seu novo endereço em Garches. Mas o Crillon era sem dúvida um dos palacetes mais bonitos e sua decoração era moderna, visto que havia sido transformado em hotel apenas pouco tempo depois da Grande Guerra. Gabrielle pensou em como Diaghilev conseguia pagar as diárias, mas claro que era mais agradável pedir para ser anunciada na recepção de um hotel de luxo do que ter de falar com a duvidosa gerente de uma espelunca qualquer.

O elevador levou-a ao segundo andar. Ela atravessou o corredor em tons de marfim e foi em direção da habitação ocupada pelo coreógrafo. Quando Boris Kochno abriu a porta e viu a visita, ele se curvou com uma mesura: "*Monsieur* Diaghilev a aguarda".

O empresário estava junto à janela da sala. Sob a luz, ele se parecia quase com uma pintura da Ressurreição tornada humana. O santo do balé, Gabrielle pensou.

"*Mademoiselle* Chanel", ele começou, "sinto não me lembrar de seu nome. Já nos encontramos alguma vez? Em Veneza, quiçá? Seja como for, uma amiga da maravilhosa Misia Sert é sempre bem-vinda!"

Ela sorriu amistosamente e disse apenas: "Bom dia, *monsieur* Diaghilev."

Ele estava claramente quebrando a cabeça, tentando se lembrar onde vira Gabrielle antes. Mas depois, como que capitulando, ele balançou a cabeça com tanto vigor que o cabelo basto eriçou-se para todos os lados, parecendo eletrizado. Com uma mão, ele tentava domá-lo, enquanto com a outra indicava as poltronas. "Eu realmente não consigo me recordar de onde poderíamos nos conhecer. Mas vamos descobrir, não é ? Por favor, sente-se. O que posso fazer pela senhora?

"Sou eu quem quero fazer algo pelo senhor", retrucou Gabrielle, enquanto se sentava.

Sobrancelhas erguidas foram sua única resposta.

Ela notou que ele não lhe ofereceu nada para beber. Mas isso era provavelmente um sinal de espanto e não de má-educação. E decidiu-se ir logo ao ponto, tirando de dentro da bola a carteira de couro onde ficavam seus cheques.

"Quero que o senhor monte *A sagração da primavera*", ela explicou com a voz firme, enquanto colocava os cheques na mesa baixa à frente. A primeira folha já estava preenchida e assinada. Sem dizer mais nada, ela empurrou o documento para Diaghilev. "Com esse valor o senhor pode remontar a peça." Tratava-se de um número com seis algarismos.

As sobrancelhas dele ergueram-se mais um pouco. Incrédulo, ele pegou o monóculo, mas a soma não se alterou. "*Mademoiselle*!" Sua exclamação mesclava a indignação de um homem que se sente feito palhaço, espanto e... uma faísca de inacreditável alegria.

"O senhor não considera suficiente?", ela perguntou, igualmente surpresa.

"Trezentos mil francos!" Ele pegou rapidamente o cheque antes que ela mudasse de ideia. "*Mademoiselle* Chanel, isso é de uma generosidade absoluta." A mão livre dele procurou pelo lenço da lapela, puxou-o para fora, pressionando-o contra o nariz, como se seu aroma fosse um elixir de vida e também uma droga tranquilizante. Gabrielle notou que ele tremia. "Boris, pegue aqui e guarde muito bem guardado."

Apenas então ela descobriu que o jovem secretário tinha estado o tempo todo presente. Com uma leve reverência, ele atendeu ao pedido do patrão.

"Estou impressionado", Diaghilev confessou. "Esteja certa que a senhora receberá como contrapartida a melhor apresentação da companhia Ballets Russes de todos os tempos."

"Não tenho dúvida." Ela sorriu para ele. "Entretanto, gostaria de lhe pedir outra coisa." Ela fez uma pequena pausa, a fim de manter o suspense. Quando a cor do rosto dele começou a mudar de rosa-claro para vermelho-vivo, ela acrescentou rapidamente: "Trata-se do seu lenço de lapela. Imagino que o senhor não gostaria de se separar do presente da grã-princesa para sempre, por isso eu quero pedi-lo apenas emprestado."

Ela tinha pensado bastante em como chegar na composição do aroma da grã-princesa Maria Pavlovna. Visto que Dimitri não garantira que conseguiria mais um frasco do *Bouquet de Catherine*, ela teria de encontrar a fórmula de outra maneira. Pareceu-lhe lógico usar para tanto o paninho que ainda recendia ao perfume. Ela torcia para que houvesse um químico competente nos laboratórios Coty, capaz de reconhecer cada uma das essências. Não sabia direito se sua ideia era factível, mas era preciso tentar. Mesmo se nem todos os ingredientes pudessem ser identificados, a base seria suficiente para começar algumas experiências. A mera apresentação desses aromas incomuns deveria bastar para traduzir sua expectativa numa fórmula. Isso a aproximaria mais do seu objetivo do que todas as tentativas anteriores.

Os olhos escuros de Diaghilev espelhavam espanto e incredulidade. Ele apertou o lenço como se temesse que a visita pudesse arrancá-lo de suas mãos a qualquer momento.

"Seu lenço permanecerá intacto", Gabrielle lhe assegurou. "Evidentemente que eu o devolverei assim que possível, do jeitinho que está agora."

"Qual sua utilidade?" Sua voz soava rouca.

Tendo em vista o generoso donativo, Gabrielle considerou a pergunta descabida. Por outro lado, o comportamento dele atestava sua profunda ligação com a falecida mecenas. Ela tinha grande simpatia por homens com tal sentimento de lealdade.

Por essa razão, ela lhe contou sobre seu sucesso como estilista. "Há muitos anos, comecei a criar chapéus para as visitas femininas do meu amigo Étienne Balsan. Num tempo em que as mulheres usavam literalmente pneus de carro nas cabeças, meus modelos simples chamaram muita atenção na sociedade parisiense. Então produzi ainda mais chapéus e, com o apoio de Étienne, abri minha primeira chapelaria na rue Cambon. Depois, comecei a costurar, de início camisas femininas no estilo marinheiro e saias-calças. Sempre priorizei um estilo muito limpo, os desenhos claros da Idade Média me inspiram. Bem, minha moda fez tamanho sucesso que um ano antes da guerra abri butiques em Deauville e, mais tarde, em Biarritz.

"Hoje trabalho numa casa na rue Cambon, e minhas clientes são as mulheres da sociedade. Quero presentear as melhores e mais fieis clientes, mas minha água de colônia deve ser especial. Tão especial como o aroma da grã-princesa. E, para descobrir a fórmula, necessito do lenço..." Ela fez uma breve pausa e continuou: "e de sua discrição absoluta. Peço-lhe que mantenha sigilo total sobre o que conversamos aqui. Também sobre meu donativo. Não gostaria nem que nossa amiga em comum, Misia, soubesse a respeito."

Com um sinal de aprovação da cabeça, Diaghilev entregou-lhe o lenço. "Compreendo. Aliás, a grã-princesa usava o perfume *Ballet n. 1*, quer dizer, *Le Bouquet de Catherine*..."

"Sei disso", ela o interrompeu.

O que Dimitri Pavlovitch diria se ela produzisse um novo lote do perfume da czarina? Não uma cópia. Não era seu estilo. Mas uma variante nova, contemporânea, era exatamente o que ela imaginava. Assim como uma remontagem de *A sagração da primavera* não seria uma repetição do balé de antes da guerra. O que ele diria se soubesse que ela estava financiando essa lembrança do antigo mito russo? O passado dele e o futuro dela se entrelaçavam.

Quase assustada, passou-lhe pela cabeça que ela estava pensando demais em Dimitri, era preciso parar com isso. Havia coisas mais importantes na sua vida do que um novo homem.

Junto do talão de cheques, Gabrielle guardou na bolsa também o lenço.

CAPÍTULO 7

Dias mais tarde, ao passar de carro pelo Bois de Boulogne, as primeiras dúvidas começaram a rondar seu intento. Ela encarou as árvores de tons outonais e se perguntou se não estava agindo de maneira precipitada. Pagar uma soma tão elevada por um lenço que podia se mostrar inútil no laboratório era algo maluco. Claro que ela havia dado o cheque a Diaghilev também por outros motivos, mas a questão do perfume estava no limiar da obsessão.

Boy certamente teria se divertido à larga, mas será que também não a teria admoestado por agir de modo tão impensado? A *Eau de Chanel* tinha sido uma ideia conjunta, mas de modo algum a única delas. Em muitas noites tranquilas ela se aninhara em seus braços, na frente da lareira, contando seus planos – que ele então apoiava ou, com bons argumentos, desacreditava. Eles conversavam apenas a respeito do futuro profissional de ambos, quase nunca sobre assuntos privados. Também não havia nada do que falar, para Gabrielle estava seguro que ela passaria o final da vida ao seu lado. E ela acreditava que ele sentia a mesma coisa. Quando ela atravessou pela primeira vez o portão de entrada da casa na rue Cambon 31, imaginou não apenas estar inaugurando aquela loja para toda a eternidade ao mundo da moda Chanel, como também que poderia segurar para sempre a mão que a acompanhava naquele instante. Por que então ela se focava tanto num aroma em vez de se dedicar a todas as outras ideias que ainda estavam à espera de serem concretizadas? Como, por exemplo, o plano de desenhar um vestido elegante e muito simples, que as mulheres poderiam usar a qualquer hora do dia...

Uma lágrima brotou dos seus olhos. Gabrielle estava tentada a passar o lenço pelo rosto. Depois de uma breve hesitação, porém, ela apenas deu umas batidinhas com as pontas dos dedos nas faces, prestando atenção para não borrar a maquiagem. O pó de alta qualidade da caixa branca e dourada que ela espalhava todos os dias sobre a pele sempre levemente bronzeada era um produto do diligente homem de negócios François Coty, assim como a versão compacta que ela levava na bolsa. No mercado dos cosméticos, é impossível evitar o seu imperador. Gabrielle entrou no palacete *La Source* como se, nesse meio-tempo, tivesse se tornado uma velha conhecida. Realmente, no último semestre ela tinha estado lá com tanta assiduidade que os empregados de François Coty possivelmente achavam que ela era um deles. Também naquele dia ela foi conduzida sem maiores burocracias ao gabinete da presidência, onde o chefe a aguardava com um café recém-passado.

"Grãos de café arábico são a maneira mais adequada de se começar um dia", ele anunciou animado, levando as mãos dela aos lábios. "Eles abrem o olfato e a alma. Estou contente por poder tomar o café em sua companhia. Aceita um *croissant*?"

Ela balançou a cabeça, recusando.

"O que lhe tirou o apetite por um *croissant* fresquinho? A senhora parecia muito excitada quando pediu por uma reunião urgente, minha cara. Também estou ansioso, porque a senhora não quis me dizer do que se tratava. Agora posso saber o que a traz aqui?"

"Claro." Ela sorriu. Em vez de abrir a bolsa, bateu com os nós da mão no fecho. "Será que você pode descobrir os ingredientes de uma água de colônia que foi vaporizada num *mouchoir,* François?"

"Não", ele respondeu sem pestanejar. "Impossível."

Ela respirou fundo. "Estou com um lenço que carrega exatamente o aroma que deve ser a base do meu e é vital que eu descubra os ingredientes dessa água de colônia que perfumava sua antiga dona."

"Não existe nenhuma possibilidade de filtrar cada uma das substâncias que impregnam um pedaço de tecido." Coty olhou irritado para ela, segurando a xícara de café no ar. "Mas por que a senhora simplesmente não pede à mulher em questão uma amostra do seu perfume?"

"Ela morreu."

"Sinto muito."

Gabrielle permitiu-se fazer um movimento de desdém com a mão, dirigido não ao falecimento da grã-princesa, mas à pressa com que ela própria estava agindo. Ela não tinha tempo para assuntos secundários – e muito menos vontade de jogar a toalha assim tão cedo. "Parece que se trata de *Le Bouquet de Catherine.*"

"Esse é o perfume da família dos czares", Coty interrompeu-a, finalmente pousando a xícara. Seu incômodo era perceptível. "Quem tem alguma familiaridade com o tema pode se lembrar do aroma e de sua história. Rallet produziu-o antes da guerra em Moscou e há rumores de que ele havia se inspirado em *Quelques Fleurs*, de Houbigant. Ou vice-versa. Mas talvez a semelhança seja apenas um acaso, assim como o lançamento de ambos os perfumes no período de um mesmo ano. Nunca saberemos a verdade."

"Então você conhece os ingredientes do perfume?", Gabrielle perguntou, esperançosa.

"Trata-se de uma mistura incomum. Não conheço detalhes. Ninguém sabe. Provavelmente a fórmula se perdeu juntamente com o império russo. E, se não, ela está nas mãos dos bolcheviques. Ouvi dizer que a antiga fábrica de Rallet, em Moscou, agora se chama Fábrica de sabonetes e perfumes n. 5. Supostamente os soviéticos querem produzir um aroma por lá, que se chamaria *Liberdade*. Inacreditável, não é?" Ele não esperou pela resposta. Pelo contrário, acrescentou outra pergunta: "Por que você se interessa justo pela composição desse perfume antigo?"

"Gostaria de despertá-lo para uma nova vida."

Coty engoliu em seco. "Nessas condições, seria mais simples tentar arrumar um frasco de Rallet. Seria mais fácil trabalhar com um perfume do que com um lenço."

"Tenho somente esse lenço", ela respondeu apenas.

"Bem, provavelmente não resta mais nada nele." De súbito, ele soltou uma gargalhada. Depois de ter se acalmado novamente, disse: "Perdão, *mademoiselle* Coco Chanel, mas sua pretensão mais se parece com uma piada. Mas gosto de seu humor."

"Nunca fui tão séria na vida." Ela abriu a bolsa e tirou o lenço, que imediatamente espalhou seu aroma único.

"Então a senhora quer dar uma pequena rasteira nos bolcheviques." Coty sorriu. "Embora eu não acredite que possamos conseguir isso a partir de um lenço, vamos tentar. Meu coração está falando mais alto que a razão."

Ainda sorrindo, ele lhe prometeu dar notícias assim que possível.

CAPÍTULO 8

"O que você está fazendo?", perguntou José Sert, postado atrás de Misia, que estava sentada junto à escrivaninha e se portava, para grande espanto dele, como se estivesse em meio a uma ação sagrada. Impressionado, ele observava como a esposa colocava um cartão num envelope. Um olhar fugaz ao papel grosso, artesanal, era suficiente para saber do que se tratava – ele não precisaria nem ter lido a letra angulosa.

Ela estava curvada sobre um monte de correspondências privadas recebidas durante os meses de sua ausência. A maioria das cartas estava organizada em diversas pilhas pequenas, apenas essa era muito diferente.

Sem se afastar de sua atividade, pelo visto muito importante, ela explicou: "Estou retornando ao remetente nosso convite para o baile à fantasia do conde de Beaumont".

"Isso eu notei. Só não entendi o motivo."

"Me recuso a participar dessa festa."

"Será o grande acontecimento social da estação!"

Misia virou a cabeça e sorriu misteriosamente para ele. "Pode até ser, mas nós vamos garantir que será também o maior escândalo da estação."

"Ahá!" José se perguntou o que havia de errado com o conde de Beaumont. Ele era um dos maiores apoiadores da arte moderna. O aristocrata colecionava pinturas cubistas de Pablo Picasso, Juan Gris e Georges Bracque, o que por sua vez dava alguma segurança financeira aos pintores. Além disso, Beaumont e os Sert eram muito amigos do escritor Jean Cocteau. José não conseguia lembrar-se de nenhum escorregão de Beaumont nem de Edith, sua mulher, que pudesse justificar a agitação de Misia. O palácio do casal aristocrata no 17º *arrondissement* era um dos centros culturais de Paris, e Misia sempre tinha ficado muito feliz em estar lá.

"Por que estamos fazendo isso? Quer dizer, o que nos impele a produzir um escândalo?"

"Étienne e Edith de Beaumont se recusam a colocar Coco Chanel na lista dos convidados." A voz de Misia tremia de raiva. Com um gesto quase automático, ela ergueu a mão e apertou os dedos de José, que estavam apoiados sobre o ombro dela. Talvez ela estivesse à procura de sua força, talvez quisesse apenas garantir seu apoio. "Isso é inconcebível! E farei com que nossos amigos também faltem ao baile. A cena cultural de Paris ficará fechada em casa ou – ainda melhor – vai festejar em outro lugar. Picasso e Cocteau já estão sabendo e estão inteiramente ao meu lado."

"Ah, uma intriga."

"Não, uma guerra aberta."

"Você não acha que a lista de convidados é assunto dos Beaumont? Evidentemente é lamentável que eles evitem Coco. Mas...! Meu Deus!, isso não é motivo para uma guerra!"

"Para mim, é." Ela soltou a mão dele e tamborilou com os dedos sobre o envelope. "Edith de Beaumont compra roupas desenhadas por Coco, mas não quer se relacionar socialmente com ela. Idem Étienne. Que gente esnobe! Estou muito brava."

José amava Misia e também amava Coco, uma mulher maravilhosa e amada por Misia. Ele respeitava o fato de Misia tomar as dores da amiga, embora não entendesse toda a dramaticidade do caso. "Não se engane: Coco não iria mesmo a essa festa. Apesar de todos os progressos que anda fazendo, duvido que ela esteja pronta para sair dançando."

"Claro que ela nos acompanharia. Você sabe muito bem disso."

"Sim, talvez", ele concordou sem estar muito convencido. "Se você acha, não iremos na festa à fantasia dos Beaumont. Por mim, tanto faz. Mas por que você simplesmente não confirma a nossa presença, em vez de devolver o convite?"

"Porque quero deixar bem claro à gente fina e elegante o quanto eles são mesquinhos." Finalmente ela se virou na cadeira e ficou de frente para ele. Seus lindos olhos azuis faiscavam. "Eles desdenham de Coco simplesmente porque a medem com sua régua. *Monsieur le Comte* e sua *comtesse* se incomodam com o nascimento ilegítimo de Coco e sua origem simples. Além disso, acusam-na de ter tido muitos relacionamentos. Não a consideram fina o suficiente para participar de sua roda. Entretanto, não conheço nenhuma mulher que se comporte de maneira tão exemplar quanto Coco. Então, não quero saber desse mundo de falsidade. É preciso desmascarar essa gente."

Essa lealdade a toda prova o comovia. Ele se curvou e beijou suavemente a boca da mulher. "Não só os Beaumont sofrem desse problema social. Nem Arthur Capel conseguiu ignorar a origem de Coco e sua trajetória de vida. Você sabe bem disso, Misia. É uma história difícil de ser resolvida. E temo que ainda nos trará muita dor de cabeça."

"Coco é como uma irmã para mim. Não posso tolerar que ela não seja considerada como o ser humano maravilhoso que é. Por essa razão faremos um escândalo. E vou cuidar para que Edith de Beaumont não receba nem uma gota do perfume que Coco está querendo produzir para as suas clientes."

"Faça isso", murmurou José enquanto acariciava amorosamente o rosto dela.

"Aliás, François Coty também é filho ilegítimo", Misia insistiu apesar das carícias. "E todo mundo se dirige a ele como a um imperador."

José suspirou. Ele queria encerrar esse tema desagradável. "Coty é um homem rico e poderoso."

"Coco me contou que este ano terá de pagar impostos sobre dez milhões de francos de receita. Ela é uma mulher rica e poderosa."

E tomara que logo respeitada, pensou José. Ele se curvou mais uma vez na direção do rosto de Misia, selando sua boca com um beijo prolongado.

CAPÍTULO 9

O retorno de François Coty demorou muito. Depois de várias semanas, ele ligou: "Não há resultados, *mademoiselle* Chanel". Sua voz séria ecoou pelo fone diretamente na cabeça dela. "Tentamos de tudo. Podemos distinguir algumas notas florais, mas nos falta uma parte significativa que permanece um mistério. Na minha opinião, há moléculas sintéticas em jogo, mas o laboratório não consegue fazer uma análise exata da síntese a partir do lenço."

"O que são moléculas sintéticas?", perguntou Gabrielle.

"É um pouco complicado, pois se trata de substâncias artificiais, criadas pela química." Coty suspirou e ela conseguiu visualizá-lo do outro lado da linha, balançando a cabeça. "Talvez eu esteja enganado. Talvez não. Produzir um perfume a partir de uma substância sintética é muito improvável; ao bem da verdade, é caro demais. Mas possivelmente nada era caro demais para a família do czar. Por outro lado, creio que na época da composição ainda não era possível efetuar a separação das moléculas. De todo modo, não vamos avançar mais muito com o lenço. Também nossas experiências estão muito longe de uma mistura minimamente semelhante ao perfume."

Gabrielle disfarçou o abatimento causado pelo telefonema de Coty. Embora tivesse vontade de externar aos berros sua decepção, ela disse com suavidade: "Obrigada por todo seu esforço. Pedirei ao meu chofer para buscar o lenço amanhã cedo".

"Meu laboratório estará sempre à sua disposição", assegurou-lhe o rei dos perfumes.

Pelo menos Diaghilev ficará contente em receber seu amado lenço de volta, pensou, amargurada. Ele já havia perguntado diversas vezes a respeito. Sempre de maneira direta e não com impertinência, mas ela se sentia culpada pois estava de posse do precioso talismã dele justamente na importante fase dos preparativos para a estreia. Por intermédio de Boris

Kochno, Diaghilev havia lhe oferecido diversos convites para assistir aos ensaios do balé: o jovem assistente sempre aparecia no ateliê dela, trazia os convites e notícias pessoais de seu chefe. Até então, porém, ela tinha recusado todos eles.

Enquanto se agachava no chão – com alfinetes entre os lábios e uma almofadinha de agulhas presa ao pulso, drapeando tiras de tecido numa manequim –, aparentemente envolvida no seu trabalho, Gabrielle ouvia atentamente como Kocho pedia informações sobre o lenço de forma casual, após trazer os convites. Ela prendia os alfinetes e o consolava. Mas seu constrangimento crescia. A cada visita do jovem ela se sentia cada vez mais mesquinha. Os russos eram muito supersticiosos, ela sabia disso por Dimitri. Por essa razão, ela evitava Diaghilev, procurava por saídas a fim de despachar o secretário dele com desculpas simpáticas de volta ao Hôtel de Crillon. Seu papel como mecenas não ia bem. O mesmo valia para a produção de uma *Eau de Chanel*.

E, ainda por cima, o suvenir tinha se mostrado inútil para Gabrielle. Ao encerrar a conversa com Coty, seu olhar recaiu quase automaticamente sobre a mesinha debaixo do telefone de parede. Havia alguns bilhetes avulsos em sua agenda de capa preta de couro aberta nos compromissos da semana seguinte, incluindo um papelzinho com o logotipo do Hôtel de Crillon entre as páginas dos próximos dias.

Ela empurrou as anotações com a ponta do dedo para cá e para lá até achar o que procurava. Embora tivesse declinado a princípio, notara o lugar, data e hora de um jantar que Diaghilev organizara para os amigos a fim de comemorar o progresso dos ensaios de *A sagração da primavera*. Ela realmente não sabia por que registrara um compromisso ao qual não queria comparecer. Entretanto, depois das más notícias de Coty, esse jantar era uma oportunidade maravilhosa para devolver o empréstimo ao seu proprietário original.

Decidida, ela foi até a escrivaninha, sentou-se e pegou uma folha de sua papelaria de dentro da gaveta. A mensagem que escreveu a Diaghilev foi curta: tendo mudado de ideia, ela gostaria de aceitar o convite. O lenço não foi mencionado, pois devia ser surpresa.

Sergei Diaghilev havia reunido os amigos artistas e alguns colaboradores no Bar La Gaya. Embora o estabelecimento ficasse praticamente na esquina de seu ateliê, Gabrielle chegou atrasada. Os outros convidados, formando pequenos grupinhos sob uma luminária gigante, serviam-se de aperitivos e discutiam com eloquência, refletidos várias vezes pelas paredes espelhadas.

De imediato ela reconheceu José Sert, absorto numa conversa com Pablo Picasso. Ele olhou de soslaio para ela, acenou e depois se voltou de novo para o interlocutor, que também cumprimentou-a brevemente antes de continuar a conversa. Picasso não usava apenas a boca para falar, mas gesticulava ferozmente com as mãos e o charuto que segurava numa delas. Gabrielle ficou fascinada com o carisma daquele homem: tinha vivacidade, embora não fosse especialmente atraente e, muitas vezes, nem charmoso. Ela conhecia o conterrâneo de José por intermédios de conhecidos em comum e entre eles havia uma amiga: Olga Stepanova Chochlova – que até seu casamento com Pablo Picasso fora bailarina na companhia de Diaghilev – usava roupas de Gabrielle, e não apenas em ocasiões sociais. Uma espécie de manequim vivo. Há cerca de três anos, a recém-senhora Picasso tinha sido pintada por Pablo trajando um maiô da marca Chanel. O quadro foi chamado de "A banhista". Uma prova de amor em óleo sobre tela. Naquele instante, Olga Picasso estava ao lado de Misia junto à janela, segurando um copo no qual dava apenas alguns pequenos goles. Gabrielle sabia que a outrora primeira-bailarina estava grávida, embora o vestido solto disfarçasse a barriga que começava a crescer. Tanto Olga quanto Misia estavam cercadas por admiradores.

Gabrielle serviu-se da bandeja que um garçom oferecia e ficou parada em seu ponto de observação, entre a porta e o piano. La Gaya era um bar conhecido pela música; o compositor Darius Milhaud e seus amigos do Groupe de Six tocavam com frequência ali. Naquela noite, porém, o som não vinha dos acordes, mas de uma algaravia de vozes. Diaghilev tinha convidado ao menos vinte pessoas, em sua maioria homens, todos espantosamente vestidos de maneira formal, entre eles muitos bailarinos, fáceis de serem reconhecidos pelos movimentos fluídos. Gabrielle tomou um gole do champanhe e observou a atmosfera ficando cada vez mais carregada, como se por trás das elegantes fachadas houvesse dramas à espera de serem despertados.

Seu papel de observadora silenciosa foi interrompido pelo próprio Diaghilev, que a notou e se aproximou com os braços abertos. "*Mademoiselle* Chanel! Que alegria em vê-la!"

Ninguém no bar foi poupado de ouvir uma saudação tão ruidosa, cujo coroamento foi vários beijos que Diaghilev sapecou no ar, à direita e à esquerda das faces de Gabrielle.

"Estou muito contente em estar aqui", ela respondeu simpática. Em seguida, entregou-lhe o lenço. "Vim principalmente para lhe devolver uma coisa."

Num gesto teatral, Diaghilev apertou o lenço contra o nariz e a boca, aparentemente comovido demais para encontrar uma palavra de agradecimento.

Gabrielle achou a cena um tanto constrangedora, principalmente porque as conversas ao redor emudeceram. Apenas o *lamento* espanhol de Picasso prosseguia igual.

"Eu lhe prometi que devolveria seu pertence são e salvo."

"Coco!" Misia se afastou de seus conhecidos e foi ao encontro de Gabrielle. "O que você está fazendo aqui?", ela sussurrou no ouvido da amiga enquanto a abraçava. "Eu não sabia que você conhecia o maestro!" Mesmo com a voz baixa de Misia, era impossível não reconhecer o tom ligeiramente ofendido.

"Você apresentou-o para mim em Veneza", Gabrielle recordou-a com um sorriso forçado.

"Sim, mas...", Misia começou a falar, mas logo se interrompeu. Seus olhos foram de Gabrielle para Diaghilev.

Enquanto isso, ele puxou o lenço sobressalente do bolso do paletó, deixou-o cair ostensivamente no chão e substituiu-o pela sua recordação da falecida grã-princesa. "Misia, sua maravilhosa amiga precisa conhecer Stravinsky sem falta", ele disse. Enquanto proferia as últimas palavras, ele já estava a caminho de um grupo perto da janela. Uma dúzia de olhos seguiam Diaghilev e as duas mulheres que ele levava consigo.

"O que você está fazendo aqui?", Misia repetiu ao lado de Gabrielle.

O tom de Misia era um sussurro que deixava transparecer claramente a indignação com a qual ela defendia seu lugar naquele grupo. Ela estava aborrecida. Pela primeira vez Gabrielle pensou que sua amiga pudesse estar enciumada. Misia Sert era a grande incentivadora do Ballets Russes – e queria continuar sendo. Suas suposições sobre quem havia patrocinado a remontagem não envolviam Gabrielle Chanel.

"*Monsieur* Diaghilev foi muito amável em me convidar", Gabrielle retrucou. "E eu aceitei."

"Mas você não me contou nada a respeito!", Misia protestou.

"Esqueci", murmurou Gabrielle.

"Mas... nós costumamos falar sobre tudo."

Gabrielle mal escutava a amiga, pois sentia-se fascinada pelos olhos sagazes do homem que a encarava por trás de óculos de aros dourados, como se tivesse sido atingido por um raio. Ele estava de pé ao lado de Olga Picasso, não era alto nem baixo, mais para magro, talvez por volta dos 40 anos, os cabelos começando a rarear nas têmporas. Ele mantinha um bigode sobre os lábios grossos, sérios. Seu terno devia ter sido de excepcional qualidade, mas parecia gasto. A pele era pálida e passava a impressão de um ser humano que não está bem financeiramente, mas que esteve acostumado a outra vida.

"Igor Stravinsky, o compositor", Diaghilev apresentou. "*Mademoiselle* Coco Chanel, a estilista."

O olhar penetrante mergulhou nos olhos dela. "Boa noite." Ele se curvou sobre a mão de Coco como se estivessem num baile de sua pátria arruinada.

Igor Stravinsky tinha um quê de angústia misturado à sedução. E mais pitadas de arrogância, como Gabrielle pareceu notar, embora isso não combinasse com seu terno modesto. Ela mal conseguia se desconectar da presença do músico, alternando repulsa e atração por sua pessoa. Sua atenção se manteve mais concentrada em Stravinsky inclusive quando foi apresentada ao coreógrafo Léonide Massine e conheceu o crítico de arte e cenógrafo Alexander Benoit. Ela se esqueceu imediatamente dos nomes dos bailarinos que formavam o grupo ao redor de Misia e Olga Picasso.

"Quero que a senhora se sente ao meu lado durante o jantar, *mademoiselle* Chanel", avisou Stravinsky.

"Não é melhor deixar essa organização a cargo dos nossos anfitriões?"

"Não. Por que deveríamos?" Quando ele virou a cabeça, as lentes de seus óculos brilhavam sob as lâmpadas como lâminas de espadas ao sol. "É da incumbência dos convidados aproveitar uma noite especial. Ou fomos convidados para prestar um favor aos anfitriões?"

Gabrielle foi poupada da resposta. A discussão de Picasso com Sert tinha claramente evoluído para uma briga, pois a voz alterada de Pablo de repente superava as outras conversas: "Max Jacob diz que o bom estilo é a ausência de clichês, e também partilho inteiramente dessa opinião".

No mesmo instante ela se lembrou de que pensava o mesmo. José, por sua vez, amava a opulência na arte que, sem dúvida, podia estar associada ao clichê.

"Paixão espanhola", comentou Stravinsky, achando graça. "É o oposto da melancolia russa. Claro que isso não significa que também não possamos ser passionais."

Em silêncio, Gabrielle como que sorriu para si mesma pela primeira vez naquela noite não totalmente envolvida por Stravinsky, mas pensando em outro homem. Sim, em sua timidez Dimitri Romanov parecia um poço, em cuja profundeza se ocultava um temperamento fogoso. No caso de Stravinsky, essa característica era mais evidente. Mas se tratava de um artista e Dimitri conhecera, até sua partida da Rússia, apenas o austero cerimonial da corte e a vida militar. No fim das contas, porém, ela preferia a mentalidade eslava à espontaneidade meridional. Também Boy tinha mantido uma distância elegante nos primeiros tempos, mas era um homem que conservava um fogo ardente sob a impassível superfície britânica. Quando da lembrança do amado, os batimentos do seu coração pareceram cessar. Mas ela voltou a si rapidamente e o ritmo também retomou ao normal.

"Você está sentada ao lado de Stravinsky?", perguntou Misia espantada na hora de todos se dirigirem à mesa. Ela encarou os nomes diante dos pratos que, apesar da atmosfera descontraída, organizavam os lugares. Suas sobrancelhas finas ergueram-se. Ela inclinou a cabeça para Gabrielle e sussurrou: "Cuidado para não se infectar. A mulher dele parece estar acometida por uma doença pulmonar crônica. Acho que é tuberculose. O que não é de se espantar tendo em vista a maneira precária como vive, mas é triste pelos filhos. São quatro. E ainda pequenos, acho. Essa doença é tão contagiosa".

Gabrielle abriu um sorriso franco e ficou em silêncio. Que Misia, enciumada, falasse o que bem entendesse. De todo modo, a amiga sentou-se no lugar de honra, ao lado do anfitrião. Ou seja, ela não podia se queixar. Provavelmente teria reclamado de qualquer companhia à mesa para Gabrielle, mesmo em se tratando do último membro do grupo de balé. Misia estava irritada com a presença de Gabrielle porque não tinha sido acionada para tanto. Esse era seu estilo e Gabrielle não se importava muito. A amizade delas era uma sucessão de altos e baixos. Entretanto, nunca havia qualquer malevolência que pudesse levar a um rompimento definitivo. E seria sempre assim. Gabrielle sabia disso.

Enquanto os garçons serviam a entrada, ela ficou conversando com Igor Stravinsky. Ele falava surpreendentemente muito, mas também era agradável e enriquecedor porque tinha algo a dizer sobre a história da música em geral e sobre a assim chamada música moderna em particular, com todas suas variações possíveis. Gabrielle estava interessadíssima, assim como também esteve nas conversas de Boy ou quando ouvia José Sert discorrer sobre as artes plásticas.

A voz de Stravinsky era alta, clara, e durante a conversa ele mantinha intenso e constante contato visual com ela a fim de garantir seu interesse. Quando o compositor teve de interromper momentaneamente as explicações porque o jovem garçom estava servindo o prato de peixe de maneira muito desajeitada, quase derramando o molho sobre o paletó do famoso compositor, Gabrielle ousou perguntar sobre a família dele.

"Minha mulher Catherine está doente e fica na cama durante a maior parte do tempo", ele respondeu abatido, para depois acrescentar com a satisfação indisfarçável de um pai orgulhoso: "Mas meus filhos estão muito bem. Eles são maravilhosos. Dois meninos e duas meninas, sempre se alternando, com 13, 12, 10 e 6 anos de idade".

"Uma pena que sua mulher não possa acompanhá-lo numa noite como esta."

Os olhos dele vislumbraram o vestido simples, elegante, que Gabrielle usava. A seda cor de creme com aplicações em preto se amoldava ao corpo esguio e se harmonizava com a pele morena e o cabelo preto.

"Ela não está forte o suficiente e provavelmente também não teria nada adequado para vestir para uma ocasião como esta. Além disso, alguém precisa cuidar das crianças." Embaraçado, Stravinsky afastou o olhar e concentrou-se no seu prato.

Gabrielle notou casualmente que Misia a observava. Como a amiga reinava no outra extremidade da mesa e todos os convidados estavam imersos em conversas animadas, ela certamente não podia participar de cada uma das discussões, muito menos ouvir o que Stravinsky dizia. Mas exatamente por isso ela parecia estar tão ouriçada. Gabrielle balançou a cabeça de maneira imperceptível e virou-se de maneira ostensiva para seu interlocutor, colocando a mão sobre o braço dele num gesto de intimidade.

"Que triste para sua mulher. O senhor e sua família estão bem instalados em Paris?", ela perguntou, embora soubesse que o inverso era verdade.

A hesitação do compositor na hora da resposta bastou. Mas ele falou com surpreendente sinceridade: "Infelizmente não posso me dar ao luxo de dar uma casa adequada para minha mulher e meus filhos. Tivemos de aceitar o possível, dadas as circunstâncias. Gustave Lyon, da firma de pianos Pleyel, está fazendo a gentileza de nos ajudar. Apesar disso, a situação não é boa, mesmo se inevitável."

"E como o senhor consegue trabalhar desse jeito?"

Stravinsky deu de ombros. "Vamos indo. De algum modo. Mas, por favor, não se preocupe."

"Sou uma grande admiradora de sua música. Ela é dramática – e tão dominante. Não tem a leveza que aspiramos depois dessa guerra terrível. Mas *A sagração da primavera* me marcou de maneira indelével. Por isso estou tão contente com a remontagem do balé."

Ele tinha pousado os talheres quando ela colocara a mão sobre seu braço. Evidentemente ele não imaginava que ela estava flertando para irritar a melhor amiga. Tratava-se de um jogo entre ela e Misia, no fundo sem relação alguma com Igor Stravinsky. Ele era a bola da partida. Gabrielle não via, mas sentia muito bem o olhar indignado de Misia. Por que sua amiga invejava a conversa com um artista charmoso, completamente inofensiva, visto que Stravinsky era casado? Misia tinha tão mais do que ela – um marido que a amava e com quem se casara. Era tão injusto.

Gabrielle não pôde evitar que seus olhares se cruzassem em algum momento. Misia estava perplexa, talvez mais surpresa do que irritada sobre as novas relações que se formavam à sua frente.

Com um suspiro, Gabrielle voltou-se novamente para Stravinsky. Tinha de se esforçar para abrandar o tom duro da voz que, na verdade, era dirigido a Misia e não ao compositor. "Sabe de uma coisa? Vou convidá-lo e a sua família para minha casa de campo perto de Paris. O senhor pode morar e trabalhar por lá. Estou certa que a mudança fará bem à sua esposa e aos seus filhos."

"Uma oferta muito generosa. A senhora tem certeza?", ele perguntou espantado. Possivelmente estava achando que não a entendera muito bem.

"Claro que sim." Ela sorriu. De maneira artificial e sem animação, porque a situação fora criada por causa de Misia. E também por causa de Boy, que tinha comprado a nova casa para levar vida para lá e não a tristeza de uma mulher abandonada. "Tenho uma casa de campo em Garches. Com muito espaço para uma família grande."

Misia teria um ataque de fúria quando soubesse que Gabrielle estava se tornando a nova mecenas de Igor Stravinsky. Mas ela entenderia que no caso dessa triste história de família, Gabrielle estava pensando na própria mãe. Ela se comovera quando Stravinsky mencionara os filhos e com o brilho de seus olhos nessa hora. Ela não queria que os meninos e as meninas, nem a mulher doente, ficassem à mercê do destino que um dia fora o seu. Se não fizesse nada por Stravinsky e os filhos, talvez um dia seriam órfãos de mãe e morariam num orfanato, ela se sentiria culpada. E nunca haveria de se desculpar por isso.

"Estou falando sério!", ela reforçou sua decisão.

"*Mademoiselle* Chanel!", Stravinsky falou, encantado. Claramente lhe faltavam palavras.

"É minha maneira de agradecê-lo por sua música maravilhosa", ela retrucou. "E pela agradável companhia à mesa. O que o senhor achou do peixe, *monsieur* Stravinsky?" Ela abriu seu sorriso mais charmoso.

Era uma sensação maravilhosa, altamente satisfatória, sentir-se incentivadora da arte, da música de Stravinsky – e salvadora de sua família.

O calor de uma felicidade infinita, longamente esquecida, cresceu no corpo de Gabrielle.

CAPÍTULO 10

"Coco, eu não sei bem porque estou ligando, mas provavelmente seja hora de eu perdoá-la."

Gabrielle olhou para o fone e contou até três em silêncio.

Fazia quase duas semanas que ela não tinha notícias de Misia. A amiga estava ofendida. Mortalmente ofendida. O encontro no La Gaya tinha deixado isso muito claro. A despedida dela fora inacreditavelmente gelada. Gabrielle já imaginava que não teria notícias de Misia durante um tempo, mas haviam se passado dez dias sem nenhum sinal de vida. Ela certamente estaria sabendo que, nesse ínterim, Stravinsky se mudara para *Bel Respiro*, seja por intermédio de Diaghilev ou por alguém de seu círculo de conhecidos. Incrível Misia não querer saber de detalhes. Gabrielle estava espantada. Ela sentira falta da amiga e, no fim, temia ter de dar o primeiro passo. Quando Misia continuou a falar, Gabrielle sentiu um enorme alívio.

"Ouvi dizer que Igor Stravinsky e a família estão hospedados na sua casa. Quanta generosidade da sua parte. Você consegue aguentar a gritaria das crianças durante todo o dia?"

Gabrielle sorriu. Se a amiga conversava como se não tivesse havido qualquer desentendimento entre elas, tudo estava bem.

"Estou trabalhando", ela respondeu com paciência. "Como fico o dia inteiro no ateliê, não tenho nenhum contato com as crianças."

"Ele toca piano todas as noites? Como você consegue dormir?"

Gabrielle mordeu o lábio inferior para não soltar uma risada escandalosa. Felizmente Misia não conseguia ver sua careta divertida ao responder da maneira mais séria possível: "Gosto da música de Igor Stravinsky".

"Sim. Claro. Certo. Também gosto", Misia falou sem graça. Ela começou a gaguejar. Depois de uma breve hesitação, continuou: "Mas mesmo em se tratando de peças tão boas – é impossível ter de ouvi-las durante horas a fio noite após noite".

O ataque de riso preso na garganta de Gabrielle se soltou na forma de uma gargalhada. Em seguida, ela revelou, ainda absolutamente divertida: "Sim, estou hospedando Stravinsky e sua família, mas no momento não moro na minha casa. Eles estão sozinhos e eu passo as noites no Ritz".

Ela ocultou o fato de Stravinsky ter aparecido no seu hotel na noite anterior a fim de apresentar sua mais nova obra, uma homenagem a Claude Debussy. Felizmente havia um piano na sala de sua suíte, destinado provavelmente à decoração, mas ainda assim afinado. O concerto privativo lisonjeou Gabrielle em seu papel de mecenas e a fez se perguntar quais outras produções poderia apoiar. Não era preciso se limitar à remontagem de *A sagração da primavera* e um auxílio de moradia ao compositor. Ela tinha dinheiro suficiente e era maravilhoso ajudar as pessoas e suas artes. Entretanto, menos interessante era o fato de Stravinsky ser um notívago, ao contrário de Gabrielle. Ele não fazia menção de deixar os aposentos dela, de modo que ela se sentia obrigada a forçar educadamente sua retirada. A situação era um tanto constrangedora. E o olhar dele um tanto profundo demais, o aperto das mãos um tanto longo demais e sua saudação de despedida um tanto áspera demais. Sinais de gratidão, apenas. Ela estava certa disso – e o mandava energicamente para casa, para a mulher. Para a casa que era dela.

"Meu arranjo é muito prático", ela explicou para Misia. "Virando a esquina, estou no meu ateliê. Eu já estava me cansando daquele longo percurso todos os dias."

"Trocar sua casa por um hotel é...", Misia hesitou, acrescentando após uma pausa: "curioso".

"É prático", repetiu Gabrielle.

"Seja como for", Misia retrucou do outro lado da linha, "não estou ligando para ter notícias de seus convidados."

Gabrielle inspirou fundo, involuntariamente.

"Hoje pela manhã folheei um catálogo de Drout e achei o anúncio de um leilão que poderia ser interessante para você."

"Eles estão leiloando biombos novamente?"

Gabrielle colecionava modelos chineses do tipo Coromandel, de laca. Em sua opinião, não havia nada mais sensual numa casa do que um biombo Coromandel; além de um objeto de decoração muito vistoso, ao mesmo tempo proporcionava uma área protegida de olhares alheios quando era preciso ocultar uma certa desarrumação no lugar. Um desses painéis a tinha acompanhado do primeiro andar do ateliê e atravessado a rua até o Hôtel Ritz, por ocasião de sua mudança. Inconscientemente, seu olhar foi da escrivaninha até o lugar onde o biombo havia estado até então. Apesar da poltrona estofada com veludo cor de areia que tinha sido empurrada para lá, aquele espaço parecia vazio. Ela tinha de comprar outro biombo tradicional novamente.

Misia, porém, retrucou: "Não, não. Não se trata disso. Se fosse o caso, uma boa cliente como você já estaria sabendo. São papéis. Documentos, escritos antigos..."

Gabrielle parou de prestar atenção porque alguém bateu à porta. Ela colocou a mão sobre o bocal e disse: "Entre!", e sua diretora apareceu. "Um momento, por favor", ela pediu à funcionária e fez um sinal para que esperasse. Em seguida, Gabrielle avisou para Misia: "Estão me chamando no ateliê. Conversamos outra hora. Aliás, não estou interessada em livros antigos".

"Mas eu falei que não são livros", protestou Misia. "São manuscritos da rainha Catarina e de Maria de Médici. Antigas fórmulas de alquimia. Os papéis foram encontrados durante os trabalhos de reforma numa biblioteca do castelo de Chenonceau."

"Por favor, Misia, qual meu interesse nisso?"

"Trata-se provavelmente da fórmula do chamado perfume milagroso dos Médici", a amiga falou aborrecida e acrescentou: "Quem é que quer produzir uma água de colônia especial, você ou eu?".

Inúmeros pensamentos assaltaram a cabeça de Gabrielle. Ela não fazia ideia se a descoberta de Misia valia o dispêndio de tempo e de dinheiro habituais a um leilão. Ela não sabia nem mesmo muita coisa sobre Catarina ou Maria de Médici, exceto que ambas eram florentinas e que, no trono francês, haviam contribuído de maneira significativa para o desenvolvimento das fiações de seda em Lyon e das fábricas de luvas e de perfumes em Grasse. Porém, os conselhos de Misia nunca foram de se jogar fora. Por essa razão, ela não se ocupou com os detalhes, mas apenas perguntou: "Quando será o leilão?".

Gabrielle passou as noites seguintes lendo. Ela providenciara muita coisa sobre as rainhas, cujos papéis estavam sendo colocados a venda. Sentada num sofá, com as pernas encolhidas, uma taça de vinho sobre a mesinha ao seu lado, ela se informava sobre a vida de Catarina de Médici antes de passar para a prima desta. Descobriu que a moderna produção de perfumes tinha surgido no século XVI, na Itália. Naquela época, os alquimistas começaram a misturar os óleos aromáticos, vindos principalmente da Arábia, com álcool. As primeiras manufaturas se estabeleceram em conventos. Catarina de Médici passou a vida inteira à procura da "pedra filosofal", um elixir tido como eficaz contra todas as doenças e adversidades. Cinquenta anos mais tarde, a muito atraente Maria de Médici, por sua vez, incentivou pesquisas sobre uma tintura milagrosa que a ajudaria a conquistar a beleza eterna. As duas mulheres pareciam muito distantes de uma água de colônia. Entretanto, a sensação talvez fosse exatamente essa descoberta.

Gabrielle estava pensando em como os químicos de François Coty conseguiriam produzir um aroma moderno a partir de uma receita da época da Renascença quando alguém bateu à sua porta. Surpresa, ela colocou o livro de lado. Não estava esperando por ninguém e, além do mais, estava muito bem abastecida, de modo que o serviço de quarto era desnecessário; e a recepção anunciava previamente os desconhecidos. Ela pensou em ignorar o intruso, talvez alguém tivesse apenas se enganado de porta, quando bateram novamente, dessa vez de maneira mais enérgica. E mais melódica.

Ela se levantou e, descalça, atravessou a sala e o pequeno corredor.

"Boa noite, *mademoiselle* Coco", cumprimentou Igor Stravinsky.

"O que o senhor está fazendo aqui?" Sem se dar conta que o horário não era apropriado para visitas, ela deu um passo para o lado e permitiu sua entrada.

"Tenho de falar com a senhora."

"Aconteceu alguma coisa?"

Todas as catástrofes possíveis passaram por sua cabeça. A começar por uma doença dos filhos dele até a morte da mulher ou um incêndio na casa. Mas ela seria informada de uma desgraça primeiramente por um telefonema — e Stravinsky também estaria com um outro estado de espírito. A curiosidade tomou o lugar da inquietação.

Em meio à sala, ele se virou para ela. "Vim para confessar que estou amando", ele anunciou com uma mistura de dramaticidade eslava, postura de dândi e certa satisfação pelo tom das próprias palavras.

Gabrielle teve de se esforçar para não começar a rir. "O que sua mulher diz a respeito?", ela retrucou com desdém.

"Ela a admira muito."

O atrevimento da resposta a calou. O susto foi tamanho que não sabia o que fazer: continuar a rir ou virar uma estátua. Na verdade, deveria expulsá-lo sem mais. Aquele comportamento era inadmissível — ele era um homem casado, ela uma mulher sozinha. Mas ele estava desprovido de qualquer impertinência ou até senso de ridículo.

Stravinsky encontrava-se diante dela, mais bem vestido do que no primeiro encontro, aparentemente gozando também de melhor saúde. Comida boa, em intervalos regulares, uma vizinhança luxuosa e suficiente apoio financeiro sempre operam um efeito visível. Um homem inteligente que sabia o que estava fazendo. Seus olhos intensos pareciam ter fisgado Gabrielle. Ela não conseguia fugir desse olhar.

"Catherine sabe que eu amo você", ele acrescentou à confissão com a maior naturalidade.

Eis a alma russa, Gabrielle pensou. Talvez essas pessoas encarem o amor de maneira diferente de um europeu ocidental. O convite dela pode ter sido mal-interpretado. Desejava entender um pouco melhor o que se passava na cabeça de Stravinsky – e na da mulher dele. Nervosa, ela ficou transferindo o peso do corpo de uma perna para outra, indecisa ao lado da porta do quarto como um camareiro que não sabe onde depositar a bandeja com o champanhe solicitado.

Por fim, ela murmurou hesitante: "Então você falou com *madame* Stravinska sobre mim...".

"Claro. Com quem mais eu falaria sobre um assunto que me é tão importante como meu amor por você?"

Gabrielle tinha conhecido muitos homens durante sua vida. Sujeitos arruinados como seu pai, oficiais entediados como seus primeiros amantes, senhores elegantes como seu grande amor. Na confecção onde ela, muito moça, cerzia calças, aprendera a costurar tão bem quanto conviver com os clientes; mais tarde, como cantora no cabaré, não fora tão difícil manter à distância um ou outro admirador mais fogoso do que interpretar os grandes sucessos da época. Nesse meio-tempo, ela se tornara uma dama, muito velha para moços apaixonados e muito elegante e autoconfiante para audazes homens casados. A audácia com que Stravinsky a enfrentava era inédita. Quando ela tomou consciência que ninguém mais que um grande artista a desejava apaixonadamente, ela sentiu orgulho correr pelas veias. Ele a amava... No momento seguinte, porém, a mente dela se rebelou.

O fato é que ele estava interpretando sua afeição por ela de maneira errônea, confundindo gratidão com amor e amor com admiração. Um engano que realmente devia ser explicável a partir da cultura dele. Nada de mais. Nada a favor ou contra a vaidade dela.

Por alguns instantes, ele a encarou com seu olhar incisivo. Primeiro inseguro, em seguida obstinado. Depois de um tempo, ela falou com a voz firme: "Como amigo, você é bem-vindo a todo momento, *monsieur* Stravinsky. Você é convidado na minha casa e, portanto, ocupa uma posição especial na minha vida. Um sentimento amoroso passageiro não deveria destruir nossa profunda amizade".

Ele tentou replicar, mas o gesto dela interrompeu-o.

"Acredito que veio para tocar uma de suas maravilhosas composições." A mão dela, ainda parada no ar, apontava para o piano. "Não consigo imaginar outro motivo para sua visita, *monsieur* Stravinsky". Os olhos de Gabrielle faiscavam como diamantes negros. "Você não acha também que é melhor deixar assim?"

O balançar da cabeça dele foi tão discreto que podia também ser só uma ilusão. Ele disse: "Sim, *mademoiselle* Chanel, eu deveria lhe mostrar minha nova versão de *A sagração da primavera*. Modifiquei algumas sequências." Ele deu um sorriso. Amistoso. Com a ligeira superioridade de um gênio. De modo algum inoportuno ou ofensivo, embora acrescentasse: "A sua aura de *Bel Respiro* carrega alguma responsabilidade pelas modificações. Assim como sua própria pessoa".

"Não acredito em suas palavras", ela disse, "mas aceito como um grande elogio."

"Escute."

Ele se sentou ao piano com um volteio. No instante seguinte, a suíte do Hôtel Ritz estava sendo inundada por tons vigorosos, muito mais sensuais e ainda mais excitantes do que a música do balé da qual ela se lembrava.

Ela seguiu o instinto. Em vez de se sentar no sofá que ficava a uma certa distância, ela se postou ao lado do instrumento. Gabrielle observou o convidado, pensando que um piano era o objeto de cena perfeito para um homem. A música embelezava mesmo aquele menos atraente. Principalmente se tocada para uma única mulher. Um acontecimento e tanto, ainda por cima se os dedos desse homem transformassem as próprias notas em música. Muito inspirador, com pitadas de força, dominância e fragilidade. Uma força criadora que se originava no piano e penetrava no corpo da ouvinte. Era algo bem diferente da mera reprodução de uma peça escrita por uma terceira pessoa.

Embora não fosse a primeira vez que Gabrielle ouvia Stravinsky tocar, nesse momento uma admiração sem igual tomou conta dela. Ela se sentia tão próxima do compositor como nunca antes, os tons pareciam fundir os dois numa única pessoa. E ela pensou que deveria ser maravilhoso sentir a casa cheia desses sons. Todos os dias. Todas as horas que o cotidiano lhes permitisse. Apenas ele e ela. A ilusão foi ficando cada vez mais intensa e ameaçava tomar o lugar da realidade...

CAPÍTULO 11

Gabrielle teria adorado conversar com Misia sobre o "amor" de Stravinsky – ou a ideia dele a respeito –, mas evitou o assunto completamente. Ela não mencionou o romance e não comentou nem as mudanças ocorridas em *A sagração da primavera*. Talvez Misia não entendesse que a natureza de sua relação com Stravinsky fosse principalmente espiritual, mesmo se as sensações corporais se tornassem bastante intensas na presença dele. Era uma outra forma de amor, diferente da que tivera com todos os outros homens em sua vida até então, inclusive com Boy. Por essa razão, Stravinsky não concorria com o falecido; o desejo dela não diminuía a dor da perda.

Fazia tão bem passar um tempo com a amiga novamente e Gabrielle não queria inserir nenhum ruído nessa companhia. Ela se sentia muitíssimo bem passeando com Misia pela exposição instalada no Hôtel Drout, que monopolizava os leilões na França. Esse prédio de desenho semelhante a uma fábrica, com seus salões muito altos, provavelmente concentrava mais preciosidades do que alguns museus. Móveis antigos, pinturas, esculturas, lustres de cristal italiano, tapetes orientais, até manuscritos muito velhos e joias. Gabrielle se perguntava quantos russos conseguiram contrabandear seus preciosos bens para fora do país durante sua fuga; a maior parte devia estar sendo leiloada naquele lugar.

Os materiais do próximo lote a ser ofertado estavam sendo apresentados num dos espaços de exposição, revestido com grossos tapetes vermelhos, iluminado indiretamente e com as cortinas fechadas. Gabrielle e Misia pararam diante de uma vitrine fechada. Atrás do vidro havia os manuscritos que eram o motivo de sua presença ali. Papeis anotados, a tinta preta surpreendentemente bem conservada, as letras traçadas com clareza, mas mesmo assim indecifráveis; num exame posterior, apenas os números pareciam compreensíveis.

"Ninguém consegue ler isso", disse Misia decepcionada.

"Deve existir alguém que conheça a caligrafia antiga", retrucou Gabrielle.

"Claro. Sei disso. Mas nós não conseguimos ler. Nada de uma boa leitura com uma taça de champanhe na sua sala." Misia suspirou. "E tanto esforço! Acho que você terá de primeiro procurar por um historiador especializado no tema e, no fim, nem terá certeza se ele está falando a verdade. Não, Coco, sinto muito, mas acho que esses documentos não valem nada para você."

Misia tinha razão. Como sempre. Era ridículo investir dinheiro numa coisa da qual Gabrielle não sabia do que se tratava. Puro desperdício.

Apesar disso, ela se sentiu magicamente atraída pelos papéis amarelados. Ela não analisava a situação de maneira tão objetiva quanto Misia. Afinal, já possuía um conhecimento mais vasto sobre as ações das princesas Médici: Catarina havia chamado um perfumista de Florença para Paris, considerado o fundador da cultura do perfume na França. Alexandre Dumas havia escrito sobre esse tal René em seu romance *A rainha Margot*. Gabrielle havia se esquecido completamente desse detalhe, fazia tempo que Boy lhe recomendara a leitura. Mas o livro voltou à sua mente quando estava em meio aos outros tantos nos quais mergulhara em dias anteriores. Além do mais, ela havia lido que Maria de Médici patrocinara a montagem de um primeiro laboratório em Grasse, no sul da França, no qual os alquimistas se ocupavam exclusivamente com a produção de aromas.

Gabrielle pressionou o nariz contra o vidro. A forma de apresentação dos números – e de algumas letras – supunha indubitavelmente se tratar de uma fórmula. Podia se tratar da composição do perfume milagroso, pelo qual Maria de Médici tinha se empenhado em pesquisar. Um aroma que conservasse a beleza da mulher. Uma descoberta e tanto, se fosse verdade!

"Estou certa que se trata de uma receita."

"Possivelmente", Misia concordou. "Mas vamos raciocinar: não conseguimos saber se é para macarrão ou para água de colônia."

Misia era assim. Num momento, incrivelmente animada e, logo em seguida, de um realismo insuportável. Que bom ela conhecer a amiga tão bem. Ela estava absolutamente dividida entre a fascinação pelos manuscritos e sua razão, que lhe sussurrava que as dúvidas de Misia eram justificadas.

Enquanto ela encarava a vitrine, seu olhar recaiu sobre o cartãozinho que indicava o número do objeto a ser leiloado. O leiloeiro anunciaria esse número e, em seguida, explicaria do que se tratava.

"Misia, não consigo reconhecer direito o número", Gabrielle afirmou. "A luz está tão fraca. Meus olhos enxergam tudo embaçado. O que está escrito no cartão?"

A amiga franziu a testa, espantada, mas não comentou nada a respeito da suposta dificuldade visual de Gabrielle. Resignada, ela procurou pelo monóculo de aro prateado dentro da bolsa. "Cinco", ela respondeu após olhar pela lente. "É o lote cinco."

"Meu número de sorte." O coração de Gabrielle começou a bater mais rápido. Ela tinha lido corretamente, queria apenas a confirmação da amiga. Um, dois, três, quatro, cinco... A mística do convento de Aubazine era sua única recordação positiva do tempo no orfanato. "Vou comprar o manuscrito. E não me diga que é um erro se eu aumentar os lances. O número é um sinal do destino."

Incrédula, Misia balançou a cabeça. "Meu Deus, você se apaixonou perdidamente."

Gabrielle não prestou atenção à amiga. Ela encarava o manuscrito, tentando em vão decifrar ao menos uma única palavra do texto. "Qual a relação aqui com Igor Stravinsky", ela murmurou mergulhada nos seus pensamentos.

"*Oh, là, là!*"

Espantada com essa exclamação, Gabrielle ergueu novamente o olhar. "O que aconteceu?"

"Parece que aconteceu muita coisa." O sorriso educado de Misia não abrandou seus olhos, que soltavam faíscas. "Você está me escondendo algo tão importante quanto um relacionamento! Coco, isso não é algo que se faça!"

"Eu não estou em nenhum..." Gabrielle parou a frase no meio, engoliu em seco. Sua garganta estava áspera. Percebia que entendera errado o comentário de Misia. Sem querer, caíra numa armadilha.

Os olhos de Gabrielle tentaram se fixar nervosamente em algo ao seu redor. O fluxo dos visitantes que apareciam para checar de antemão os lotes a serem leiloados era contínuo como o Sena num tranquilo dia de outono. Calmo, uniforme. Pequenos grupos se reuniam diante de uma ou outra vitrine, outras tantas pessoas paravam na frente de um pedestal a fim de admirar uma estátua de bronze. Não havia empurra-empurra nem curiosidade sobre os outros licitantes em potencial, os únicos observadores atentos eram os agentes de segurança e os funcionários do salão. O nível de ruído era baixo, um murmurar suave como junto à fonte do rio no platô de Langres. À exceção de Misia, ninguém ali estava interessado em fofoca.

Mesmo assim, Gabrielle baixou a voz ao responder teimosamente: "Não estou em nenhum relacionamento".

Aquilo que acontecera quando ela estava ao lado do piano, ouvindo Stravinsky tocar, tinha sido como uma pequena morte. Uma sensação de inconsciência como depois de um orgasmo. Seus corpos tinham se fundido como se estivessem abraçados, e mais tarde quando o abraço realmente aconteceu ela achou tudo muito natural. Sem dúvida tratava-se do início de uma escapada. Naquela noite, ela o mandou de volta à mulher, mas sabia que não teria forças para repetir o comando da próxima vez, e que então ele ficaria ao seu lado até a manhã.

A lembrança do prazer impregnou a pele de Gabrielle. Instintivamente ela se abraçou, como se estivesse tremendo. Na verdade, porém, era a repulsiva expressão facial de Misia que lhe fazia sentir frio.

Misia apontou o documento com o indicador. "Talvez não se trate de nenhuma fórmula para um perfume milagroso", ela falou com desdém, "mas para um elixir do amor. Certamente Maria de Médici precisava de um afrodisíaco tanto quanto de uma água qualquer de beleza. Ela parecia não seguir qualquer moral, tendo se deitado com quase todos os homens da corte, casados ou não." A repreensão era claríssima.

"Vou comprar mesmo assim."

"Ou exatamente por causa disso."

Misia sorria para Gabrielle com uma fingida ingenuidade.

CAPÍTULO 12

Gabrielle havia reunido quase toda boemia parisiense em seu ateliê na rue Cambon para festejar a estreia do novo *A sagração da primavera* no Théâtre des Champs-Élysées. A festa em homenagem a Diaghilev e sua trupe e a Stravinsky e sua música transformou-se ao longo da noite numa orgia de dimensões épicas. Quando o bufê tinha sido reduzido apenas a um monte de cumbucas de cristal vazias, pilhas de pratos de porcelana e potinhos de prata com restos de comida e as garrafas vazias rolavam sobre os tapetes, os amigos ainda presentes até aquela hora estavam todos, sem exceção, bêbados. Muito bêbados. Extremamente bêbados. Extáticos e ao mesmo tempo desconsolados.

Diaghilev e Lénide Massine, seu coreógrafo e também amante eventual, protagonizavam as cenas mais dramáticas. Durante os ensaios, Massine supostamente havia mantido um relacionamento secreto com uma bailarina, que agora tinha sido escancarado. Diaghilev espumava. Ele estava tão furioso que quase rasgou seu amuleto, o lenço da grã-princesa. Enquanto Gabrielle colocava-o em segurança numa gaveta, a briga escalava. Massine anunciou que nunca mais trabalharia para o Ballets Russes... e foi embora da festa.

A elegante condessa de Greffulhe animou a atmosfera, dançando um escandaloso cancã com Jean Cocteau. Os efeitos da música e da dança não tardaram. Todos batiam palmas, dançavam descontraídos, um manequim era usado sem problema caso não houvesse um parceiro livre, muitos secavam lágrimas de riso dos olhos, enquanto Diaghilev chorava junto a seu copo de absinto. A atenção da maioria dirigia-se por mais ou menos tempo ao compositor Georges Auric, que se ocupava da música no piano de Gabrielle. Ele tocava as melodias de Jacques Offenbach com tamanha vivacidade que machucou os dedos no teclado. O sangue escorrido pelas teclas de marfim só foi percebido ao manchar o tapete claro. Misia considerou o momento como adequado para cortar o cabelo do maestro Ernest Ansermet, que corria dela como uma galinha enxotada. Ele se aproveitou da comoção causada pelo machucado de Auric para pegar um resto de tecido e amarrá-lo na cabeça feito um turbante. Sem chapéu nem gravata, por fim cambaleou até a rua, a salvo de sua perseguidora.

Exausta do cancã, Gabrielle se aninhou numa poltrona, colocando as pernas sobre a mesa ao lado. Ela não percebeu a barra da saia, que havia escorregado deixando os joelhos à mostra – o que lhe era indiferente não apenas graças à embriaguez. Os olhares dos bailarinos para as pernas de mulheres tinham, no máximo, uma natureza profissional e a maioria dos homens presente não devia estar mais enxergando com clareza. Provavelmente, viam tudo duplicado. Gabrielle se lembrou vagamente de histórias místicas da época do convento, que falavam de seres humanos com quatro pernas, mas ela não sabia mais dos detalhes. Sorriu discretamente, espantada por achar graça em alguma coisa, embora estivesse mesmo é com vontade de chorar.

Ela não parava de pensar na apresentação, a apaixonante música de Stravinsky não encontrara sua expressão física apenas nos movimentos dos bailarinos: cada tom havia emocionado Gabrielle. Ela sentia as notas como se o compositor as tivesse anotado à mão sobre o corpo dela. Nada mais a amedrontava, tudo era apenas ardente. Seu corpo vibrava, tomado pelo desejo. Em sua imaginação, o homem e sua composição se mesclavam. E ouvia mais sua música do que enxergava Stravinsky como pessoa à sua frente. Ela sentia o som como uma carícia suave, achou que os dedos dele tocavam sua pele. Ainda no teatro, o desejo pelo êxtase a deixara totalmente tonta. Mas Stravinsky foi acompanhado pela mulher na estreia, e não era do feitio de Gabrielle se jogar nos braços dele diante dos olhos de Catherine.

Depois da apresentação, o motorista de Gabrielle levou *madame* Stravinska e os filhos de volta a Garches, para casa. *Monsieur* Stravinsky permaneceu em Paris e durante a festa da estreia tomou quantidades inimagináveis de vodca — e provavelmente também de absinto. Ela não pôde observá-lo o tempo todo. Em algum momento ele foi embora, talvez movido pelos demônios do álcool, provavelmente carregando um desejo irrealizado ou pela consciência das obrigações de um pai de família.

Lágrimas escorriam pelas faces de Gabrielle quando ela se perguntou o que seria do futuro da mulher e dos filhos dele caso ela continuasse a se encontrar secretamente com ele. O relacionamento era compatível com sua hospitalidade? A situação era triste. Incrivelmente triste ter se encontrado com essa pessoa maravilhosa, artisticamente ímpar, em meio a circunstâncias tão adversas. Por que todos os homens que valiam a pena já estavam casados? Ou se casavam com outra? Pensando que exatamente esses homens se tornavam tão dóceis na presença dela, então suas fraquezas de caráter acabavam sendo até divertidas. Engraçado, se não fosse triste. O soluço sufocado, que na verdade era uma risada cínica, transformou-se num soluço. Constrangida, Gabrielle pressionou a mão contra a boca. Ao mesmo tempo em que respirava, ela soluçava e sorria – e quase sufocou.

"*Mesdames et messieurs*!" A chamada fez Gabrielle estremecer como a voz tonitruante da madre superiora em Aubazine. "Compramos a edição matinal do *Le Figaro*."

Do onde vinha Stravinsky, assim de repente? Ele estava postado no meio do salão, circundado por amigos e ao lado de Boris Kochno, que segurava uma pilha de jornais. Os outros vinham até eles, de joelhos ou se arrastando, quando as pernas não mais respondiam. Começou um burburinho, o papel farfalhou. E então Misia falou, surpreendentemente sóbria: "Por favor, silêncio! Igor, leia em voz alta!".

Inconscientemente, Gabrielle se aprumou em sua poltrona e colocou os pés no chão. O suplemento cultural! Como ela não tinha imaginado que Stravinsky iria fazer de tudo para ler a crítica do espetáculo o mais cedo possível? Nesse aspecto, o consumo de álcool dele não interferiu em nada. Os russos aguentavam uma quantidade considerável. Ele não tinha ido até a mulher, como ela temia; não a abandonara nessa noite especial. Para Gabrielle, ele voltara apenas por sua causa – e não pelos amigos.

Alguém tocou um acorde no piano.

Um silêncio absoluto tomou conta do lugar, interrompido apenas pela respiração pesada de José Sert.

Stravinsky mexeu nos óculos, antes de proclamar: "O concerto da noite de ontem no Théâtre des Champs-Élysées revelou-se um espetáculo de primeira grandeza, com música e dança de excepcional qualidade..."

Palmas ecoaram. Júbilo misturou-se às palavras de alívio. Os membros do grupo se abraçaram, Stravinsky e Diaghilev eram abraçados e beijados. De maneira súbita e absolutamente surpreendente, todos pareciam apenas metade bêbados do que antes.

"O concerto de ontem livrou a peça de sua maldição", o compositor continuou a recitar o crítico teatral. "A brilhante composição musical e as modificações coreográficas contribuíram para uma apresentação sublime..."

Gabrielle ergueu-se num salto.

"Champanhe!" Sua voz tentou se sobrepor à alegria geral, mas percebeu tarde demais que estava rouca de tantas conversas, cantorias e manifestações emocionais durante a festa da estreia. Ela girou os braços, subiu na poltrona, gritando de sua posição elevada: "Champanhe! Precisamos urgentemente de champanhe!"

Ninguém a contrariou.

Stravinsky deixou o restante do texto do jornal de lado. Ele empurrou os amigos que o circundavam para o lado e foi até Gabrielle. E abriu os braços, a fim de segurá-la com segurança de seu salto da poltrona. E ela não se importava que todos a observavam naquele instante.

O barulho da água acordou Gabrielle de um sono profundo. Ela notou a regularidade dos pingos, embora normalmente não despertasse com chuva. Um vento forte soprava contra a janela, estalando a esquadria de madeira. Tudo estava escuro ao seu redor, apenas um filete estreito da luz acinzentada do dia atravessava a cortina fechada. Sua cama era dura, não tão macia quanto a do Ritz. Além disso, ela estava com frio. E havia um cheiro peculiar. Doce como almíscar e ao mesmo tempo ácido como a areia da maré baixa no porto de Deauville. Um arrepio desagradável percorreu sua pele. Com a vista turva, ela notou que estava nua, coberta apenas por um lençol de seda. Os músculos da coxa, treinados pela equitação, estavam enrijecidos, e os ombros lhe doíam como se ela tivesse caído da montaria. Aos poucos ela se deu conta que sentia uma luxação estranha e o corpo parecia rígido. Gabrielle movimentou-se com cuidado. Algo metálico apertou seu braço. Ao tentar tatear o objeto, encontrou uns óculos.

No instante seguinte, a visão clareou e a armação de metal com as lentes grossas caiu de sua mão. Ela não precisou se virar para saber que não eram as venezianas que rangiam. Era a respiração de um homem, seu ronco leve depois do consumo exagerado de álcool. Pouco a pouco, a razão foi juntando os fragmentos. Embora ela não se lembrasse exatamente das horas decisivas da noite anterior, isso não era necessário para saber o que havia se passado. Ela estava nua ao lado de um homem, debaixo do piano, coberta por um pedaço de pano. Era o quanto conseguia identificar daquele espaço. Seu corpo e o aroma que preenchia o lugar, assim como o cheiro de amor sem amarras e do excesso de vinho típico de qualquer bordel de terceira categoria, eram a prova de que ela tinha dormido com Igor Stravinsky – e provavelmente metade dos seus convidados havia notado que ele não fora embora como os outros.

Ela levantou a seda com cuidado, pois não queria acordá-lo. Não antes de tomar algumas decisões. Como devia se portar diante dele? Dizer-lhe que a manhã estava cinzenta e que era a imagem da situação de ambos? Ele, um homem casado e pai de família, não devia manter um relacionamento público com uma mulher solteira que ainda amava outro homem com todo seu coração. Nesse sentido, não fazia qualquer diferença o outro estar morto.

O suplemento cultural tinha chamado Stravinsky de compositor genial e mais importante modernizador da música. Do dia para a noite ele não era apenas famoso, mas também importante. Como dizer a esse homem que tudo não passava de um mal-entendido? Numa situação reservada, até era possível satisfazer livremente o desejo físico. Diante dos olhos dos amigos, porém, ela não queria viver um amor que não sentia. Ela admirava a genialidade de Stravinsky. Talvez também sua masculinidade. Mas isso não era suficiente.

Gabrielle se levantou, pensando que nunca mais poderia ceder novamente. Tentaria sufocar qualquer início de um falatório.

Ela deu um passo em direção à janela a fim de deixar um pouco mais de luz no ambiente e fez um ruído ao pisar em algo. O jornal que havia festejado a remontagem do balé. Que triunfo! Ela se abaixou, desamassou a folha e permaneceu com ela na mão enquanto se aproximava da chuva barulhenta.

Ao chegar à janela, notou que havia erguido o caderno de notícias e não o suplemento cultural. Seus olhos não encontraram a manchete em letras garrafais Le Sacre du Printemps, mas uma fotografia: uma carroça destruída, vários automóveis, um deles deitado de lado, pessoas machucadas, homens em sua maioria. Ao lado, o título como que gritava: EXPLOSÃO EM NOVA YORK. Assustada, ela leu o breve artigo. Uma bomba havia sido detonada diante do banco J. P. Morgan Inc., em Wall Street. Os explosivos tinham sido escondidos numa carroça, o número de mortos chegava a 38 e mais de quatrocentos feridos, entre funcionários do banco e passantes. A polícia suspeitava de círculos anarquistas como autores do atentado. Pressionando os lábios, Gabrielle pensou que, como uma mulher de negócios, tanto ela como qualquer homem a caminho do trabalho podiam ser alvos de um ódio parecido. Sua habilidade para os negócios era incomum para uma mulher da sua geração, mas coragem e força eram seu diferencial. Ela era uma pessoa independente, de sucesso. Nenhuma charlatã – e também por isso não queria se tornar uma destruidora de lares.

Automaticamente, ela olhou para a data do cabeçalho na página do jornal: Quarta-feira, 15 de dezembro de 1920.

Deus do céu, ela havia se esquecido completamente que se tratava de um dia de trabalho. Que horas eram? Precisava descer até seu ateliê, onde esperava que os resquícios da festa da estreia tivessem sido limpos e arrumados. Normalmente seu dia começava às 7 da manhã. Mas normalmente também ela só entrava no ateliê após uma toalete perfeita em seu banheiro no Hôtel Ritz. Não aparecia caminhando totalmente nua e exausta pelo escritório. E normalmente nenhum compositor famoso dormia em seu tapete. Nenhum homem fizera isso. Boy preferia o sofá quando estava com pressa. Mas esse refugiado russo provavelmente já dormira em lugares piores do que sobre um kilim valioso. Um sorriso tristonho abriu-se inconscientemente em seu rosto.

"Coco!"

Gabrielle se virou.

Stravinsky estava sentado, apoiado com as costas numa das pernas do piano. De cabelo desgrenhado, o rosto avermelhado, os olhos injetados. Ele parecia ter acabado de sair de uma noitada, de ressaca, mas era impossível deixar de ver o fogo que ardia dentro dele.

O corpo dela continuava esguio e firme como na juventude. Naquela época, quando mulheres curvilíneas correspondiam ao ideal de beleza, ela conquistava os homens com sua silhueta quase infantil. O oposto da opulência eslava também parecia atrair Stravinsky – e ela apreciou o olhar dele naquele instante mais do que se suas mãos estivessem acariciando seus peitos pequenos, a barriga lisa e as coxas finas. Era inebriante.

Não confunda esse sentimento com amor, uma voz dentro da sua cabeça a alertava. Um relacionamento duradouro com esse homem está fora de questão.

Custou-lhe algum esforço quebrar a magia do momento. Ela enrolou o jornal e usou-o para golpear o próprio flanco. Um gesto enérgico, definidor.

"O sonho acabou, *monsieur* Stravinsky. O senhor tem de levantar e voltar para sua família." A voz soou desdenhosa, mas havia uma ligeira vibração ali.

Ele assentiu, sério. "Direi a Catherine que quero me casar com você."

"Não!" A exclamação veio tão carregada de surpresa que apenas depois de alguns instantes é que ela percebeu o quão dolorosa deve ter soado aos ouvidos dele. Mais calma, ela acrescentou: "Você não pode deixar sua mulher, Igor. É impossível".

"Mas somos um casal", ele protestou. "Você é o amor da minha vida, que infelizmente encontrei tarde demais..."

"Volte para seus filhos", ela o interrompeu. "Volte para seus filhos – e não retorne mais."

Ela lhe deu as costas abruptamente. Não queria que ele visse os olhos se enchendo de lágrimas, que em poucos segundos começaram a rolar pelo rosto como as gotas de chuva na janela. Ali estava um homem que dizia querer se casar com ela. Um homem incrível, famoso. E mais uma vez era a hora errada.

"Coco!" O apelido na boca dele era uma súplica. "Eu amo você. Sua casa agora é o lar dos meus filhos. Estamos intimamente ligados, de uma maneira ou outra. Por favor, não rompa nosso vínculo. Não posso viver sem você."

Ela estava agradecida por ele não se postar às suas costas. O menor dos toques teria provavelmente abalado sua decisão. Ela engoliu o sentimentalismo e explicou, com a voz firme: "Não voltarei a *Bel Respiro*. Você pode ficar com sua família por lá pelo tempo que quiser. Mas, por favor, não espere que eu faça o papel de anfitriã".

"Sem você eu morro."

Em silêncio, ela balançou a cabeça.

Seu coração estava em pedaços, mas quem se importava com isso?

CAPÍTULO 13

A agitação das festas havia passado. Depois dos feriados, Paris estava mergulhada numa tranquila hibernação. Para Gabrielle, era como finalmente voltar a ter fôlego. Nos dias anteriores à noite do Natal, em qualquer lugar ela tinha a impressão de estar prestes a sufocar em meio à massa de pessoas que se empurravam pelos magazines e lojas ao longo do Grand Boulevard. No seu ateliê e na butique ao lado, suas funcionárias trabalhavam a todo o vapor, inúmeros homens passavam por ali para arranjar, no último minuto, um presente para a esposa, a amante, a mãe, a filha, ou qualquer outro membro feminino da família. E as famílias francesas eram, em geral, bastante numerosas.

Para Gabrielle, em muitos aspectos o Natal não era um tempo de júbilo. O aniversário da morte de Boy se aproximava e ela relembrava mais uma vez as terríveis horas em que soubera, por intermédio de Étienne Balsan, que ele nunca mais regressaria. Nesses momentos ela queria não ter mandado Stravinsky embora. Envolvida pelo amor dele, ela poderia ter esquecido. Ao menos temporariamente. Os amigos não eram substitutos do amante, embora Misia e José Sert se esforçassem imensamente e Étienne inclusive a convidara para Royallieu. Mas em vez de permitir que Igor entrasse em sua vida, ela mandava presentes para a mulher dele e os filhos. Apenas depois ela descobriu que os cristãos ortodoxos festejam o Natal no dia dos Três Reis Magos e não em 25 de dezembro.

Aliás, a ânsia consumista de católicos e protestantes parecia ainda mais desmedida, com os perfumes absolutamente em alta. Quando Gabrielle passeou pela seção de perfumes das Galeries Lafayette, na segunda-feira após o final de semana natalino, ela viu esvaziadas as prateleiras que até há pouco estocavam elegantes embalagens de frascos caros. François Coty parecia ter sido quem mais lucrara, mas Paul Poiret e os irmãos Guerlain não deviam estar muito atrás. Gabrielle se irritou pelo fato de os outros estarem fazendo negócios enquanto ela ainda procurava, quase desesperada, pela receita do seu aroma. A aquisição dos documentos de Catarina e Maria de Médici pela bagatela de seis mil francos tinha sido em vão. Nem o historiador que ela consultara nem os químicos de François Coty descobriram ali quaisquer indícios de um elixir milagroso. Mais uma vez Misia tinha razão. Ela devia ter dado ouvidos à amiga.

O porteiro das Galeries Lafayette lhe chamou um táxi. A garoa que começara a cair havia estragado sua vontade de caminhar, embora estivesse muito perto do Café de la Paix, onde havia combinado de se encontrar com Misia.

A cafeteria no térreo do Grand Hôtel não estava tão cheia como em outros dias. Em geral o grande salão de afrescos no teto e colunas decoradas ficava lotado, com todas as mesas ocupadas, e para onde faltavam lugares eram trazidas cadeiras; os corredores se estreitavam e os garçons tinham dificuldade em circular. Naquele dia, porém, o número de clientes era tão reduzido que Gabrielle reconheceu a amiga ainda na porta, embora Misia estivesse escondida atrás de uma palmeira ornamental. Afinal, seu chapéu de feltro da marca Chanel era um acessório indisfarçável.

"Você está adiantada", disse Gabrielle, depois de ter cumprimentado a amiga com dois beijos.

"E você, atrasada", Misia censurou-a, rindo. "Se tiver sorte, o café que pedi para você ainda não esfriou."

Gabrielle deu de ombros. Em seguida, sentou-se na cadeira que um garçom solícito havia lhe oferecido. "Perdi a noção do tempo na seção de perfumes das Galeries Lafayette", ela confessou, recusando com um ligeiro balançar de cabeça o cardápio que o jovem lhe entregava: "O café aqui é suficiente por enquanto, obrigada".

"Mais tarde pedimos o champanhe", Misia disse sem rodeios. Quando estava a sós com Gabrielle, ela acrescentou: "Temos de brindar você não estar sendo importunada por Igor Stravinsky".

"Não o revi desde a estreia", Gabrielle retrucou depressa demais. Ela sentia-se desconfortável. Não estava gostando do começo da conversa. Não entendia como a amiga tinha resolvido falar sobre Stravinsky exatamente naquele instante.

Desde a festa da estreia, volta e meia surgiam boatos sobre os dois, mas Gabrielle fizera de tudo para abafá-los. A partir de então não tinha havido nenhuma oportunidade para observações indiscretas e ela torcia para que o burburinho fosse de alguma valia ao menos para sua própria reputação. Não era verdade que por essa época todos em Paris estavam tão ocupados consigo mesmos que um relacionamento ridiculamente breve logo sumiria da opinião pública?

"Esse homem é inaceitável", prosseguiu Misia. "Um gênio, mas absolutamente inaceitável como ser humano. Você dê graças a Deus por ter se livrado dele."

Pensativa, Gabrielle remexeu o café, embora não tivesse colocado leite nem açúcar. Parecia que ao menos a curiosidade da amiga não tinha diminuído. "Os Stravinsky continuam morando em casa", ela disse como se estivesse falando sozinha. Depois de um tempo, ergueu a cabeça. "Mas se você quiser brindar por ele não estar me importunando, então tudo bem. Ele realmente não está se aproximando de mim." Algo que ela aceitava em silêncio, mas realmente não estava esperando. "Satisfeita agora?", ela acrescentou mal-humorada.

Misia fez um gesto de desdém. "Trata-se apenas de sua felicidade, Coco. Acredite em mim. José foi conversar com ele a seu respeito."

Os olhos de Gabrielle se arregalaram pela surpresa. Misia havia tocado no tema Stravinsky para notificá-la das últimas novidades de um assunto do qual não tinha a menor ideia? De todo modo, parecia haver novidades.

"José fez *o quê*?"

"Ele deixou claro para Stravinsky que Boy confiou-a a ele, José. E não é verdade? Ele se sente responsável por você. Nós dois nos sentimos."

"Ah... sim", murmurou Gabrielle. Ela não conseguia se lembrar de nada nesse sentido, mas José agira com boa vontade. Entretanto, ela suspeitava que Misia estava por trás daquilo.

"Meu querido marido usou uma expressão que... que...", Misia gaguejou, sorriu embaraçada e explicou: "bem, ele usou uma expressão que uma mulher de bem não deve repetir." Ela se curvou rapidamente para a frente. Com uma pontinha de satisfação pelo escândalo, acabou murmurando: "Filho da puta. Ele chamou Stravinsky de filho da puta".

Gabrielle estava entre um acesso de riso e um ataque de raiva. Sua voz tremia, ela não sabia se de graça ou de fúria: "Por se sentir responsável por mim é que José falou isso para ele?"

"Não, claro que não", Misia deu uma risadinha boba, recostando-se de volta na cadeira. "Ele chamou-o assim porque é a expressão certa. Infelizmente nosso amigo é um... bem, você já sabe."

"Vocês não estão sendo severos demais com ele?"

A risada de Misia se tornou desdenhosa. "Por favor! Ele é um homem casado. Pai de quatro filhos. Apesar disso, fica falando a torto e a direito que ama você e que quer se casar. Imaginar que ele possa abandonar a mulher, sem recursos e muito doente, é terrível."

"Sei disso." Gabrielle baixou as pálpebras para que seu olhar não revelasse a Misia o quanto a conversa a estava deixando agitada.

No fundo, a amiga tinha razão. Não havia dúvida. Ela não levava a mal o fato de José Sert se meter nos seus assuntos pessoais. Mas ela se incomodava com a intensidade que Misia e José se ocupavam de sua vida amorosa. Algo tão perturbador quanto a corte de Stravinsky. Igualmente irritante, quase lamentável. Será que Misia estava realmente preocupada apenas com seu bem-estar? Ou será que a amiga estava enciumada por ver o segundo artista de seu círculo aos seus pés, depois de Diaghilev?

"Não amo Stravinsky. Por essa razão nunca me casaria com ele. Mas gostei de me deitar com ele." Ela se permitiu essa última informação para salvar a honra dele.

"Se a coisa ficasse restrita a isso..." Misia suspirou. "Parece que ele vê o... romance de vocês com outros olhos. Diaghilev disse que Stravinsky está realmente padecendo de amor."

Uma estanha sensação de felicidade tomou conta de Gabrielle. A mesma sensação que a acometia a cada vez depois dos dois desfiles anuais, quando ela apresentava as novas coleções a um público seleto. Admiração e reconhecimento eram seu elixir vital. Enquanto as rainhas francesas da Renascença procuravam pelo aroma da sabedoria e da beleza eterna, a existência de Gabrielle era determinada pela busca por sucesso e aplauso, tanto no plano profissional quanto no pessoal. Já era assim quando ela se apresentava com canções ridículas no cabaré, quando saboreou pela primeira vez a admiração do público. Mais tarde, ela subiu na cela, corajosa, a fim de comprovar ao amante de cavalos Étienne Balsan que era uma amazona perfeita e, portanto, a companheira certa para ele, embora nenhuma das duas afirmações fosse correta. Daí veio o sucesso como estilista de moda e, com ele, um arrepio inédito ao perceber que levava jeito para a coisa. Mas mesmo o aplauso dos clientes esmorecia diante do desejo de um compositor genial. Para ela – Gabrielle Chanel, órfã de ascendência duvidosa –, o fato de esse homem amá-la a ponto de abrir mão de tudo era como chegar a um novo patamar.

"Nenhuma mulher decente entraria no seu ateliê." A voz de Misia parecia vir de longe, entrando aos poucos nos ouvidos de Gabrielle. Provavelmente a amiga continuou seu discurso, mas enquanto isso Gabrielle tinha mergulhado em seus pensamentos. "Mesmo as mulheres indecentes iriam desdenhar de você. Stravinsky é egoísta. Não pensa nas complicações para o seu lado se você roubar o marido da pobre Catherine."

"Por mim, não há o que se preocupar a esse respeito."

"Felizmente!" A exclamação de Misia ecoou pelo salão. O alívio fez sua voz soar tão alta que o garçom veio apressado, pensando que ela quisesse pedir algo. Ela olhou para o jovem sem saber o que fazer.

"Traga-nos uma garrafa de champanhe", Gabrielle pediu, aliviando a situação tanto da amiga quanto do garçom. "*Madame* Sert quer fazer um brinde."

Um pequeno sorriso iluminou seu rosto ao se lembrar do encontro deles em Veneza. "Você sabia que os russos adoram brindes longos?"

"*Ma chère*, você se esqueceu de que eu nasci em São Petersburgo? Embora não tenha crescido no império czarista e nunca tenha vivido por lá já adulta, meu pai deu um jeito de eu conhecer todas as facetas da mentalidade eslava." Misia acompanhou o garçom com o olhar, que foi rapidamente atrás do pedido de Gabrielle e disse: "Aposto que esse belo rapaz é de descendência russa. Para onde quer que se olhe, Paris é um mar de imigrantes."

"Estou começando a gostar da cultura eslava. Ela me faz lembrar de onde nasci, em Auvergne. Não somos os orientais entre os franceses?"

Misia riu. "Agora sou eu quem está absolutamente por fora, Coco."

Aliviada pelo tema Stravinsky ter sido temporariamente abandonado, Gabrielle decidiu-se a tocar numa ideia que lhe ocorrera durante a maravilhosa noite com Dimitri Romanov: "Estou me perguntando se não deveria empregar refugiados russos como manequins. Como você bem notou: eles estão fervilhando pela cidade – e todos são nobres".

"Coco, sua moda é sinônimo de elegância francesa. Não sei se suas clientes permitiriam tal reverência à corte russa."

Gabrielle deu de ombros. "Não os vestiria feito cossacos, embora..." Ela parou a frase no meio, olhou para a frente por um instante como se tivesse sido atingida por um raio. "Talvez alguns bordados típicos ficassem bem bonitos. Pelo menos seriam uma novidade estética na minha coleção."

"Pense que *A sagração da primavera* só fez sucesso na versão sem esses elementos folclóricos."

"Trata-se de uma questão de oportunidade", replicou Gabrielle calmamente. "E de todo modo muitas das jovens russas sabem andar com grande graça porque todas fizeram aulas de balé e aprenderam uma certa etiqueta. Acho que seria muito charmoso se minha próxima coleção fosse apresentada por princesas e condessas." A ideia ainda era recente, mas Gabrielle estava tão entusiasmada que seu desejo era começar ainda naquela noite a fazer entrevistas e marcar testes em seu ateliê com candidatas em potencial.

O garçom se aproximou novamente da mesa, ajeitou o balde de gelo e dispôs as taças de champanhe. A rolha espocou e o espumante foi servido. Gabrielle e Misia acompanhavam os movimentos do rapaz em silêncio. E ergueram as taças apenas depois de ele ter se afastado novamente.

"Ao império destituído dos czares, que nos presenteia com tantas oportunidades", disse Gabrielle.

"Por mim", replicou Misia um tanto a contragosto. "Se você não estiver incluindo Igor Stravinsky nisso, eu bebo por todos os czares desde Ivã, o terrível."

Gabrielle tinha levado a taça até os lábios, mas pousou-a novamente. "Você pode fazer o favor de parar de associar com Stravinsky tudo o que eu digo?"

"Sinto muito." Misia parecia mesmo consternada. "Mas esse homem me deixa maluca. Ele está totalmente abalado pela sua rejeição, comportando-se de uma maneira impossível. Isso é tão ridículo. Todos são da mesma opinião."

"Todos?" As sobrancelhas de Gabrielle ergueram-se. "Quem são *todos*?"

"Todos nossos conhecidos; até Picasso já mencionou o assunto. É uma piada um homem adulto, de 38 anos, ainda por cima pai de família, se comportar feito um adolescente apaixonado."

"Pelo jeito como você fala, estou quase começando a sentir pena dele."

"Pena também é mais uma das coisas que não combinam com um homem daquela idade. Ah, Coco, ele está alucinado. Isso deixa tudo tão complicado. Mas não se preocupe. *Za vache zdorovie!*[*]", ela falou e bebeu.

Gabrielle ficou esperando Misia jogar a taça no chão por cima do ombro, mas não aconteceu nada disso. A amiga encarou-a com um olhar

* "Saúde!", em russo. Literalmente, "À sua saúde!" (N. do E.)

reluzente, enquanto Gabrielle, com um sorriso simpático, começou a dar umas bicadinhas no delicioso frisante, embora uma batalha se desenrolasse no seu interior.

Ser a obsessão de Stravinsky era muito lisonjeiro. Pensar nesse amor dele era um afago para seu orgulho, assim como as mãos dele lhe afagavam o corpo.

"Nunca se esqueça de que você é mulher", disse Boy.

"Meu negócio é minha vida. Minha independência é minha vida", ela retrucou com energia. E depois, com mais suavidade: "Você é minha vida".

Mas essa vida estava destruída.

Gabrielle se perguntava se valia a pena rejeitar um amante que ardia de paixão. O amor, mesmo que apenas o físico, não era o melhor remédio contra o sofrimento que a consumia por dentro, na mesma medida que, no caso de Stravinsky, o fogo dos seus sentimentos não correspondidos?

Ela o enxergou diante de si – seja ao piano seja na posição de maestro. Um compositor maravilhoso. Um homem incrível. Um gênio. Ela não podia permitir que ele se tornasse a diversão da boemia parisiense. Tinha de encerrar esse drama. Não era insensível à opinião de Misia ou de José. Mas a dos outros nunca lhe fora tão indiferente quanto nesse momento em que ela se decidiu pela salvação da honra de Igor Stravinsky. O pensamento de que isso poderia manchar sua própria reputação foi descartado no ato. Embora Misia sempre tivesse razão.

CAPÍTULO 14

Claro que ela não contou para Misia o que tinha em mente. Dadas as condições, Gabrielle tentou ser o mais discreta possível. Embora Igor vivesse na sua casa, por consideração à família do músico ela não queria entrar em contato com ele. Cedo ou tarde seria impossível evitar ficar frente a frente com Catherine Stravinska, mas até então ela queria livrar a mulher de ser casada com um homem cuja paixão era motivo de escárnio do mundo todo. Deu um jeito de se encontrar com Ernest Ansermet e nessa ocasião pediu ao maestro que passasse um recado a Stravinsky: "Por favor, avise-o que ele pode me visitar a qualquer momento".

Ansermet deve ter feito o papel de cupido de maneira tão convincente que Igor Stravinsky apareceu no Hôtel Ritz ainda naquela mesma noite, ficou até a manhã seguinte e, a partir de então, voltou sempre.

Mas as noites insones que seu novo amante lhe infligia logo começaram a irritar os nervos de Gabrielle. O ritmo de vida de Stravinsky não combinava com a maneira dela trabalhar. Ser sua amante revelou-se inacreditavelmente cansativo. Ele não deixava o corpo dela relaxar nunca, tomando-o várias vezes a cada noite, mas nem isso parecia lhe ser suficiente. Gabrielle tinha a impressão de que ele tirava seu fôlego para respirar. Stravinsky tentava domá-la, reagia com ciúmes incontrolados frente à sua independência e exigia de maneira tão passional quanto desesperada poder dispor dela, algo que não lhe competia – a começar pelo fato de ser casado e pai de família. Mas ele queria Gabrielle por inteiro. Seu corpo, seu ser, sua alma, seu coração e, provavelmente, também seu tempo. Às vezes ela ficava com a impressão de que ele queria obrigá-la a amar. Mas os sentimentos de Gabrielle nunca foram além daquela mistura de compaixão, teimosia e orgulho com a qual ela o havia deitado em sua cama.

Stravinsky fazia questão de ser o homem de sua vida. Recusou-se a conversar sobre o relacionamento dela com Boy. Ele se considerava o futuro de Gabrielle – a partir daí, de que lhe interessava o passado? Mesmo assim ela achou que ele queria se apresentar como o homem de sua vida, diante da opinião pública, para ficar à altura do grande amor dela – que ele não conseguia eliminar, apesar de nunca tocar no assunto. Gabrielle concordou com esse desejo e saiu com ele algumas vezes, mas ficava atenta feito uma governanta solteirona para nunca ser vista a sós com o compositor. Embora Misia não concordasse com o relacionamento, ela estava sempre ao lado de Gabrielle e Stravinsky, por exemplo para assistir a um concerto. Gabrielle apreciava muito essas horas na companhia dele; Misia sentia o mesmo. Ter desvendados os segredos da música erudita por um gênio da arte não tinha preço. Ele aproximou Gabrielle das músicas de Wagner e de Beethoven, e ela passou a dividir a fascinação dele pelas óperas de Richard Wagner, mas não pelas sinfonias de Ludwig van Beethoven. Ele era uma companhia absolutamente encantadora, e as duas mulheres desculpavam seus eventuais acessos de arrogância e presunção. Mas nada disso tinha qualquer relação com amor.

"O corpo de baile de Diaghilev foi convidado para uma turnê pela Espanha", Stravinsky informou num dos raros momentos de descanso do casal durante uma noite no final de janeiro. "Os espanhóis fazem questão de conferir a nova *Sagração da primavera*."

Gabrielle estava deitada de lado, virada para o amante, mas de olhos fechados. Cochilava. "Sei disso", ela murmurou. "Sergei já me falou disso."

"Tenho de acompanhar o grupo. Ninguém sabe conduzir minha música como eu. Imagine se ela fosse mal interpretada. Nem pensar."

"Sim. Tem razão." Ela estava tão exausta que mal entendeu o que ele lhe dizia.

"Mas eu não posso ir!" Sua exclamação estava carregada de dor, era quase um choramingo. "Como eu poderia deixar você sozinha, Coco?"

Nasceu nela uma sensação ainda indefinida, estranhamente apaziguadora. Ela sabia que não sentiria falta desse *amour fou*. Mas havia mais alguma coisa que sua cansada razão ainda não conseguia acessar. "Não entendo você", ela murmurou novamente.

Num primeiro instante ele ficou em silêncio e Gabrielle torceu para finalmente conseguir pegar no sono. Mas então ele anunciou: "Não vou viajar para Madri sem você. Você vai me acompanhar".

"Impossível", ela replicou de pronto.

No instante seguinte ela se deu conta que contrariá-lo podia ser um erro. Igor acabaria interpretando isso como um desafio para fazer valer sua vontade. Mas se ela tinha uma certeza, então era a de que não queria acompanhá-lo numa turnê. Por causa da mulher dele. Por causa do falatório. E, ainda por cima, por sua própria causa. De súbito, estava absolutamente desperta.

Ela abriu os olhos. Uma fresta nas cortinas permitia a uma faixa estreita de luz das luminárias da Place Vendôme iluminar o rosto contraído de raiva de Igor. Ele lutava contra seu destino que lhe reservava sucesso no campo profissional e a separação da amada nos assuntos do coração.

"Não posso sair de Paris assim de repente", ela explicou com uma suavidade forçada na voz. "Gerencio um negócio. Você se esqueceu? Para me ausentar, tenho de ajeitar muitas coisas. Preparativos longos, trabalhosos."

"Não posso deixar minha música sozinha em teatros estranhos."

"Entendo." Ela se ergueu, apoiando-se no cotovelo. "Por isso você vai para a Espanha. Sem minha companhia, mas na de sua música." Imaginar que a ausência de Igor lhe traria algumas noites tranquilas e principalmente bem dormidas era algo tão sedutor que ela queria mesmo era dar um grito de alegria. Mas como não queria machucá-lo, ficou de boca fechada.

"Devo me ajoelhar na sua frente? Você quer que eu fique de joelhos para que você me acompanhe?"

Pelo amor de Deus, ela pensou.

"Não", respondeu calmamente. "Não. Claro que não. Por favor, não faça o papel de palhaço."

"Não me importo."

"Mas eu me importo."

Eles se encararam, sem se enxergarem de verdade. Ela escutava o ranger dos dentes dele, não via os maxilares se movimentando.

Seguindo uma inspiração, ela lhe prometeu: "Vou ao seu encontro assim que tiver ajeitado tudo no ateliê".

Ele pareceu surpreso. Supostamente essa ideia não lhe passara pela cabeça ainda. Sua macia mão de músico agarrou o braço dela com tanta força que ela soltou um gemido.

"Você está me machucando!"

Mas ele ignorou o protesto.

"Você é minha, Coco, somente minha! Me prometa que vai organizar suas coisas o mais rapidamente possível e que virá para Madri! Prometa em nome de Nossa Senhora."

Ela fechou os olhos. Diante de suas pálpebras formou-se a imagem de um piso de seixos de rio.

Um, dois, três, quatro, cinco, contou mentalmente. Pensou que tinha de confessar uma mentira ao ir à igreja no dia seguinte. Depois, abriu novamente as pálpebras.

"Prometo."

TERCEIRA PARTE
1921

CAPÍTULO 1

Com movimentos ágeis, Gabrielle tirava uma a uma as agulhas da almofadinha de seda presa ao pulso e drapeava o tecido grosso de algodão. Observou o trabalho com um olhar cético, retirou uma agulha, meteu-a entre os lábios fechados (que, na verdade, seguravam um cigarro aceso), enquanto remodelava o plissado. Ela sempre trabalhava primeiro com cretone, apenas mais tarde iria escolher o tecido da peça. O segredo de seus cortes era a modelagem perfeita na tela de algodão – e o drapeado, que tinha de começar das costas. Segundo as convicções de Gabrielle, a mobilidade do corpo começava nas costas, por essa razão era preciso usar do material com generosidade a partir dali.

Por um instante, as formas se dissolveram diante de seus olhos e as pernas ameaçaram bambear, tamanha a exaustão. Há horas ela trabalhava na modelagem de um vestido de noite – sem chegar a um resultado satisfatório. Era preciso fazer uma pausa. A modelo que vestia sua criação tinha a paciência de uma modelo de pintura, mas Gabrielle temia perder a concentração. Entretanto, assumir essa fraqueza era inadmissível, muito menos em seu ateliê.

Obstinada, ela continuou, colocando um pedaço de tecido enrolado em forma de manga no braço da jovem longilínea, no mínimo uma cabeça mais alta que Gabrielle. No geral as russas eram muito mais altas do que ela, mas surpreendentemente graciosas. Aquela afirmava ser princesa. Talvez fosse verdade, mas talvez não passasse de duquesa ou baronesa. Gabrielle tinha aprendido que nem todo predicado correspondia, em Paris, à posição na corte em São Petersburgo, mas a condição passada dos nobres lhe era indiferente. O mais importante era que essa e outras modelos vivas, que ela contratara, fizessem o que era necessário. Além do mais, devido a todas as paradas e desfiles, os antigos membros da corte do czar estavam acostumados a ficar em pé, pacientemente, por muito tempo. Então, tanto essa jovem quanto suas novas colegas provaram ser ideais para o modo de trabalho de Coco Chanel, pois ela criava suas coleções em bonecas e no corpo da mulher, não numa prancheta de desenho. Apenas assim, Coco sempre reafirmava, sua moda podia se adaptar também aos movimentos de quem a usava.

"*Aïe*!" A modelo deu um gritinho. "Ui!"

"Sinto muito", murmurou Gabrielle, sem erguer o olhar.

O lugar onde ela queria colocar a costura do ombro estava torto. Seu golpe de vista havia falhado. Era mesmo preciso fazer uma pausa. Mas ela estava longe de ter avançado o quanto previra para aquele dia. Não era nem a hora do almoço, mas ela se sentia já tão cansada como se fosse o fim da noite.

"Ui!" Com o susto, o cigarro caiu da boca e acabou no chão, queimando mais um pequeno buraco no piso de parquê. Dessa vez, Gabrielle tinha espetado os próprios dedos trêmulos. Ela suspirou. "Vamos fazer um intervalo rápido. Relaxe, Elena."

Gabrielle observou a jovem nobre relaxar a postura por um instante. Como num exercício militar, ela pensou. Era divertido imaginar que essas russas, provavelmente muito bem-nascidas e fugidas da força do proletariado, recebiam agora ordens da filha de um mascate. Mundo estranho, pensou Gabrielle, enquanto se curvava para erguer o cigarro e acender um novo.

Numa tentativa de descansar a vista, ela olhou pela janela. O dia cinzento de fevereiro não oferecia uma bela visão da rue Cambon. Chuva batia contra os vidros, por vezes como a garoa típica de Paris, por vezes tão forte que a água escorria abundante pelas calhas.

Gabrielle pensou se, apesar do tempo, não deveria empreender mais tarde um pequeno passeio à Librairie Auguste Blaizot, a fim de arrumar novos livros para mais uma noite sem Stravinsky. Dedicar-se novamente à leitura sem ser incomodada era uma experiência maravilhosa. Mas ela não sabia o que esperar de quando ele voltasse da Espanha. As respostas aos telegramas e telefonemas dele, às incessantes súplicas e exortações para que ela o encontrasse em Madri vinham sempre com as mesmas frases: "Ainda não estou pronta, por favor me dê mais um pouco de tempo, meu trabalho é importante...". Só que ao contrário dele, ela tinha consciência de que em nenhum momento haveria de cumprir com a promessa.

Um ruído às suas costas interrompeu seu pensamento. Em seguida passos, alvoroço, suspiros. Espantada, ela se virou.

Suas colegas de trabalho, costureiras, manequins, cortadeiras, não voavam mais como abelhas ao redor da colmeia e sua rainha, mas tinham a atenção voltada à pessoa que entrava pela porta naquele instante. As aristocratas russas ajoelharam-se tanto que quase tocaram o chão com a testa. A despeito de todas as agulhas, a modelo com a qual Gabrielle trabalhara havia pouco fez a saudação mais elegante. Contagiadas por tanta reverência, as outras funcionárias também pararam de trabalhar e ajoelharam-se diante do homem que apareceu no ateliê sem aviso prévio.

Instintivamente, Gabrielle inspirou fundo. A fumaça do seu cigarro ardia nos olhos. Mas nem isso a fez piscar. Ela não estava bem certa do que se passava à sua frente. Era um sonho?

Ela tinha se esquecido do magnetismo de sua personalidade, da sua beleza. Um homem alto, sorriso largo, atraente, esportivo. Ele parou por um instante junto à porta, sorriu e com um gesto quase imperceptível, mas absolutamente elegante, pediu às jovens que se levantassem. Ao mesmo tempo, disse: "Por favor, isso não é necessário", e atravessou o ateliê até o lado da janela, como se essa fosse sua passarela.

Ele parou diante de Gabrielle, curvou-se de tal maneira como se ela fosse a czarina e não ele o herdeiro do trono, caso ainda houvesse um império russo.

"*Bonjour*", Dimitri limitou-se a dizer.

Os joelhos dela tremiam. O coração batia descontrolado. Ela não contava com o ímpeto dos sentimentos envolvidos na volta dele à sua vida. Como uma tempestade varrendo a taiga siberiana. Quando ela se virou para ele, foi preciso se esforçar para manter a postura. Se não houvesse tantos olhos testemunhando cada um de seus gestos, ela teria caído nos braços dele imediatamente.

"*Bonjour, monsieur*", respondeu.

"Perdoe-me, *mademoiselle* Chanel. Não foi possível segurar Sua Majestade e daí pensei que..." A falta de fôlego da recepcionista, igualmente uma princesa empobrecida, que apareceu atrás de Dimitri, impediu a continuidade da conversa. Manchas vermelhas destacavam-se nas faces de elegante palidez da moça. Gabrielle não se lembrava de ter visto a funcionária tão nervosa assim nem mesmo quando, por exemplo, uma marquesa aparecia para uma prova de roupa. Afinal, mulheres da alta nobreza francesa também eram clientes da Casa Chanel.

A cinza do cigarro de Gabrielle caiu no chão. Enquanto procurava por um cinzeiro, falou à visita: "Vamos ao meu escritório". Ela recriminou a recepcionista com um olhar fugaz. Dimitri Pavlovitch Romanov deveria ter sido logo encaminhado para cima.

No meio da escada, ele disse: "Prometi que iríamos nos rever. Cá estou".

"Estou vendo. E eu já tinha acreditado antes." Gabrielle sorriu. "Embora eu não contasse que o senhor tomasse meu ateliê num ataque-surpresa."

A indignação fingida dele não escondia o brilho descontraído dos seus olhos. "A senhora pode me perdoar por eu não querer esperar nem mais um segundo? Minha primeira saída em Paris levou-me até você. Nós acabamos de chegar."

"Nós?" O coração dela parou. Ele tinha então se casado em algum lugar entre Veneza, Dinamarca, Londres e Paris? Sua visita surpresa era devida apenas ao fato de ele querer lhe revelar o mais rapidamente possível seu novo estado civil?

"Meu empregado Piotr e eu."

"Oh... ah... sim..." Ela não conseguiu evitar que suas faces ficassem quentes e os joelhos ainda mais trêmulos. Deus do céu, ela estava se comportando feito uma idiota. Suas obrigações de anfitriã a salvaram de mais constrangimentos. Ela abriu a porta do escritório, deu tempo a ele para entrar e observar o mobiliário, e só então perguntou: "O que posso lhe oferecer? Café? Champanhe?"

Dimitri não fez nenhuma observação sobre a decoração e recusou a oferta, balançando a cabeça. Ele nem se sentou. Em vez disso, explicou: "Tenho quinze mil francos. Será que você acha que basta para estourar a banca no cassino de Monte Carlo?"

Que homem! Maravilhosamente descontraído, ele não fazia nenhuma cena – e, principalmente, não colocava nenhuma exigência. Embora Gabrielle soubesse que não podia comparar Dimitri Romanov com Igor Stravinsky, era impossível não enxergar uma porção de vantagens no mais novo.

Capitulando, ela ergueu os braços: "Se eu entrar com outros quinze mil, teremos trinta mil. Com essa quantia, acho que conseguimos nos divertir por algum tempo".

Ele encarou-a – e os dois riram como se nesse momento um obstáculo houvesse sido transposto.

"Quando podemos partir?", Dimitri disparou sem rodeios, de maneira irresistível.

"Não imediatamente. Tenho de organizar uns assuntos..."

"Seu negócio. Claro." Apesar de seu tom compreensivo, uma sombra de decepção escureceu seu rosto. Ele tirou algo da jaqueta. "De tanta alegria pelo nosso reencontro, quase ia me esquecendo de entregar minha lembrança." E lhe entregou um bilhete escrito num papel barato. "Talvez isso apresse nossa partida."

Espantada, ela desdobrou a pequena folha. Um endereço desconhecido em La Bocca, uma região industrial na periferia de Paris, não era o que ela esperava encontrar. E deu de ombros ao voltar a olhar para ele, desconcertada. "O que é isso?"

Dimitri sorria feito um menino flagrado em meio a uma travessura. "É o endereço de Ernest Beaux. O perfumista da corte dos czares russos e que criou o *Bouquet de Catherine*."

"Mas eu pensei..." Gabrielle inspirou fundo. "Eu pensei que a fórmula tinha desaparecido na Rússia, juntamente com seu criador."

"Beaux serviu no Exército Branco, mas conseguiu fugir de Murmansk. Faz pouco que está trabalhando com Chiris. Me disseram que a fábrica de Chiris fica em Grasse, mas que os laboratórios estão em Cannes. Então não há nada que a impeça de conhecer Ernest Beaux. Você só tem de viajar comigo para o sul da França."

A contagiante descontração de Dimitri era exatamente aquilo que Gabrielle precisava depois das exaustivas semanas com seu até então amante russo. Além disso, ao contrário de Stravinsky, ele era livre e a perspectiva de um tempo juntos na Riviera parecia um sonho. Nada daqueles recursos de convencimentos teriam sido necessários. Mas Gabrielle sabia muito bem da importância do presente que Dimitri queria dar a ela arquitetando um encontro com o perfumista do czar. Não apenas ela estava convencida de encontrar na antiga fórmula de Beaux a chave para sua própria água de toalete, mas também o fato de Dimitri ter se dedicado a pesquisar e se esforçado em encontrar Ernest Beaux lhe abria o coração.

Ela tocou o braço dele com um misto de delicadeza e gratidão. "Então não vamos perder tempo. Vou começar imediatamente com os preparativos para nossa partida." Ela parou por um instante, engoliu em seco e depois voltou, objetiva, ao planejamento: "Precisamos de um carro. Seria bom se pudéssemos dispensar meu motorista..." Assustada, ela puxou a mão, pois tinha se lembrado de uma coisa: "Você sabe dirigir?"

"*Mademoiselle*, estou às suas ordens." Ele se curvou diante dela. "Sei montar, dirigir carruagem e também automóvel."

"Me parece esplêndido. Então vamos logo comprar um carro adequado."

As sobrancelhas dele tomaram a forma de um arco. "Já?"

"Bem, talvez depois do almoço. Espere aqui. Vou pedir que lhe tragam café. Ou o que você preferir. Tenho de resolver rapidamente algumas pendências no ateliê." Ela pensou no vestido cuja modelagem tinha de terminar no corpo da manequim. Certamente seu trabalho andaria mais rápido agora. O cansaço havia desaparecido, a expectativa lhe emprestava uma energia inesperada. Parecia que o sol estava nascendo em sua vida.

Ela ficou na ponta dos pés e beijou delicadamente o rosto de Dimitri. "Por favor, não se vá. Volto rápido e daí vamos almoçar no Ritz."

No instante em que queria se virar, ele segurou o braço dela e puxou-a para si. Seu toque era firme e seguro e por um triz a boca dele não pousou imediatamente sobre a dela. Ele parou o movimento no meio, cuidadoso, questionador, respeitoso. Sua respiração tocava o rosto dela e Gabrielle sentia o desejo dele por intimidade. Ela se aproximou ainda mais, saboreando por um momento o delicado querer. Não se tratava de paixão possessiva, mas carinho que a comovia profundamente. Quando se separou dele, a expectativa prometia ainda mais prazer.

Que deleite.

CAPÍTULO 2

Era previsível que em pouquíssimo tempo eles se tornassem o principal assunto dos falatórios. Dimitri Pavlovitch Romanov era conhecido demais para aparecer em público com Gabrielle e não chamar atenção. As fofoqueiras o conheciam das colunas sociais, as milionárias "princesas" americanas – que faziam questão de se tornar princesas de verdade – rodeavam os aristocratas russos feito mariposas em volta das lâmpadas e inclusive muitos homens reconheciam Dimitri à primeira vista, pois sua participação no assassinato de Rasputin lhe emprestara a aura misteriosa de um herói controverso. Depois de seu segundo jantar no Ritz, *tout* Paris já fofocava sobre Gabrielle e Dimitri, e uma camareira indiscreta pôs mais lenha na fogueira ao revelar que o príncipe havia visitado a suíte de *mademoiselle* Chanel à tarde, indo embora apenas na manhã do dia seguinte.

Gabrielle ignorava a boataria no restaurante de seu hotel assim como os olhares curiosos de suas clientes e funcionárias. Ela sempre foi indiferente ao falatório das pessoas a seu respeito. Afinal, sempre haveria alguém para se meter na vida dos outros. Agora, era seu romance com Dimitri que estava sob os holofotes. E daí?

Ela perguntou se ele se importava de ser matéria dos jornais sensacionalistas.

"Não." Ele sorriu para ela, ergueu-se de sua cadeira e colocou os braços ao redor dos ombros delicados dela. Eles estavam tomando café na suíte, uma mesinha havia sido posta perto da janela, embora fevereiro ainda estivesse cinza. "Não conheço nenhuma mulher com quem mais gostaria de ser visto do que Coco Chanel."

O coração dela acelerou-se subitamente. Quando ele encostou a testa na cabeça dela, ela ousou fazer a pergunta que a engasgava desde o dia anterior. Desde que Misia a lembrara que o baile de máscaras do conde de Beaumont seria nesse dia. "Você tem vontade de se divertir um bocado?"

"Sim, claro. Sempre." Ele deu um beijo no cabelo dela e se ergueu. "Do que se trata?", ele perguntou enquanto voltava a se sentar.

"Da defesa de minha honra."

"Pistolas ou adagas estarão em jogo?"

"Nossa arma é nossa presença." Sorrindo de um jeito maroto, ela acrescentou: "É o que Misia diz".

"Se essa é a opinião da sua amiga, então ela deve ter razão", afirmou Dimitri, mas depois franziu a testa alta e perguntou, espantado: "Por que ela diz isso?".

"Ah, é uma longa história. Talvez um pouco ridícula, e Misia se sente mais ofendida do que eu..."

Perdida em seus pensamentos, Gabrielle esfarelou a ponta de seu croissant sobre o prato. De repente, ela não estava mais tão convencida de que queria mesmo conquistar a elite social. Ao contrário de Misia, Gabrielle acabou ficando insegura. Era realmente correto armar um escândalo por que Coco Chanel havia permanecido apenas uma pequena modista aos olhos dos círculos mais exclusivos? Uma mulher simples, que, apesar de sua criatividade amplamente reconhecida e da força inventiva na moda, estava bem abaixo de executivos de sucesso e bem-vistos, como Paul Poiret ou François Coty, e que não circulava entre gênios literários ou príncipes pintores? E, principalmente, ela fazia bem em colocar Dimitri num assunto tão pessoal? Nesse instante, porém, um diabinho apareceu na sua cabeça, transformando seu retraimento e insegurança em teimosia, absolutamente disposto a se impor diante de convenções arcaicas – não importa qual fosse o seu preço.

No início ainda tímida, mas depois com a voz cada vez mais firme, ela contou a Dimitri do pedido feito por Edith de Beaumont para criar algumas fantasias para seu baile de máscaras anual. "*Madame la Comtesse* ficou muito animada com minhas roupas. Mas sua satisfação não foi suficiente para me enviar um convite. Misia se sente pessoalmente ofendida por causa desse esnobismo e teve a ideia de atrapalhar o evento de hoje à noite. Para isso, ela chamou todos nossos amigos artistas. E como não posso decepcioná-la, claro que também estarei presente."

"Por que você não me falou da importância dessa festa para você?" Ele pareceu incomodado. "Eu teria arrumado um convite para nós e daí..."

"A intenção é boa, mas não se trata disso", ela interrompeu-o com suavidade. "Trata-se da minha posição, da minha reputação como mulher independente. Pensei apenas que você talvez quisesse estar presente quando nosso escândalo estivesse para estourar."

"Bem... sim... mas... eu...", Dimitri gaguejou, mas por fim fez silêncio. Seu silêncio e constrangimento eram quase comoventes.

Os dois ficaram sem falar nada por algum tempo. Ela notou que ele estava longe em seus pensamentos. Muito mais longe do que ela, quando comparara internamente sua infância pobre, sua juventude no convento e os primeiros anos no cabaré com a vida luxuosa, de sucesso, que levava naqueles dias. Uma coisa parecia ser impossível de se ligar socialmente com a outra. Dimitri não conhecia uma situação análoga. Mesmo se, no exílio, ele fosse dependente do dinheiro dos outros, nunca havia perdido seu *status* privilegiado. Ele não conseguia entendê-la, ela resumiu. Ao mesmo tempo, ela ficou irritada por tê-lo envolvido nesse assunto. Por que ela o lembrava das diferenças da própria origem? Se ele começasse a se importar com isso e considerasse Misia uma agitadora – e era de fato –, se ele então passasse a julgar Misia devido às intenções dela e se recusasse a participar da chamada diversão, Gabrielle talvez tivesse de se separar dele. Mas ela gostava de sua companhia. Que idiota da parte dela metê-lo nisso.

Em silêncio, ela aguardou pela resposta dele – e pelo fim do relacionamento que começara havia apenas poucos dias, e que teria seu ápice nas férias já tão próximas na Riviera.

Ele encarou-a longamente. Em seguida, para sua grande surpresa, disse: "Sei o que é se sentir banido". Depois de um breve instante de hesitação, ele prosseguiu: "Felix Felixovitch Jussupov estava à procura de cúmplices para o assassinato do pregador Rasputin e eu me juntei a ele logo no início. Como ele, eu achava que a única saída, a única maneira de salvar a Rússia, era a morte de Rasputin. Esse homem exercia uma influência fatal sobre minha tia, a czarina, e provocava prejuízos imensos a nosso país. A czarina, evidentemente, ficou fora de si e exigiu nossas cabeças. Segundo as leis da época, nem os membros da família do czar nem outros príncipes podiam sequer serem presos e postos em julgamento. Jussupov foi banido na elegante propriedade rural de sua família no sul da Rússia, mas depois da abdicação do czar retornou a Petrogrado e conseguiu até levar joias e pinturas valiosas para o exílio em Londres, de modo que ele é um dos poucos exilados que não passa por problemas financeiros. Em Londres, hoje é festejado como o assassino de Rasputin."

Seu tom se tornou duro e Gabrielle prendeu a respiração, pois imaginava o que vinha a seguir: "Comigo foi diferente. Embora eu seja um membro direto da família do czar, fui a julgamento e condenado. A pena de morte me foi poupada, pois o povo saudou o fim de Rasputin. Mesmo assim, naquela época eu achava que uma execução teria sido melhor do que a cadeia. Ninguém conseguia fazer a czarina mudar de ideia. Tive o mesmo tratamento que qualquer outro assassino. Entretanto, eu pessoalmente não toquei nem num único fio de cabelo de Rasputin. Tinha ficado apenas de vigia para os meus amigos. Apesar disso, tornei-me o leproso em meu nível social". Ele sorriu amargamente. "Por fim, aconteceu algo de bom: em algum momento minha pena foi reduzida e fui transferido, sem privilégios, para servir num regimento na Pérsia. Isso salvou a minha vida. Eu estava longe demais para chamar a atenção dos bolcheviques. Os vermelhos assassinaram meu pai e meu meio-irmão enquanto eu estava fugindo para Teerã. O resto da história você conhece. E agora estou aqui..." Ele se interrompeu, engoliu em seco e acrescentou: "... e profundamente grato por ter encontrado você".

Ela apenas balançou a cabeça em silêncio. Ele ainda não havia desferido o golpe mortal no relacionamento. Já era alguma coisa. Os dedos dela se fecharam ao redor da mão dele, estendida em sua direção sobre a mesa.

"Claro que vou acompanhá-la hoje à noite. Um Romanov nunca fugiu de um duelo, a despeito das armas escolhidas. Nós, russos, temos um ditado: O risco é nobre. Então, Coco, vamos garantir um escândalo."

As fofoqueiras de plantão terão mais assunto ainda, Gabrielle pensou. O escândalo era certo. Ela sentiu o corpo sendo tomado por um sentimento de felicidade.

A fila de automóveis movimentava-se muito lentamente pela rue Pierre Demours até a entrada do Château des Ternes. A fila começava já na avenue des Ternes e atravancava todas as ruas laterais na parte elegante do 17º *arrondissement*. Limusines e carruagens enfileiravam-se com os para-choques grudados uns nos outros e, sob o portal redondo do palacete medieval iluminado pelo brilho de dúzias de tochas e velas, desovavam membros da nata da sociedade como também boêmios famosos. Buzinas, o barulho seco de portas se fechando e confusão de vozes preenchiam as ruas, as risadas ainda eram de pura diversão, mas com o crescente consumo de champanhe se tornariam mais histéricas. De uma das janelas altas que foi aberta vazavam ritmos de um jazz melódico. Quando o motorista dos Sert parou diante do portão, assim como os outros, funcionários vestidos de pajens da corte aproximaram-se para abrir a porta.

"Os convites, por favor", um dos jovens se dirigiu com reverência educada a José, depois de ele ter descido.

"Não temos", Misia respondeu. Ela falou tão alto que os outros convidados, que se movimentavam para dentro da casa em fileiras tão cerradas quanto seus automóveis há pouco, certamente tinham entendido tudo.

"Eles não são Misia e José Sert?", uma nervosa voz feminina sussurrou por perto.

"Olá, Misia, você toma um champanhe comigo depois?", disse outra.

"Não posso permitir sua entrada sem convite, *madame*." O jovem estava visivelmente constrangido. Edith de Beaumont deve ter ensinado aos funcionários a etiqueta da nobreza, mas com certeza não os armou para a impertinência de uma vingativa Misia Sert. "Perdão, *madame*, tenho minhas orientações."

"Sabemos disso", José falou. "Vamos preferir festejar com os motoristas aqui do lado de fora."

Enquanto o pobre pajem inspirava fundo, Gabrielle saiu do carro. Ela olhou rapidamente ao redor e decepcionou-se um pouco ao perceber que ninguém a reconhecera de pronto. Uma fração de segundo depois ela se perguntava se essa invisibilidade não era mais agradável do que a popularidade incessante. Ela havia lido em algum lugar que Misia era tão conhecida em Paris como o obelisco na Place de la Concorde. E, para o planejado escândalo, a popularidade de Misia era sem dúvida muito importante.

Cada um dos convidados que tinha ouvido ao menos alguns fragmentos da conversa entre Misia e o funcionário virou-se para vê-la. Murmúrios espantados foram ficando mais altos. Uma reação em cadeia. Mal os senhores e as senhoras que eram os próximos junto ao portal de entrada a esperar pelas honras do conde e da condessa começavam a trocar segredos, espanto e especulações espraiavam-se feito rastilho de pólvora. Quando Gabrielle e Dimitri saíram do carro e foram direto até o grupo de motoristas que estava ao lado do burburinho, o marulho se transformou num trovão abafado de tempestade.

"Posso lhe oferecer um cigarro?", perguntou ele ao motorista de *madame* de Noailles.

Gabrielle reconheceu o funcionário, porque *madame* era uma mecenas de Jean Cocteau e vez ou outra ele circulava por Paris no carro dela. Ela ficaria espantada se soubesse que nessa noite Cocteau havia aceitado o convite de Misia e não o de Étienne de Beaumont.

Depois de ter fornecido fumo a esse e a um outro motorista, Dimitri, com um sorriso satisfeito, levou aos lábios de Gabrielle o cigarro que havia acabado de acender. Em seguida, riscou outro fósforo. Após um trago longo de nicotina, ele se inclinou até ela e sussurrou: "Olhe para os lados, parece estar funcionando".

Misia estava em pé entre os funcionários feito uma nobre saída de um romance de Balzac. Bela, segura de si e inabalável. Ao lado, José Sert, que saiu da sombra da mulher para, com muito alarde, cumprimentar Pablo Picasso. Ele entrou na brincadeira, algo que para quem estava nas proximidades era quase tão divertido quanto uma comédia de Molière. O desfile passou a se mover mais lentamente. A maioria dos convidados parecia achar mais divertido estar na rua do que no salão de baile do *château*. Os amigos de Gabrielle também davam mostras de estarem felizes, até Dimitri ao seu lado apreciava a mudança de papeis. Sua aparência era descontraída como um menino alegre por ter feito algo proibido.

Ela observou a cena em silêncio. Entre os que chegavam, notou a presença de antigos amigos de Boy, os quais, entretanto, ela conheceu apenas superficialmente, de vista. Ela também já vira as belas mulheres que caminhavam de braços dados com esses senhores, mas nunca fora apresentada a elas. Boy a mantivera afastada de todo e qualquer contato com os *bon-vivants* e suas coquetes.

"Eles parecem simpáticos. Por que não os convidamos?", perguntou Gabrielle enquanto caminhava lentamente ao lado de Boy. Ao sair do Maxim's, eles tinham topado com um casal que pareceu mais feliz pelo reencontro do que Boy. Ele pegou a mão de Gabrielle e depois de um cumprimento fugaz, entrou na rue Royale, quase fugido. Em silêncio, ele a puxava pela Place de la Concorde, até as margens do Sena, onde seus passos finalmente diminuíram de velocidade.

"Nunca faremos isso!"

O tom rude a surpreendeu. "Por que não?"

"Porque você não é nenhuma dessas."

"Essas mulheres são muito mais bonitas do que eu", ela disse.

"Pode até ser, mas para mim não há nada mais belo que você. E, além disso, você não deve manter contato com coquetes, pois nós vamos nos casar..."

Ele não se casou com ela, e as coquetes seriam recebidas no fim da fila de cumprimentos no Château de Ternes pelos anfitriões com beijinhos no ar, mas sua costureira estava de fora. Uma costureira, cujo "gosto perfeito" tinha sido há pouco elogiado explicitamente pela *Vogue*. Gabrielle percebeu a bile subindo pela garganta.

De soslaio ela observou Dimitri, que discutia animadamente com dois motoristas sobre as vantagens de diferentes marcas de carro, como se fosse um deles. As pessoas chiques não paravam de olhar para ele. O grão-príncipe estava se fazendo de bobo. Sem dúvida. Por mim, pensou Gabrielle. Pela pequena costureirinha, que não era elegante o suficiente para poder festejar em meio às mais altas rodas de Paris. Ao se conscientizar de seu afeto, mais uma vez o calor tomou conta de seu corpo, seu coração.

Dimitri deve ter percebido o olhar dela, pois ele se aproximou com um sorriso radiante. "Tudo bem?"

"Não sei." Ela não lhe confessou o quanto lamentava estar, nesse e em tantos momentos da sua vida, invisível para os outros. Era um dos poucos instantes em que ela desejava que as coisas fossem diferentes. Mas mesmo as senhoras que eram suas clientes pareciam não reconhecê-la. "Queria beber alguma coisa."

Dimitri hesitou um pouco. Em seguida, encarou-a profundamente, como se estivesse lendo um livro. Depois se virou e gritou para as pessoas: "Champanhe! Alguém me consegue uma taça de champanhe para a *mademoiselle* Coco Chanel?".

"Oh! Ah!" Mais uma vez um murmúrio se fez ouvir entre os convidados. Todos os olhos pareceram se voltar a Gabrielle. Olhares espantados se fixaram nela. Ela percebeu a surpresa geral quando algumas senhoras cochicharam mais ou menos alto: "*Mademoiselle* Chanel faz vestidos tão elegantes... Por que não foi convidada? Coco Chanel está realmente tendo um caso com o príncipe? *Mon dieu*, que constrangedor!"

Gabrielle queria ter gritado à senhora, cuja voz ela ouvia, mas não distinguia de quem era, que ela estava coberta de razão. Tudo era terrivelmente constrangedor. Para Gabrielle. Para os outros convidados. Mas, principalmente, para o conde e a condessa de Beaumont. Nesse sentido, o plano de Misia tinha dado certo.

Apesar de sua irritação com tudo aquilo, por fim Gabrielle começou a se divertir. José tinha se organizado e fez com que o champanhe gelado guardado no porta-malas de seu carro fosse servido no meio da rua. A noite acabou sendo muito divertida. O melhor é que alguns dos convidados se juntaram aos "bagunceiros", e a festa juntou a essa turma os boêmios que foram aparecendo e os motoristas. Mais e mais janelas foram se abrindo acima deles, e mais e mais pessoas observavam como Gabrielle dançou charleston à luz dos faróis dos carros e ao som que escapava do salão de baile, primeiro com Jean Cocteau e depois com Picasso. Mais tarde ela rodopiou no asfalto nos braços de Dimitri. Embora a noite estivesse quente para a época do ano e apesar da descontração e da excitação, em algum momento ela começou a tremer.

"Está na hora de irmos para o sul", murmurou no ouvido dele.

Ele abraçou-a mais forte.

Para ela, uma resposta clara.

CAPÍTULO 3

A cada vez que Misia entrava na casa da rue de la Boétie 23, ela se espantava com a transformação que acontecera com Pablo Picasso. Não era possível comparar o lugar com o ateliê semi-abandonado de um artista em ascensão, com relacionamentos amorosos em sucessão e amigos mais ou menos bem-sucedidos e financeiramente não confiáveis, às vezes azarados. Agora se tratava da residência senhorial de um mestre pintor. Seu galerista e patrocinador Paul Rosenberg alugara o imóvel nas proximidades de sua galeria havia três anos. Era um tipo de presente de casamento, um símbolo para início da nova vida de Picasso como marido da bela Olga.

Sua grande produtividade não foi afetada pela mudança de moradia. Mas a história era diferente em relação à vida privada de Picasso, que era assunto geral: dizia-se que o artista estava começando a se distanciar da mulher. Talvez fosse por causa do casal Murphy, de Nova York, que há pouco entrara no grupo de amigos, pois principalmente Sara Murphy parecia monopolizar Picasso. Também o comportamento dele poderia ser relacionado à gravidez de Olga. No início do mês, ela dera à luz um filho que deveria coroar a felicidade do jovem casal, mas os amigos não sabiam se o recém-nascido em casa aumentava o distanciamento ou haveria de despertar sentimentos insuspeitos em Picasso, empedernido nesse quesito.

Misia considerava sua obrigação checar pessoalmente a atmosfera reinante; além disso, queria fazer uma visita de boas-vindas ao bebê.

Uma empregada abriu a porta para Misia e pegou seu sobretudo.

Carregada com inúmeros pacotinhos, presentes para Olga e para o pequeno Paulo, ela seguiu a moça até um salão onde a parturiente havia instalado sua corte. Misia não conseguiria descrever de outra maneira a cena, pois a bailarina estava não apenas afundada numa montanha de almofadas de seda como também mergulhada num dramático papel de mãe.

Olga Picasso reinava sobre uma *chaise-longue*, graciosa, pálida, exausta, mas de olhos brilhantes. Ela mal ergueu a mão branca para o cumprimento, descrevendo com os dedos uma espécie de aceno, para depois apontar para o carrinho no canto ao lado da lareira.

O fogo que crepitava ali lançava sombras sobre os lençóis rendados e o rostinho do filho. Seguindo a tradição russa, o bebê estava firmemente enrolado em faixas de pano e lembrava uma boneca matrioska. Misia sabia que na França os recém-nascidos eram tratados de um jeito diferente e se perguntou se ele não estaria suando em bicas. Ela enxergou apenas suas pálpebras fechadas e bochechas delicadas, que à luz das chamas brilhavam rosadas feito laranjas da Andaluzia.

"Que bebezinho encantador", Misia elogiou como era sua obrigação. Ela podia ver muito pouco do recém-nascido para realmente conseguir fazer essa avaliação.

Nervosa, procurou por uma mesa a fim de deixar suas lembranças. Suor brotava de todos seus poros. Ela sentia muito calor naquela ambiente superaquecido. Mas a única mesa servia como aparador para todo o tipo de objetos pessoais, como um pequeno ícone e um livro, além de utensílios de crianças. Depois de finalmente ter colocado os embrulhos sobre uma poltrona, suspirando tirou o cachecol do pescoço e se dirigiu novamente à jovem mãe.

"Você também não acha que o Paulo é o bebê mais bonito do mundo?", perguntou Olga.

"Sem dúvida!", assegurou Misia.

"Ele é lindo", Olga prosseguiu, como se não tivesse ouvido a confirmação de Misia, "e certamente será muito inteligente. Já parece muito esperto, não?"

"Sim, Olga."

"Se pudesse ver as mãozinhas dele, você saberia que ele será um grande artista. Com essas mãos, ele tem de pintar ou reger. Bem, claro que a criatividade está no seu sangue."

"Claro, Olga."

A inquietação de Misia só aumentava. Seria melhor ir embora? Ela não se sentia bem-vinda. A conversa continuou um tanto unilateral, mas a princípio ela já estava acostumada com isso no caso de Olga Picasso. Misia teria se sentado com gosto, mas a jovem mãe parecia ter se esquecido de oferecer um assento à visita. Mas também não havia muitos assentos naqueles cômodos. Um *negligé* tinha sido jogado sobre uma segunda poltrona de maneira tão cuidadosa que poderia estar numa natureza-morta de

Renoir. E Misia conhecia as pinturas de Auguste Renoir – na sua juventude, tinha sido retratada por ele. Naquela época, porém, teria se indignado se tivesse de ficar parada de um jeito tão despropositado quanto estava acontecendo agora.

Impaciente, ela foi até a janela, pegou os livros da cadeira que havia por lá e os colocou junto dos seus presentes na poltrona. Em seguida, levou a cadeira até perto de Olga e sentou-se.

"Nunca imaginei que fosse possível amar tanto um serzinho desses. Você não tem filhos, por isso com certeza não consegue imaginar o que se passa com a mulher depois do parto..."

Misia trocou o assunto, decidida: "Como vai Pablo?"

"O pai de Paulo?" Olga parecia irritada, como se tivesse primeiro de se lembrar que se tratava do seu marido. "Raramente o vejo. Ele fica a maior parte do tempo pintando ou com suas novas obras. Está fazendo experiências com a escultura. Na verdade, não sei como ele está. Acho que Sert está mais informado do estado de Pablo do que eu."

Misia teve dificuldade em classificar o tom das palavras de Olga. Ela se sentia machucada, envergonhada ou irritada? De todo modo, as suposições de que Pablo Picasso estava distanciado da mulher eram verdadeiras. Naquela noite em frente ao *château* de Ternes ele havia respondido igualmente de uma maneira estranha à pergunta de Misia sobre Olga. Ela passou a sentir pena da jovem russa. Mesmo se a encenação da parturiente fosse um pouco exagerada, o dramalhão não era motivo para o pai recente ignorar Olga.

"Estou certa que Pablo tem primeiro de se acostumar com a nova situação", Misia tentou consolá-la. "Os homens às vezes têm dificuldades com o papel de pai."

"Você deve saber", retrucou Olga.

Misia diria a Diaghilev, o amigo em comum mais próximo, que fizera seu melhor, mas a teimosia da outra era imbatível. E se Olga tratava Picasso dessa maneira, na verdade Misia não podia recriminá-lo por passar mais tempo com seu trabalho do que com a mulher e o filho. Ela se decidiu a ir embora no mais tardar depois de cinco minutos. Sim, ficaria por mais cinco minutos. Deveria ser o suficiente. Sua obrigação teria sido cumprida.

Numa última tentativa de levar Olga a outros pensamentos e tornar o tempo restante um pouco mais divertido, Misia começou a divulgar as últimas fofocas à infeliz: "Coco Chanel quer viajar para a Riviera com seu novo namorado..."

"Eu pensei que Stravinsky estivesse em turnê pela Espanha", Olga interrompeu-a.

"Ah, não", Misia riu. "Ela terminou com Stravinsky. Você não vai acreditar quem é o novo namorado dela."

Olga pareceu alarmada. "Picasso?"

"Claro que não, docinho. Não Picasso. Eu espero que você saiba quando seu marido estiver flanando com outra." Misia se perguntou se as gotinhas de suor que escorriam pela sua nuca eram devidas apenas à temperatura do lugar. "Não, querida. Coco está viajando com o príncipe Dimitri Pavlovitch Romanov. Toda Paris está falando disso."

"Oh!", soltou Olga, finalmente impressionada.

Misia ficou muito satisfeita com a reação. Agora sim ela estava se movendo em águas conhecidas. "Faz uma semana que eles estão aparecendo juntos. Jantam no Ritz e claro que todos sabem que as noites não se encerram com a sobremesa. E ele também estava presente no pequeno escândalo em honra do conde de Beaumont.

Olga não perguntou a respeito do escândalo, ela supostamente se interessou mais por um outro aspecto dos acontecimentos: "Achei que Consuelo Vanderbilt estava agilizando de tal maneira a separação do duque de Marlborough porque estava junto com Sua Majestade. Essa ambição não deve ser por causa do caso do marido".

A última observação indignou Misia, mas ela não contradisse Olga. Era uma defensora de relacionamentos claros, foi assim que agiu no seu primeiro casamento e também na separação do segundo marido. Não gostava de triângulos amorosos. Por essa razão também tinha sido tão veementemente contrária ao relacionamento da amiga Coco com Stravinsky.

Com uma certa satisfação na voz, ela anunciou: "Não, não, não. Dimitri Pavlovitch é um homem livre, que pode fazer e deixar de fazer o que quiser. E, aliás, Consuelo Vanderbilt – ou melhor, lady Spencer-Churchill – já está de olho em Louis-Jacques Balsan".

Ela não acrescentou que o novo amor da conhecida multimilionária americana era o irmão de Étienne Balsan. O mundo, no qual vivemos, é tão pequeno, ela pensou. E em seguida se deu conta: Será que Stravinsky já sabia que tinha perdido Coco para um príncipe solteiro?

"Então Consuelo Vanderbilt está de olho em Louis-Jacques Balsan", Olga repetiu, suspirando. "Ah, desde que estou de resguardo, não sei de mais nada. Nada. Você sabe como está indo a turnê na Espanha? Espero tanto que Diaghilev, Stravinsky e a companhia façam muito sucesso."

Misia olhou para ela, incomodada. Será que tinha manifestado sua opinião sobre Stravinsky de uma maneira inadequada? Se sim, talvez tivesse sido muito apressada. Olga ou Pablo Picasso não deveriam ser aqueles a informar *tout le monde* sobre o novo amor de Coco. Ela preferia assumir para si a tarefa de revelar confidencialidades de maneira charmosa. Boatos se espalhavam com tanta rapidez – e Misia detestava mais que tudo ter um papel secundário nos acontecimentos. De todo modo, Olga a considerava tão importante a ponto de pedir informações sobre o sucesso da turnê.

"Sim, eles provavelmente vão de uma salva de palmas a outra", ela respondeu.

"O sucesso é tão grande assim? Que ótimo."

Misia não estava mais escutando. A conversa com Olga começou a entediá-la. Mais uma vez, estava suando. Ela se decidiu que tinha feito o suficiente.

Num momento de efusão, ela tocou Olga, surpreendentemente fria. "Minha querida, acho que é hora de eu ir."

"Prometa que volta para acompanhar o desenvolvimento de Paulo? Nosso filho faz avanços diários, acho que você sabe disso."

Em vez de uma resposta, Misia lhe respondeu com um sorriso largo e um delicado aperto de mão. Ela não conseguia lhe prometer mais nada. Em seguida, saiu da casa numa velocidade mais parecida com uma fuga do que com a despedida de uma boa conhecida.

Chegando na rua, inspirou profundamente o ar úmido do inverno. Depois da sala superaquecida, o frio lhe parecia incrivelmente agradável. Ela não colocou nem o sobretudo de pele e deixou o vento gelado bater na sua roupa. Uma dor de cabeça surgiu na altura da testa feito uma fita de ferro envolvendo a cabeça. Aliviada por ter escapado da companhia angustiante de Olga Picasso, expeliu novamente o ar e observou a respiração quente se condensar em pequenas nuvenzinhas.

Ela passeou durante um tempo pelo 8º *arrondissement* com suas belas construções de arenito, tão marcado pelo trabalho do urbanista Georges-Eugène Haussmann e de onde ela nunca enjoaria. Por fim, encontrou a placa amarela e azul de uma agência postal.

Era como se não fosse mais dona de si mesma. Misia se movimentava como se estivesse sendo guiada por uma mão estranha, não conseguia explicar seu comportamento. Sabia apenas que tinha de fazer alguma coisa para encerrar o que considerava um pecado. Dessa maneira, estaria fazendo o bem a todos os envolvidos.

Sem questionar mais profundamente essa convicção, ela pediu um formulário de telegrama no balcão e uma caneta. O lugar reservado para os clientes escreverem, em pé, estava sendo liberado naquele instante por um senhor mais velho, de modo que ela pôde ficar à vontade ali.

Misia se aproximou da mesinha, colocou o formulário na sua frente, empurrou a bolsa que estava no pulso até o cotovelo do braço esquerdo para conseguir se apoiar melhor. Em seguida, escreveu:

Coco Chanel prefere grão-príncipes a artistas!

Ela se virou rapidamente para não mudar de ideia e se encaminhou até o guichê como se estivesse sendo tangida. Nisso, empurrou para o lado uma mulher indignada, que na verdade estaria na sua frente.

"Desculpe, é uma urgência", ela afirmou, achando que na realidade não estava mentindo.

"Transmita essa mensagem imediatamente, por favor, ao Palace Hotel, em Madri", pediu ao funcionário do correio. "A *monsieur* Igor Stravinsky. Em mãos."

CAPÍTULO 4

O motor do Rolls-Royce Silver Ghost, da exótica cor azul-noite, roncava imperturbável como uma máquina de costura. As árvores ainda nuas pelo inverno passavam rápido ao longo da estrada, o vento gelado entrava pelas janelas laterais abertas, forçava o material do capô fechado e brincava com o cabelo de Gabrielle que aparecia debaixo de sua boina de couro. Como prenúncio da primavera na Riviera, raios de sol faiscavam por detrás das nuvens cinzas e se espelhavam na mascote em cima do radiador e no alumínio do painel de instrumentos.

O tempo já estivera tão amistoso no dia anterior, que Dimitri se queimou com o sol durante sua viagem-teste até Rouen. Ao voltar a Paris, o porteiro a princípio quis lhe negar o acesso ao hotel, pois achou que o rosto tingido de vermelho era sinal de alcoolismo. O mal-entendido foi esclarecido, Gabrielle e Dimitri deram risada sobre o caso, mas ela esperava que esse fosse o último dos constrangimentos que impunha ao nobre amante.

Ela resolveu passar as pontas dos dedos sobre as bochechas dele.

"Tocar o motorista não é permitido", ele brincou, mas com o olhar fixo na estrada. "Você corre perigo de eu tirar as mãos do volante e lhe dar um beijo."

Ela abraçou-se a si mesma. "Não sei se vou aguentar não encostar em você até Menton."

"Eu também não. Por isso vamos fazer uma parada, no mais tardar no meio do trajeto."

Isso será provavelmente em Auvergne, ela pensou. Embora tivesse ido com frequência com Boy até o sul, nunca haviam parado naquela região que era sua terra natal. Curiosamente ela estava sentindo necessidade de regressar ao lugar onde sua mãe tinha morrido. Como se quisesse dizer às pedras vulcânicas e ao campo ondulante, às cidades medievais construídas com basalto e aos mal vedados casebres de camponeses, que a menininha tímida que crescera em meio à pobreza mais amarga se tornara uma mulher bem-sucedida e rica, capaz de se dar ao luxo de passar férias prolongadas na Côte d'Azur com um príncipe.

Primeiro eles queriam passar alguns dias num hotel em Menton, onde ela não conhecia ninguém. Menton não era mundana o suficiente, lá eles não chamariam atenção. Os fofoqueiros preferiam se divertir em Monte Carlo, Cannes ou Antibes. Era Dimitri quem mais ansiava pelo anonimato. Entretanto, isso não se referia apenas ao seu *status* social. Ele percebera que estava sendo seguido tanto pela polícia quanto supostamente por informantes franceses e espiões bolcheviques. Por intermédio de um conhecido no Ministério do Interior francês, descobriu a existência de um dossiê que documentava quase todos os seus passos.

"Cada país me controla por um motivo diferente, mas na verdade eles são unânimes em querer saber meus objetivos políticos", disse Dimitri com raiva. "Mas eu só quero ficar com você, Coco, e aproveitar um pouco o sol."

Em Auvergne você é tão desconhecido como um habitante nascido em Menton, ela pensou.

"Deveríamos...", ela começou, mas no mesmo instante Dimitri perguntou: "O que você quer...?".

Os dois interromperam um ao outro, um tanto constrangidos, porque começaram a falar ao mesmo tempo. O relacionamento ainda era muito recente para conseguirem adivinhar mutuamente os pensamentos. Gabrielle se perguntou se algum dia chegaria a ter essa união com Dimitri. Com Boy isso aconteceu, mas a história tinha sido outra.

"Você primeiro", Dimitri decidiu.

Ela perdera o fio da meada. A recordação de Boy ameaçava se tornar demasiado forte. Sua infância em Auvergne ficara para trás. Ao viajar para o sul da França pela última vez, Étienne Balsan tinha escolhido um outro carro. Era noite e nada comparável com a viagem da vez. Mesmo assim, subitamente ela se sentiu num túnel escuro, de volta às piores horas de sua vida.

"O que você ia dizendo?", Dimitri quebrou o silêncio dela.

Ela estremeceu, como se ele a tivesse acordado de um pesadelo. "Não sei mais", ela murmurou.

Por um tempo os únicos ruídos vinham do motor e do vento provocado pelo deslocamento. Hesitante, Gabrielle olhou para Dimitri. Ele estava irritado porque a atenção tinha estado focada em outra coisa – em outra pessoa? O relacionamento deles ainda era frágil como o molde de um vestido rapidamente montado; o tempo passados juntos ainda era muito pouco. A expressão dele, entretanto, era indecifrável, os olhos acompanhavam a estrada. Nada dizia que ele estava se sentindo magoado de alguma maneira. Ela baixou as pálpebras e desejou já estar no destino.

"Acabei de me dar conta", ele começou de repente, "que você ainda não me contou o que você quer de Ernest Beaux. Marquei um horário com ele e lhe disse que iria visitá-lo na companhia de uma senhora que se interessa por um perfume especial à la *Bouquet de Catherine*. Mas não sei o porquê disso."

"Oh, eu pensei que lhe dissera em Veneza que estou querendo lançar uma *Eau de Chanel*."

"Você ficou apenas nas insinuações."

"Mas também é algo menor. Quero produzir cem frascos. Presente de Natal para minhas melhores clientes."

Dimitri virou a cabeça na direção dela. "Você fazendo tudo isso apenas para aquelas mulheres que ouviram umas verdades no Château des Ternes?"

"Sim, é o que parece", ela confessou. "Por isso quero apresentar o melhor que já foi produzido num laboratório."

Ele abriu um sorriso largo. "Estou feliz por poder ajudá-la nisso."

"Para isso, seria melhor você voltar a olhar o mais rapidamente possível para a estrada."

Rindo, ele obedeceu.

CAPÍTULO 5

A batuta se quebrou com um estalar desagradável sobre a estante da partitura. Atônito, Igor Stravinsky encarava seu instrumento de trabalho. Dos 30 centímetros originais da vara de madeira, ele segurava apenas alguns poucos.

Depois, gritou para os músicos: "Vocês não sabem ler? Nesse ponto o compasso muda para seis por quatro. Façam o favor de tocar o que está na partitura!" Ele agitou o pedaço de madeira na mão e jogou-o num gesto incontrolado na direção da orquestra.

Felizmente seu lançamento não acertou ninguém.

Sergei Diaghilev respirou aliviado. Ele acabara de entrar silenciosamente na plateia do Teatro Real e se sentou numa das poltronas do fundo, a tempo não de assistir ao ensaio da orquestra mas o ataque de fúria do compositor. Claro que ele imaginava que Stravinsky ficaria alucinado com o telegrama de Paris. Por essa razão, estava monitorando ligeiramente o músico. Mas não fazia ideia que a frustração de Stravinsky chegaria a esse ponto.

"Ele está tendo um ataque de nervos", concluiu Bronislava Nijinska, sentada ao lado de Diaghilev. A bailarina, que havia pouco estava fazendo as vezes de coreógrafa, deu seu diagnóstico de maneira tão sóbria como se esse estado fosse inevitável.

"Stravinsky está enciumado", sussurrou Diaghilev.

Sem querer, seus pensamentos retrocederam alguns anos, até seu trabalho com o genial irmão de Bronislava, Václav Nijinski, que tinha desaguado num conturbado relacionamento amoroso.

Sim, Bronislava sabia o que estava dizendo ao se referir ao ataque de nervos. Durante uma apresentação privada de balé havia dois anos em Saint Moritz, Václav tinha passado pelo mesmo e em seguida fora encaminhado a uma clínica psiquiátrica em Zurique. Quando soube que Nijinski sofria de esquizofrenia, Diaghilev ficou quase mais perturbado do que anos antes, quando Václav se afastara dele para ficar com uma mulher, com quem ele finalmente veio a se casar. Václav, que havia insuflado vida no balé *Petrushka* de Stravinsky e que era festejado como o melhor bailarino do mundo, não conseguiu se livrar da loucura e por aquela época ainda estava internado num asilo.

A decepção amorosa acabaria por impingir o mesmo destino ao compositor? Diaghilev pegou o lenço do paletó e, assustado, apertou-o contra a boca.

Enquanto Stravinsky berrava com um cenógrafo espanhol, ordenando que ele lhe trouxesse rapidamente uma nova batuta, Bronislava perguntou: "Trata-se de *mademoiselle* Chanel?"

Diaghilev observou, consternado, como os músicos começavam a ficar inquietos. Nenhum deles tinha desafinado e um protesto dos músicos contra seu regente só ia atrapalhar o andamento das coisas. Até então a turnê estava sendo um sucesso. Mas então esse telegrama maldito chegou ao hotel. Visto que não havia remetente, o empresário aconselhou Stravinsky a esquecer o conteúdo o mais rapidamente possível. O amante traído, porém, não lhe deu ouvidos.

"Ele mandou que se fizessem algumas averiguações em Paris", sua voz soava abafada pelo lenço da falecida princesa Maria Pavlovna. "E provavelmente não foi difícil descobrir que era tudo verdade. Igor Fiodorovitch precisou apenas ligar para a casa de Coco em Garches. Catherine lhe contou ao telefone que havia pouco mudara-se para *Bel Respiro* um tal de Piotr, o empregado do príncipe Dimitri Pavlovitch Romanov. Com a compleição física de um urso e absolutamente paciente com as crianças. Eles ficam brincando o tempo todo com a filhinha menor do casal de caseiros. Théodore, Ludmilla, Sviatoslav e Milena parecem estar muito contentes. Pelo menos algumas pessoinhas se sentem felizes."

"Mas o fato de o empregado morar na casa ainda não quer dizer que exista um relacionamento entre *mademoiselle* Coco e Sua Majestade."

Diaghilev balançou a cabeça, preocupado. Finalmente ele meteu o lenço de volta ao bolso do paletó. "Não. Mas esse Piotr está morando lá porque Coco e seu novo namorado partiram para uma viagem *tête-à-tête* para a Riviera."

"Faz sentido", Bronislava concordou. "Então Igor Stravinsky e Coco Chanel chegaram ao fim."

"Adoro sua sobriedade", suspirou Diaghilev.

A acústica do teatro levava a voz potente de Stravinsky até os lugares mais distantes no anel superior. "Saia! Saia!", ele berrou para o primeiro-violino. "E leia a partitura. Ensaie para que a música soe como eu a escrevi, não a seu bel-prazer."

Em protesto a essa afronta contra o *spalla*, os outros músicos das cordas bateram com seus arcos contra seus instrumentos ou estantes. Um gesto que na realidade era uma manifestação de aplauso transformou-se numa inequívoca revolta dos violinistas, violista e celistas das primeiras filas. Visto que se tratava de um ensaio geral, os músicos dos sopros se juntaram à demonstração, batendo com os nós dos dedos contra as estantes.

"Revolução!", berrou Stravinsky. "O compositor sou eu. Sou o único que interpreta essas notas corretamente. Vocês estão fazendo tudo errado. Errado! Errado!"

Sergei Diaghilev empurrou a cadeira para trás. "Tenho de me ocupar de Igor, antes de acontecer um boicote da orquestra."

Stravinsky girava nas mãos o copo d'água que ele havia pedido para encher de vodca. A luz vespertina que atravessava o vitral colorido da cúpula refletia-se na bebida, salpicando-a de pontinhos azuis, amarelos e vermelhos. Ele estava sentado com Diaghilev numa das mesas do saguão redondo do hotel, apoiado por colunas. Não, Stravinsky não estava sentado, ele tinha mais ou menos se deitado numa daquelas cadeiras barrocas.

Como Cristo sofredor em vida, pensou Diaghilev, dando um gole no seu champanhe como se precisasse criar coragem para a conversa que teria pela frente. Ele queria animar seu compositor, mas, apesar de toda sua boa vontade, não sabia o que dizer. Algo como "Coco não merece" ou até "Coco é uma vadia" não eram opções, embora fossem frases muito consoladoras. Ele tinha esse mínimo de lealdade com sua mecenas.

"Ela é uma mentirosa!", Stravinsky falou indignado. "Mentirosa e traidora!"

"Ora", Diaghilev contemporizou. "Todas as mulheres são inconstantes. Querem uma coisa hoje, outra amanhã. E sempre algo diferente." Ou alguém outro, ele pensou.

"Vou matar essa traidora", Stravinsky rosnou antes de tomar um grande gole do vodca.

"Se você se sentir melhor... Mas, por favor, só em pensamento."

Stravinsky lançou-lhe um olhar bravo e amargo. "O que você está dizendo? Claro que vou matá-la!" Ele colocou o copo na mesa e esticou as mãos trêmulas. "Vou colocar essas mãos ao redor do pescoço branco dela e apertar. Vou esgoelá-la."

A seriedade com que Stravinsky cuspia suas palavras assustou Diaghilev. A Grande Guerra e a Revolução Russa tinham sido brutais demais, pessoas boas morreram além da conta, era de mau gosto falar daquele jeito sobre o assassinato intencional de alguém.

Claro que também Diaghilev conhecia a dor da separação. Ele tinha rompido com Václav Nijinski por ciúmes. Léonide Massine fora embora porque ele, Sergei Diaghilev, exaltou-se além da conta por causa do relacionamento dele com uma bailarina. Ele lamentava ambas as separações. Não por motivos pessoais, mas como empresário de balé – porém dava para conviver com isso. Se ele tivesse matado o outro, certamente não estaria dormindo tranquilo.

"Deixo Coco em paz", ele replicou desanimado. "Não vai mudar na..."

Ele interrompeu a frase no meio porque o pianista começou a tocar e o som do piano, colocado na beirada da construção redonda, preenchia o espaço. Surpreendentemente o músico não estava oferecendo aos hóspedes do hotel o jazz compulsório, mas sons tradicionais populares. Primeiro ele improvisou um flamenco, depois uma canção da ópera *Carmem*. Estranho, pensou Diaghilev, que a ópera mais espanhola de todas tivesse sido escrita pelo francês Georges Bizet.

Stravinsky ignorou a colocação de Diaghilev. Ele parecia inspirado pela melodia, pois observou: "Evidentemente que também posso usar uma faca". Ele pegou o copo novamente e inspecionou seu conteúdo, como se fosse encontrar por lá a resposta para suas elucubrações.

"Meu amigo, você está vivendo um drama, mas não no palco."

"Qual o tamanho da lâmina para que a facada seja efetiva?"

"Igor, eu lhe peço! O que você está pensando? Trata-se de um ser humano, de uma mulher delicada, e um assassinato é uma coisa bastante sangrenta. Sangue de verdade é bem mais desagradável do que a mistura de glicerina, gelatina e corante que usamos no teatro."

Stravinsky tomou outro gole de vodca. "Então nada de faca. Você tem razão, Sergei. Vou estrangulá-la." E bebeu de novo.

Santo Deus, pensou Diaghilev, ele realmente está falando sério.

CAPÍTULO 6

Menton revelou-se ser uma decisão errada. O Hôtel Riviera-Palace, que Gabrielle tinha escolhido, era absolutamente apresentável, uma construção feito castelo medieval encostado numa rocha e que dispunha de terraços com palmeiras e limoeiros em vasos de cerâmica gigantes, bem como um jardim muitíssimo bem cuidado. Mas a construção tinha algo de muito sinistro, que talvez combinasse com um castelo na Escócia, mas não com a leveza que Gabrielle relacionava à Côte d'Azur e que procurava ao lado de Dimitri. A melancolia também talvez fosse devida ao grande número de hóspedes da Europa setentrional, que tinham vindo por causa do clima – especialmente ameno, mesmo para a Riviera –, a fim de se curar da gripe espanhola, tuberculose ou reumatismos.

Durante o dia, Gabrielle se sentia rodeada por doenças e à noite era perseguida por demônios. Quando conseguia descansar um pouco de manhãzinha, depois dos pesadelos, acabava ficando na cama até a hora do almoço. Dimitri, por sua vez, não se queixava, mas levantava cedo e ia sozinho ao golfe ou passava o tempo junto ao mar. Mais tarde, ele lhe contava como tinha observado os pescadores ou famílias italianas com crianças pequenas, brincando com pedrinhas na praia. O fato de eles não passarem todas as horas das férias juntos irritava Gabriele. Ela não achava natural ele ter de respeitar sua necessidade de descanso.

"Nossa viagem não está começando bem, ou?", ela perguntou quando estavam no terraço do hotel fazendo um almoço leve. Do seu lugar ela tinha uma vista sobre o reluzente mar cor de safira, no qual o surpreendente sol morno de primavera se espelhava. "Quero fazê-lo feliz, mas temo que não estou conseguindo direito."

Sorrindo, ele pegou a mão dela. "Sim, Coco, você me faz feliz. Fico muito comovido em vivenciar como uma pessoa pensa tanto e se esforça tanto pelo meu bem-estar..."

"*Madame*?" Um rapaz do hotel se aproximou da mesa.

"*Mademoiselle*", ela corrigiu sem refletir.

Apenas um instante mais tarde ela se lembrou que estava hospedada sob outro nome – Devolle. Ela usou o nome de solteira da mãe Eugénie a fim de viajar incógnita. Ali ela não era apenas uma estilista conhecida em Paris. Na condição de acompanhante do príncipe Romanov, era uma figura pública, que chamava mais atenção do que a *midinette* Coco Chanel.

"Perdão, *mademoiselle*. Pensei que..." O jovem não parecia apenas irritado, seu erro trazia constrangimento. Sem jeito, ele continuou: "Recebemos uma ligação de Paris para a senhora. A pessoa diz que é urgente".

Dimitri ergueu as sobrancelhas. "Problemas no trabalho?"

"Quem ligou disse um nome?", perguntou Gabrielle, já se levantando.

"Sim, *madame*... ah, *mademoiselle*. O nome é Leclerc. *Monsieur* Joseph Leclerc."

"Problemas em casa", ela resumiu.

Com um movimento da mão recusou o gesto de Dimitri de acompanhá-la até a cabine telefônica.

"O que aconteceu?", ela perguntou à queima-roupa, quando estava na pequena cabine, o fone apertado contra a orelha.

Primeiro ouviu um chiado, depois a voz familiar de Joseph: "Desculpe-me perturbá-la, *mademoiselle*, mas *monsieur* Diaghilev pediu explicitamente que a senhora o mantenha informado de sua localização".

"Sergei Diaghilev?" Gabrielle sentou-se no banquinho embutido na parede. Os mais diferentes cenários se sucediam na sua cabeça, mas ela não se lembrava de nada que pudesse ser tão urgente a ponto de justificar um recado tão alarmante. "Ele está doente? Está passando bem?"

"Acho que está bem, *mademoiselle*. *Monsieur* Diaghilev primeiro mandou um telegrama e depois ainda ligou", relatou o fiel empregado de Gabrielle. Ela escutou um ruído antes de ele prosseguir: "Vou ler para a senhora." Joseph pigarreou: "*Não venha a Madri – ponto – Stravinsky quer matar você*".

No primeiro momento, ela achou que não tinha ouvido direito. "*O quê? Você disse matar*?"

"*Monsieur* Diaghilev repetiu seu alerta ao telefone. Mas eu o acalmei e lhe disse que a senhora não tinha intenção de viajar para Madri, pois os planos eram outros. Espero não ter agido mal."

"Perfeito, Joseph, claro."

Ela começou a mordiscar, nervosa, a haste dos seus óculos de sol que havia tirado ao entrar na cabine não muito iluminada. Tanto tempo havia se passado desde sua partida que Stravinsky devia ter concluído que ela não iria atrás dele. Será que ele estava tão obcecado por ela para reagir com ameaça de morte contra uma promessa quebrada? Ou será que ele descobrira sua relação com Dimitri Romanov? Ela não fizera segredo a respeito em Paris e era bem provável que a fofoca tivesse ecoado até Madri. Apesar disso, era difícil levar a sério o desejo de vingança de seu antigo amante.

"Caso o senhor Diaghilev se manifestar novamente, por favor lhe diga que estou absolutamente saudável e que quero permanecer assim. Diga-lhe também que nunca tive a intenção de ir a Madri."

"Como quiser, *mademoiselle*. Mas..." Joseph parou e acrescentou com a voz baixa: "Por favor, cuide-se bem."

"Claro que sim." Infelizmente, porém, sua risada alegre soava tão artificial como era na verdade. "Mais alguma coisa?"

"*Monsieur* Diaghilev falou de um telegrama anônimo que foi enviado de uma agência postal no 8º *arrondissement*, endereçado a *monsieur* Stravinsky no Palace Hotel de Madri. Dizia que *mademoiselle* agora...", Joseph se interrompeu para pigarrear mais uma vez "agora prefere grão-príncipes."

Misia!

O remetente só podia ter sido Misia, Gabrielle pensou. Ela não conhecia ninguém que gostasse tanto de brincar com o destino como sua amiga. Essa víbora.

"Obrigada, Joseph", ela falou após uma longa pausa, na qual retomou a calma. "Como vão os cachorros?"

"Na mais perfeita ordem, *mademoiselle*. Aqui está tudo bem. Mas talvez seja bom a senhora saber também que *monsieur* Stravinsky ligou faz alguns dias. Era um interurbano de Madri e ele falou longamente com *madame* Stravinska. Foi algo incomum, porque em geral ele não faz isso."

Ele a interrogou, pensou Gabrielle.

"Entendo", ela disse. "Por favor, transmita meus cumprimentos para *madame* Stravinska e para Maria. Adeus, Joseph."

Ela ficou mais um tempo na cabine depois do fim da ligação, encarando o aparelho mudo. Em seguida, levantou-se, abriu a porta e pediu à senhorita atrás do balcão que fizesse uma ligação para Paris.

"Misia nega tudo", Gabrielle encerrou mais tarde seu relato. Ela estava brincando com um cigarro ainda apagado, recostada numa cadeira de vime. Durante a ligação, Dimitri tinha trocado a mesa no terraço por um conjunto de cadeiras mais confortável no jardim. "Ela está indignada porque eu a considero a autora do telegrama para Stravinsky e não quer falar comigo. Nunca mais. Suponho que isso quer dizer que não ouviremos mais falar dela até o final das nossas férias." Ela riu. "Quando eu retornar a Paris, tudo estará na mais santa paz de novo."

"Você acha que a ameaça de Stravinsky é séria?" Ele acendeu um fósforo e curvou-se para frente, acendendo-lhe o cigarro.

Depois de uma longa tragada, perdida em pensamentos, ela ficou observando a fumaça que soprava em pequenos anéis e que era carregada pela brisa da primavera. Por fim, voltou a encarar Dimitri e confessou: "Sim. Não. Honestamente, não sei. Igor Stravinsky pode ser muito dominador. Além disso, é possessivo. Mas é um artista. Compositores nunca são brutos, ou? Acho que músicos cuidam muito das mãos para usá-las para matar alguém."

No instante seguinte ela pensou que não fazia ideia de quando uma pessoa se transformava em assassina. O homem com quem ela dividia despreocupadamente mesa e cama naquele instante tinha até lhe jurado não ser o assassino de Rasputin. Mas participara do complô que levou à sua morte. Dimitri era elegante, solícito, atencioso – mas um dos conspiradores que atentaram contra a vida de Rasputin. E ele não era alguém que, quatro anos depois, sentia algum remorso a respeito. Um arrepio estranho percorreu seu corpo. O vento da primavera não é tão quente assim, ela pensou, e abraçou o próprio corpo.

"Você tem medo dele?"

"Não", ela respondeu de pronto.

Quando Dimitri fez a pergunta, ela estava pensando no passado dele. Evidentemente que ela não tinha medo dele, a morte de Rasputin teve uma motivação política, nada com amor mal compreendido. Mas Dimitri estava se referindo a Stravinsky, claro. Que era um gênio, um homem de grandes emoções.

Ela tragou o cigarro, refletiu um pouco e repetiu com muita convicção: "Não".

"Mas você está preocupada", Dimitri insistiu.

Suspirando, ela apertou a guimba no cinzeiro. "Se você faz questão de saber, sim, estou preocupada. Por Igor. Não por mim. Temo que ele volte a fazer o papel de palhaço e não gosto de ver um homem como digno de lástima."

"Há um ditado russo que diz que é bom ter juízo, mas ter um amigo com juízo é melhor ainda." Ele abriu um sorriso matreiro. "No momento em que Igor Stravinsky encontrar outra mulher inteligente, ele retomará a razão."

"Dimitri, ele é casado", ela o relembrou, séria.

"Então esperemos que sua amiga Misia tenha êxito e que Stravinsky volte para a família. Dadas as circunstâncias, você vai continuar permitindo que eles morem na sua casa?"

Ela assentiu. "Claro. Se não, para onde iriam Catherine e as crianças?"

"E você? Vai querer morar sob o mesmo teto que Stravinsky quando ele voltar a Paris?"

Um dar de ombros foi sua primeira resposta. Depois de ter refletido durante um longo tempo, ela acrescentou com a voz baixa: "Acho que a compra de *Bel Respiro* não foi um bom negócio. Eu adoro minha suíte no Ritz, um apartamento em Paris é muito mais prático do que uma casa longe." Espantada, ela fez silêncio. A observação tinha sido proferida com muita facilidade. Será que ela realmente queria sair da propriedade que Boy havia comprado para os dois – para quem mais? Olhando em retrospecto, a felicidade não morara nem um dia ali.

Falando mais consigo mesma, ela prosseguiu: "Pensando bem, eu preferiria ter uma bela casa na Riviera..." Ela fez silêncio de novo. O que estava falando na presença de Dimitri? Ela lhe deu uma risada sonora. "Entretanto, não estou muito interessada no mercado imobiliário de Menton", ela afirmou, rindo de maneira ainda mais artificial.

Sua risada não era alegre e era dirigida menos a ele do que a ela própria. Ela ria sobre seus enganos e sobre os demônios que a perseguiam. E riu com amargura quando pensou que as ameaças de morte de Stravinsky iriam, de verdade, roubar-lhe o sono.

"Devíamos partir para Monte Carlo", decidiu-se Dimitri como se tivesse lido os pensamentos dela. "O que você acha de nos hospedarmos no Riviera-Palace do lugar? Daí não teremos nem de decorar um nome diferente de hotel." Ele se inclinou na sua direção, apontou com a cabeça para o casal inglês de idosos que estava fazendo barulho ao ler uma edição não necessariamente atual do *Times* e sussurrou: "Mônaco é um lugar mais hospitaleiro e provavelmente isso ajude você a se acalmar. Além disso, não estaremos longe se quisermos visitar Ernest Beaux em Cannes."

"Concordo inteiramente", ela falou com os olhos brilhando.

CAPÍTULO 7

Em Menton, usando de nomes falsos e entre um público burguês, Gabrielle e Dimitri tinham conseguido desaparecer no anonimato. Mas a alta sociedade que se encontrava em Mônaco conhecia Dimitri e ele fazia parte da nata. Não fazia sentido usar outra identidade.

Gabrielle já tinha passado por algumas experiências em Paris devido a proeminência do seu amado, mas pela primeira vez ela vivenciou o que era estar absolutamente no centro do interesse geral, com cada passo seu sendo observado com curiosidade. Em comparação ao burburinho que Dimitri e ela causavam em Mônaco, a fofoca que havia depois de seus diversos jantares no Ritz, em Paris, fora brincadeira de criança. Os olhos dos outros hóspedes no Riviera-Palace e em Mônaco e dos *flaneurs* e jogadores na Place de Casino grudavam de tal maneira no casal socialmente desigual que Dimitri sugeriu comer na suíte do hotel a fim de não virarem a atração do restaurante. Gabrielle não tinha motivos para contradizê-lo, mas hesitou subitamente, como se preferisse ser, sim, notada ao seu lado.

Olhem bem aqui, no que se tornou a filha bastarda de um mascate e de uma lavadeira de Auvergne. A mulher que não é aceita pela alta sociedade em Paris é adorada pelo grão-príncipe Dimitri.

Mas ela não lhe disse isso. No fundo, batia em seu corpo ainda o coração de uma moça simples, retraída, que gostava mais de ouvir do que de falar. Desse modo, o *dîner* foi servido no seu quarto com vista para a cidade e o porto, iluminados feito vaga-lumes na escuridão por luminárias. Os funcionários trouxeram um candelabro prateado com velas brancas, que agora se refletiam no vinho das suas taças de cristal. Eles se deliciaram com as ostras e o caviar, e Gabrielle não se preocupou com os preços, assim como no início de sua carreira de estilista, quando não tinha noção de finanças ou nem mantinha uma contabilidade mínima.

Naquela época, ela se ocupava exclusivamente com seus chapéus, seus funcionários e suas clientes, e mais nada. Mais tarde, ao contrário, ela não fazia a menor ideia de quem tinha acesso ao seu dinheiro nem do saldo das suas contas, se estava no azul – ou não.

"É do banco." Ele tocou a mão dela em cima da mesa. "O diretor me ligou ontem. Me disseram que você está sendo muito generosa consigo mesma. É bom que saiba disso, mas não quero que você se preocupe." Seus dedos apertaram delicadamente os dela. "Não tem muita importância."

O gesto dele deveria ter efeito tranquilizador. Mas o afeto surtiu o efeito contrário. Gabrielle ficou fora de si. A alegria em relação ao seu novo status desaparecera. Mentira, ela pensou. Tudo mentira. Ela era novamente apenas a pequena costureira, que não valia nada, a garota ingênua do interior, que se deixa sustentar por um homem rico. Ela não queria ser nada disso. Ela trabalhava para ter independência e reconhecimento. O dinheiro era a chave. Para uma mulher, dinheiro significava a liberdade de fazer e de ser o que se quer. Gabrielle tinha em Boy a prova viva dessa tese.

"Como assim o homem do banco ligou para você e não para mim? Afinal, a conta está no meu nome. Ou será que estou enganada?" Dessa vez ela não falou baixo, mas com uma voz trêmula de irritação. Ela puxou a mão da dele, rude.

"Porque sou uma espécie de fiador", ele respondeu sem levantar a voz. "Já lhe falei disso."

Ela passou o restante da noite pensando, em silêncio. Ela mal falou com Boy, de quem se sentia enganada. Por que ele permitiu que ela abrisse um negócio, mas não avisou o essencial do ponto de vista econômico? Ela não produzia chapéus por esporte.

Depois de uma noite turbulenta, na manhã seguinte Gabrielle chegou mais cedo do que de costume ao ateliê. Esvaziou uma mesa e dispôs sobre ela todos os livros contábeis e as contas que conseguiu achar. E passou as horas seguintes estudando os números. De início ela não entendeu nenhuma das anotações, mas com o tempo as tabelas começaram a fazer algum sentido. Na hora das contas, ela não se fiava apenas na cabeça; os dedos também ajudavam: um, dois, três, quatro, cinco...

Em seguida, marcou uma conversa confidencial com Angèle, que havia empregado para ser sua pessoa de confiança. "Não fundei este negócio para me divertir", Gabrielle avisou. "O dinheiro não será mais jogado pela janela. A partir de hoje ninguém mais vai gastar um centavo que seja sem minha permissão. Vou controlar todas as entradas e saídas e quero ver o livro-caixa todos os dias."

Seis anos mais tarde, ela devolveu a Boy o dinheiro que ele investira para a abertura do negócio. Com sua ajuda ela aprendeu muito sobre administração e o sistema bancário, passando a controlar com sucesso suas entradas e saídas. No meio da guerra ela já não tinha mais dívidas e empregava então cerca de trezentas costureiras. E se tornou totalmente independente, podendo inclusive manter um príncipe.

Mas Dimitri também contribuiu, a seu modo. Ele lhe emprestava seu prestígio social, coisa que dinheiro nenhum do mundo comprava. Mais uma lição aprendida...

"Coco!", era a voz suave de Dimitri. "Onde você está?"

Arrancada de seus pensamentos, ela sorriu. "Aqui. Do seu lado." E ergueu a taça de champanhe para brindar com o interlocutor.

"Não. Não, não, não. Há pouco você não estava ao meu lado."

Ela não tinha intenção de lhe revelar sua silenciosa divagação ao passado. "Estava na rue Cambon. No meu negócio", ela tergiversou. "Nunca tirei férias tão prolongadas em toda a minha vida como estamos planejando agora. É muito diferente."

Ele também ergueu a taça. "Então brindemos a um tempo de despreocupação." Depois de um gole, prosseguiu: "Pensei num tipo de passeio com visita. Que tal irmos amanhã para Nice? Gostaria de lhe mostrar a igreja ortodoxa russa que fica ali".

Ela queria lhe perguntar se a presença do grão-príncipe não causaria muito rebuliço na comunidade russa, mas acabou abafando a dúvida. Tratava-se de algo bem diferente da excursão para o campo que eles costumavam fazer. Parecia ser importante para ele estar na igreja de sua fé com ela.

E Coco ficou profundamente comovida.

CAPÍTULO 8

O tempo de primavera, quase parecendo verão, permitiu que eles viajassem de capô aberto pela *corniche* até Nice. Dimitri dirigia com grande satisfação pelas curvas sinuosas da estrada costeira e Gabrielle aproveitava a vista do mar azul por sobre as rochas fendidas. Havia no ar um aroma de acácias e ciprestes, apenas poucos carros trafegavam na direção contrária, de modo que Gabrielle de tempos em tempos fechava os olhos e se entregava à ilusão de estar sozinha com Dimitri nesse maravilhoso lugar da Terra. Uma ideia absolutamente agradável. Quando voltou sua atenção à estrada, eles já estavam andando ao longo de Cap Ferrat, e ela descobriu um navio branco que cruzava a linha formada pelo horizonte entre o mar e o céu sem nuvens. Daquela distância ela não conseguia reconhecer tratar-se de uma balsa da Córsega, um navio mercante ou uma lancha grande. Espontaneamente ela se imaginou a bordo e resolveu que, numa próxima oportunidade, perguntaria se Dimitri gostava de velejar.

No começo espantou-se com a naturalidade de Dimitri ao se orientar pelas ruas de Nice. Mas depois ela se recordou que não era a primeira vez que ele ia à Riviera. Ele dirigia com segurança pelas avenidas largas, passando por maravilhosas construções de arenito amarelo, muros de pedras naturais que cercavam luxuriantes jardins de palmeiras, e por vielas estreitas com casas tortas, sinistras, como se pertencesse ao lugar. Saíra da estrada costeira havia tempo, o único ponto de referência para Gabrielle naquela confusão de ruínas romanas, construções medievais e palacetes do Classicismo. A parte antiga da cidade também tinha ficado para trás e Dimitri conduzia o carro por uma região residencial, de modo que o caminho era margeado por residências elegantes. Automóveis estacionavam no meio-fio, gente bem vestida caminhava pelas calçadas. Não havia muito movimento por ali, mas a elegância dos moradores era reconhecível à primeira vista. Um bonde passou ao lado, o condutor tocou a sineta, irritado, porque o Rolls-Royce atravessara os trilhos na sua frente. Impassível, Dimitri imbicou numa rua estreita. Eles chegaram a uma parte de Nice que Gabrielle, mesmo conhecendo a Promenade des Anglais, nunca tinha estado.

Ela perdeu o fôlego. Dimitri passou por jardins com ciprestes, palmeiras, acácias e arbustos altos de louro; a rua fez uma curva. Já de longe Gabrielle avistou as cinco cúpulas douradas que apontavam na direção do céu.

"Esta é a catedral de Saint-Nicolas", seu motorista lhe explicou, orgulhoso, "a maior igreja ortodoxa russa fora da Rússia."

A visão da imponente casa de Deus era única. As torres, de aparência exótica e luxuosamente decoradas, destacavam-se contra o céu. A edificação ficava atrás de uma grade alta de ferro fundido, escondida por sobreiros e oliveiras sobre um terreno semelhante a um parque, onde um caminho largo levava à catedral.

Dimitri parou diante do portão. "Você quer que eu a leve até lá?"

Estava evidente que a passagem de carros não era permitida. Mas, para o grão-príncipe, tais proibições supostamente não tinham efeito. Claro que se ele buzinasse, algum monge iria aparecer e abrir o portão. De repente, Gabrielle sentiu-se incomodada com um tratamento tão privilegiado. Ela pensou na própria vida no convento, e o profundo respeito ao clero e à fé foi mais forte. "Gostaria de andar a pé um pouco."

Sem retrucar, ele deu marcha a ré e estacionou no meio-fio. Depois de ter circundado o carro e aberto a porta para ela, estendeu-lhe a mão para ajudá-la a sair.

"A catedral fica no terreno da antiga Villa Bermond, onde antes a família do czar costumava passar as férias", ele explicou enquanto ela descia. "Meu primo, o infeliz czar Nicolau II, disponibilizou todo o espaço há cerca de dez ou doze anos para a comunidade, e pouco antes da Grande Guerra a catedral foi inaugurada. Desde então muitos de meus conterrâneos vêm a Nice. Por causa do clima mediterrâneo e das férias de verão." Ele não mencionou os refugiados que chegavam em massa à Côte d'Azur desde a revolução. Como sempre quando ele falava do passado glorioso e do antigo brilho da Rússia, sua voz carregava uma tristeza.

Gabrielle apertou a mão dele. Ela compreendia a perda – e, por essa razão, se manteve em silêncio. Temia que um comentário pudesse soar exaltado e de todo modo não conseguiria expressar seus próprios sentimentos.

O portão não estava trancado e rangeu quando Dimitri o abriu. Os pardais chilreavam num cedro. Fora isso, eles pareciam estar a sós no lugar.

"Saint Nicolas foi criada à semelhança da basílica em Moscou", Dimitri contou. "Minha bisavó, czarina Alexandra Fiodorovna, ordenou a construção da primeira igreja russa aqui, há quase setenta anos. Trata-se da capela branca nos fundos. Ela tinha a saúde frágil e vinha com frequência para Nice, depois de deixar o castelo por causa da guerra da Crimeia." Ele apontou na direção. "A construção nova se deu, como eu disse, muito mais tarde."

Minha bisavó... Ele falava da família dos monarcas russos com a mesma naturalidade que Gabrielle falaria de suas antepassadas, que como sua mãe tinham sido lavadeiras. Por essa razão, naquele instante ela tomou consciência, com uma intensidade inaudita, da diferença de suas origens. Pois o terreno da catedral de Saint-Nicolas era algo diferente de uma ligeira polêmica junto a uma taça de champanhe em sua suíte do Hotel Riviera-Palace. Essa construção opulenta era o mundo de Dimitri. Curiosamente, porém, ela nunca se sentiu tão próxima dele quanto naquele instante.

Ela olhou para a bela construção com a escada alta aos fundos, erguida pela czarina Alexandra Fiodorovna. Mas a fachada colorida da catedral, com suas pequenas torres, pináculos e colunas era tão impressionante que seu olhar se fixou apenas de maneira fugaz na igreja menor e depois retornou. A luxuosa ornamentação da basílica, mais colorida do que qualquer outro templo que Gabrielle conhecesse, inclusive a gigantesca porta de entrada, valia a pena ter sua arte admirada. Mas ela seguiu Dimitri de perto até uma minúscula antessala, na qual ficou quase ofuscada pela luz do sol que atravessava os vitrais coloridos e se refletia nos ícones dourados nas paredes. Havia uma mulher sentada junto a uma das mesas, vestida como uma camponesa, vendendo objetos devocionais.

"*Bonjour*", Dimitri cumprimentou amavelmente e depois acrescentou em russo: "*Dobryi den*[*]".

Primeiro, a velha apenas olhou de soslaio para ele, mas depois ficou petrificada. Sua cadeira estalou quando ela a empurrou para trás com um movimento desajeitado, impetuoso. No instante seguinte ela estava aos pés de Dimitri, deitada no piso revestido com pedrinhas de mosaico brancas e pretas. Seus dedos nodosos puxavam as pernas das calças de Dimitri e ela se remexia com esforço para chegar mais perto e beijar a barra delas.

* "Bom dia."

"*Mat*...", Dimitri falou. Na sequência da primeira palavra veio uma torrente em russo, que Gabrielle naturalmente não compreendeu.

De todo modo, seu namorado conseguiu fazer com que a mulher largasse dele e voltasse, de joelhos, à sua cadeira.

"Tradicionalmente o czar da Rússia tem uma ligação muito próxima com igreja ortodoxa", ele sussurrou para Gabrielle. "Mais até que o rei da Inglaterra, chefe dos anglicanos, e também muito mais do que foram o imperador alemão ou o imperador dos Habsburgos. E, claro, mais também do que Napoleão Bonaparte. Por isso minha família é tão importante para os fiéis."

Ela assentiu, muda. Também um pouco impressionada, embora já tivesse visto várias vezes como os russos que viviam na França reagiam ao príncipe *dela*. As manequins de Coco Chanel, por exemplo, não conseguiram se acostumar com a aparição dele no ateliê. Mas uma reverência na intensidade daquela senhora era inédita.

"Venha." Dimitri empurrou Gabrielle suavemente para a frente. "Vamos entrar."

O salão da comunidade era tão peculiar como todo o edifício. Gabrielle se lembrou da igreja estruturada do convento de Aubazine e, claro, também da imponente catedral de Notre Dame em Paris, apesar de lá não haver nem uma pálida sombra do brilho suntuoso daquele lugar.

Quase toda a parede diante da porta de entrada era decorada com ícones dourados, incrustados dentro de uma porta. Diante dela, viam-se diversos crucifixos sobre pedestais. As cruzes tinham uma forma incomum: não um, mas dois braços cruzavam a linha vertical, e um terceiro braço dividia a extremidade de baixo. Dezenas de velas garantiam uma luz clara. A ausência de um altar chamava a atenção. Gabrielle se virou à procura dele, mas não encontrou. Também não dava para reconhecer cadeiras para oração. Os únicos assentos disponíveis estavam num banco pequeno junto a uma parede. A nave da igreja parecia planejada segundo a arquitetura tradicional, mas os braços laterais eram mais curtos, de maneira que Gabrielle teve a impressão de estar numa espécie de sala quadrada.

Ela notou Dimitri fazendo o sinal da cruz: ele tocou levemente os dedos na testa, depois na barriga, em seguida no ombro direito e no esquerdo. A sequência era diferente daquela que lhe tinham ensinado.

Dimitri pareceu perceber seu olhar espantado, inquiridor. "Temos nossas peculiaridades tradicionais", sussurrou com a mão sobre o coração.

Em seguida, apontou para a grandiosa parede com os ícones. "Também isso é diferente entre nós. O espaço do altar está separado dos fiéis por meio da parede das imagens, que estão organizadas segundo uma sequência específica. Chama-se iconóstase. É possível ouvir cada palavra da festa da Eucaristia, mas não vemos o celebrante. Dessa maneira, a comunidade entende que Deus, sem a intermediação de Cristo, é inacessível."

Ela não compreendia a liturgia ortodoxa, mas não insistiu. Perguntou: "Onde ficam os membros da comunidade durante as orações?"

"De pé." Ele riu. "Como nós, agora."

Gabrielle se lembrou da espera de horas diante do confessionário em Aubazine, e do tempo igualmente longo ajoelhada durante a missa sagrada. Pelo menos as imagens coloridas na iconóstase eram mais divertidas do que os mosaicos no piso do convento. Em vão ela procurou com os olhos por um sinal do número cinco.

Os lábios de Dimitri arrancaram-na de sua lembrança. Ele a beijou delicadamente na boca. "Você longe em seus pensamentos mais uma vez", ele a repreendeu com suavidade.

"Cuidado com o que você está fazendo." Ela revidou o sorriso dele e acrescentou, divertida: "Sou católica – para mim, um beijo neste lugar pode significar uma promessa".

A hesitação dele foi longa. "Sei disso", ele respondeu sério, por fim. "Nisso a igreja ortodoxa russa não se diferencia da católica romana."

Por um momento delicioso o olhar de Gabrielle mergulhou nos olhos verde-mar dele, e ela imaginou que talvez um dia, quem sabe, poderia viver junto com Dimitri. Um príncipe de verdade. O sonho de toda menina. Apesar de sua independência e do grande sucesso como estilista, no espaço mais fundo do coração de Gabrielle habitava a vontade de não ser somente mais uma mulher de um homem, mas também sua esposa. O desejo por relacionamentos burgueses não cedia.

Mas uma voz interior trouxe-a de volta ao chão da realidade: tudo não passava de ilusão. Independentemente do desejo de Dimitri, ela não conseguia dizer o que era melhor para si mesma. Pelo menos, não ainda. O universo dos seus sentimentos fora abalado pela morte de Boy e continuava imerso no caos. Para um futuro em comum, não bastava simplesmente se sentir bem ao lado de um homem? Sentir uma base de confiança muito forte em relação a ele? Se eu soubesse a resposta, pensou Gabrielle, com certeza me sentiria mais segura.

Eles permaneceram por mais um tempo em Saint-Nicolas, e Gabrielle deleitou-se com o rito bizantino, observou as imagens sacras mais de perto. Dimitri comprou velas votivas com a idosa na antessala, que eles acenderam e colocaram num candelabro especial diante da iconóstase. Em silêncio observaram as chamas, cada um imerso nos próprios pensamentos.

Gabrielle sentia-se atraída pela magia do desconhecido. Em sua mente, os ornamentos dourados e azuis na cúpula transformavam-se em bordados sobre túnicas, longos paletós e mantôs com forração de pele. Ela sentia-se atraída pela decoração tradicional da catedral, que despertou sua imaginação e fez a criatividade brilhar como a luz das velas iluminava a imagem do evangelista Marcos com seu atributo iconográfico, o leão, signo de Gabrielle.

Dimitri fez o sinal da cruz à sua moda e Gabrielle o seguiu, mas de acordo com o costume católico. Era hora de partir.

Enquanto iam de mãos dadas até o carro, sob a luz suave do sol, ele sugeriu de repente: "Vamos jantar hoje à noite no Ciro's, em Monte Carlo? Você quer?"

Ela olhou surpresa para ele. "Você não acha que vamos chamar muita atenção num restaurante famoso como esse? Todos vão reconhecê-lo. E talvez a mim também!"

"E daí?", ele respondeu relaxado. "Já está tarde demais para um jogo de esconde-esconde, não é?" Ele repetiu o beijo breve e delicado. "Vamos aproveitar nosso tempo aqui, Coco, e que o resto do mundo tenha assunto para ficar falando à vontade!"

O sorriso dele confirmou sua seriedade naquela hora.

A ideia de uma coleção com elementos eslavos foi ficando cada vez mais palpável para Gabrielle. Embora o dia da reunião que Dimitri marcara com o perfumista Ernest Beaux estivesse se aproximando, ela se ocupava menos com seu aroma e muito mais com sua moda. Mas talvez exatamente por causa desse encontro seus pensamentos estivessem voltados para outro assunto. No fundo, ela estava tão nervosa como uma garota antes de seu primeiro *rendez-vous*, e lhe fazia bem exercitar a criatividade, em vez de ficar imaginando obsessivamente que tinha chegado no ponto desejado e que estava muito perto de encontrar uma fórmula para uma *eau de Chanel*.

Enquanto Dimitri se esbaldava em sua paixão pelo jogo de golfe, da qual ela ainda não partilhava, Gabrielle fazia alguns desenhos no silêncio de sua suíte: uma saia estreita, preta, mais uma blusa típica russa, a *rubashka*, com mangas amplas tipo boca-de-sino, a parte da frente e os punhos bordados com o tradicional ponto-cruz das túnicas russas, e uma jaqueta longa com o colarinho em pé, alto, das antigas jaquetas militares, com debruns grossos no estilo eslavo. Apesar de não corresponder à elegância despojada característica pela qual Coco Chanel tinha ficado conhecida, ela estava certa de que essa excursão à tradição exótica de seu amado aplicada às suas criações correspondia ao gosto de suas clientes.

Ao terminar, ela se sentou na varanda e aproveitou o calor da luz para relaxar os ombros tensos. Os desenhos tinham sido feitos com rapidez na secretária bonita, delicada, mas o móvel era mais adequado para leituras curtas ou escrita de textos breves do que a um trabalho concentrado. A nuca e os músculos do braço doíam. O sol lhe fazia bem. Ela adormeceu e sonhou com os novos modelos, exibidos por manequins que seguravam nas mãos os frascos dos perfumes que se pareciam com garrafas de vodca.

"Voltei!" A voz de Dimitri e um beijo despertaram Gabrielle. "Perdão por chegar tarde. Consegui um *score* sensacional e depois de um *hole-in-one* tive de bancar uma rodada no bar. O que você ficou fazendo enquanto eu me inscrevia nos anais do clube de golfe de Monte Carlo?"

Ela se endireitou e ajeitou os óculos de sol. "Fiz alguns desenhos. Sabe, eu gostaria de lançar vestidos e conjuntos com bordados inspirados na ornamentação eslava..."

A risada dele a interrompeu. "Achei que você queria lançar um perfume."

"Sim. Claro. Também. Mas vou continuar produzindo roupas. E por que não uma coleção que faça referência à tradição da sua terra?"

Ele se sentou ao lado dela e pegou sua mão. "Seu interesse pelo artesanato russo é maravilhoso. Me toca profundamente o coração." Ele ergueu a mão dela até os lábios. "Você tem de conhecer sem falta minha irmã", ele acrescentou com um sorriso amoroso, que certamente não era dirigido a Gabrielle, mas a Maria Pavlovna Romanova. "Ninguém sabe tanto de bordados quanto ela. Quando estivermos de volta em Paris, vou apresentá-las."

Enquanto estavam sentados, tranquilos, Gabrielle ficou imaginando o que Sergei Diaghilev falaria a respeito de suas novas ideias. Se ela se ocupasse intensamente com os ornamentos típicos russos, com certeza não haveria mais nada no caminho para tornar-se a figurinista do *Ballets Russes*. Coco Chanel no palco. Algo parecido com uma ordenação de um cavaleiro. A pergunta era apenas o que Igor Stravinsky, cuja música estava tão intimamente ligada à companhia de balé, acharia de suas ambições. Em sua artisticamente inspirada amizade masculina, Stravinsky e Diaghilev formavam uma dupla incrivelmente produtiva.

Nesse meio-tempo, Joseph encaminhara os telegramas do empresário e tudo indicava que seu relegado amante continuava nutrindo fortes desejos assassinos. Quanto mais abertamente ela se movimentava ao lado de Dimitri, mais provável era a fofoca alcançar Madri. Igor poderia então estar informado de cada passo do novo romance. Talvez ele também descubra o quanto estou feliz, ela pensou. O compositor nunca lhe dera a oportunidade dessa felicidade tranquila, inspiradora, que sentia ao lado de Dimitri. Para tanto, ele estava ocupado demais consigo mesmo, além de ser igualzinho à sua música: genioso, encapelado, fenomenal. Tomara que ele chegue à conclusão de que não sou a pessoa certa, ela pensou.

Surpresa, Gabrielle registrou que pela primeira vez, desde o acidente com Boy, ela pensava sobre a felicidade. Um sentimento passageiro, certamente. Haveria alguém que soubesse disso melhor do que ela? Mas tão satisfatório – e indispensável. Ela cruzou os dedos com os de Dimitri. Grata pelo destino ter enviado esse homem para lhe secar as lágrimas.

CAPÍTULO 9

"Ernest Beaux festejou seu primeiro sucesso com o perfume masculino *Bouquet de Napoléon*", disse Dimitri. "Quando eu era um jovem cadete, esse era meu segundo perfume preferido, logo atrás da água de colônia *4711*, que é feito com a fervura de flores. Levei o *Bouquet* para os jogos olímpicos em Estocolmo, quando fiz parte da equipe russa de equitação. Daí foi lançado o *Bouquet de Catherine*, do qual gostei ainda mais, pois tinha o cheiro da minha terra e da minha tia, que era como uma mãe para mim."

Dimitri contava histórias que Gabrielle já conhecia, mas isso não a incomodava. Ele percebia a inquietação dela e ela sabia que ele queria acalmá-la com a conversa, mas a iminente visita ao laboratório de Ernest Beaux não permitia que ela sossegasse. Trata-se apenas de um laboratório químico, ela pensou. Nada além do que a fábrica de perfumes de François Coty em Suresne.

Mas uma pergunta martelava com insistência a sua mente: O que fazer caso novamente não encontrasse o que estava procurando, dessa vez com Ernest Beaux? Deveria abandonar o sonho desse perfume tão especial? Do aroma do seu amor? Essa tinha sido a última ideia que ela e Boy haviam tido juntos. Teria chegado finalmente o fim de seus planos conjuntos? O momento que selaria para sempre sua perda? Gabrielle avaliou o que mais temia: o fracasso na procura do aroma ou a desistência definitiva do projeto do seu coração? Não havia resposta.

"*Zut*!", Dimitri soltou. "Me perdi. Acabamos chegando na área do *Aéroclub de Cannes*, e estamos longe. Acho que perdi uma entrada."

Ela colocou a mão sobre o braço dele a fim de tranquilizá-lo. "Não tem problema. Retornamos e pronto."

Depois de mais um erro de trajeto, eles acabaram por encontrar o laboratório, que se localizava numa casa discreta em La Bocca e que não guardava qualquer semelhança com a construção imponente da fábrica de François Coty.

"Você teria de ter visto a fábrica de Rallet em Moscou", Dimitri falou, consternado. "Essa sim era gigante, sem comparação com esse empreendimento. Sei que Chiris comprou Rallet, mas não entendo por que instalar o laboratório num lugar tão sem graça. Como é que perfumes famosíssimos podem ser criados neste lugar? Vamos torcer para que a loja em Grasse seja um pouco maior."

Balançando a cabeça, ele seguiu Gabrielle até o interior, que também não apresentava quaisquer atributos de um passado glorioso.

"Léon Chiris foi um grande homem da perfumaria e um político importante", ele defendeu seu compatriota. "Estou certa que sua obra em Grasse tem outras dimensões." Secretamente, porém, ela estava espantada com o ar modesto em La Bocca.

Havia uma pequena pintura no *hall* de entrada e Dimitri ficou como que enraizado diante dela. "Veja!", ele disse apenas, e ela soube na hora que o quadro mostrava um capítulo da movimentada história da sua família.

Uma planta industrial muito grande estava retratada ali; em comparação, até o reino de Coty parecia algo menor. Dúzias de construções de vários andares envolviam um galpão de fábrica superdimensionado, erguido num pátio interno. A fachada de três andares era classicista e pintada de branco; o resto do prédio, mais a chaminé eram de tijolos. Jardins bem-cuidados circundavam a área, de um lado com um parque cheio de árvores. Os gramados lembravam os ornamentos entre caminhos largos e não fariam feio em Versalhes.

Se tudo era tão superlativo na Rússia antiga, Dimitri deveria estar se sentindo numa casa de bonecas durante a imigração, ela pensou. Será que foi esse o motivo de ele ter escolhido uma mulher tão delicada quanto ela? Ao sorrir por causa desse pensamento, sentiu que estava sendo observada por ele. Gabrielle o encarou e seu sorriso espelhou-se nos olhos dele.

Esse momento silencioso e harmônico foi interrompido por Ernest Beaux, que cumprimentou Dimitri com a reverência tradicional e com a qual Gabrielle já se acostumara.

O perfumista era um homem atraente de cerca de 40 anos, com bastos cabelos pretos. Em sua morenice, ele podia ser seu irmão, magro, educado, alerta. Seu terno certamente havia visto dias melhores, mas grande parte dele estava coberta por um impecável avental branco. Ernest Beaux passou confiança a Gabrielle já à primeira vista. Ele parecia saber exatamente o que fazia e quando disse que tinha preparado algumas amostras a partir das informações coletadas na volumosa correspondência trocada, ela ficou com a sensação de finalmente estar no lugar certo.

Beaux conduziu as visitas ao laboratório. Tratava-se de uma sala comprida, onde o branco dominava. As paredes, nas quais muitas prateleiras brancas se estendiam, estavam caiadas, e a estrutura de madeira do teto também tinha uma pintura branca. Nos armários abertos de uma vitrine de vidro, frascos de farmácia brancos e marrons estavam dispostos lado a lado, além de latas de metal e de porcelana que pareciam armazenar essências e flores. Cada objeto tinha sua etiqueta. Uma longa mesa de refeitório de madeira clara preenchia o centro do ambiente. Recipientes de vidro de tamanhos diversos, tubos de ensaio, béqueres, provetas e balões de fundo chato estavam agrupados nela; bem no meio, uma antiga balança. Assim como em sua primeira visita a Coty, Gabrielle notou a limpeza. Exceto pelo aroma de flores impregnando o ar, também aqui ela poderia achar que estava num hospital. Dois assistentes, um homem e uma jovem, estavam ao lado de uma pia numa das paredes laterais e discutiam animadamente algo que parecia ser um problema complexo. Quando seu chefe entrou com os convidados, ambos emudeceram e assentiram com a cabeça, educados, cumprimentando. Em seguida, voltaram às suas atividades.

"Venha, por favor, *mademoiselle* Chanel." Beaux conduziu-a até a outra extremidade da sala para uma mesinha lateral, onde tubos de ensaio esperavam por ela, presos a uma estrutura de metal. "Preparei dez amostras para a senhora. Duas vezes cinco..."

Gabrielle hesitou. Como assim ele dizia o número que a acompanhava misticamente durante sua vida no convento, e que de alguma maneira tornou-a suportável? "Oh!", ela soltou, sem acrescentar mais nada.

"Aqui estão as amostras de um a cinco e aqui de vinte a vinte e quatro", o perfumista apontou para os tubos. Subitamente constrangido, ele esticou a mão na direção dela. "Esqueci-me completamente de pegar seu sobretudo. A visita de Sua Alteza e a sua, *mademoiselle*, é muito empolgante para mim. Perdoe-me."

"Preocupe-se somente com a *mademoiselle*", retrucou Dimitri que estava atrás de Gabrielle. "Sou absolutamente secundário aqui. O melhor é me considerar invisível, *monsieur* Beaux."

Gabrielle sorriu para Beaux. "E eu estou tão nervosa que me esqueci de tirar meu sobretudo."

Depois dessas fórmulas obrigatórias de cortesia, os sobretudos guardados e a bolsa de Gabrielle metida embaixo de uma mesa, Beaux lhe entregou uma lata com grãos de café. Visto que já conhecia o ritual, ela limpou o nariz do cheiro da rua. Percebeu o olhar espantado de Dimitri, mas o deixou no ar; explicaria a ele o sentido do procedimento mais tarde. Nada deveria atrapalhar a cerimônia que lhe era tão importante.

Sua pulsação acelerou quando o perfumista abriu o primeiro frasco. Aromas de rosa e jasmim vieram em sua direção. Gabrielle tentou concentrar-se neles e, ao mesmo tempo, se manter impassível. Beaux não deveria notar o quanto ela estava agitada. Ela também não queria que ele descobrisse cedo demais se um aroma havia despertado seu interesse ou não. A paciência não era de modo algum um de seus pontos fortes, mas nesse caso não havia outra saída. Ela havia aprendido com François Coty a esperar para decidir, pois muitas vezes um aroma precisa de tempo para se desenvolver.

Na amostra número um, ela não precisou de muito esforço para ocultar seus sentimentos – não se tratava do aroma que procurava. Doce demais e fora de moda. A fórmula correspondia à família de aromas que Gabrielle citara no seu pedido, mas esse perfume estava muito distante de *Bouquet de Catherine*.

Sem fazer comentários e com o rosto inexpressivo, Gabrielle devolveu a vareta de vidro que havia cheirado. O procedimento repetiu-se mais três vezes, antes de ela pegar novamente a lata com os grãos de café. Seu nariz já estava mais educado, mas depois de quatro amostras precisava urgentemente de uma pausa para voltar a ser capaz de diferenciar os aromas de novo.

Nos fundos, ambos os assistentes conversavam em voz baixa entre si, depois de um bom tempo de total silêncio. Ouviu-se um tilintar de vidro. Em algum lugar, um relógio tiquetaqueava e pela janela vinha o som de cascos de cavalos: uma carroça estava passando.

Gabrielle notou a presença de Dimitri às suas costas, mas não se virou. Ele respirava tão suavemente, mantinha-se no seu lugar com uma disciplina tão militar, que ela mal o ouvia. Mas a sensação de sua presença lhe transmitia segurança; ajudava-a a fazer o que era certo.

Ela pegou a quinta amostra – e precisou fazer força para abafar o sorriso que teimava em aparecer nos cantos da boca.

Era o *Bouquet de Catherine*.

Não, Gabrielle se corrigiu mentalmente, não de todo. Havia ainda algo de diferente no lenço de Diaghilev.

Mais moderno.

Mais fresco.

Mais jovem.

E mais alguma coisa. Será que esse aroma seria mais autêntico para as mulheres do seu tempo?

Desde que fora feito presente, o lenço já devia ter sido tocado tantas vezes pelos dedos de Diaghilev, também pelas mãos de Gabrielle, que o original certamente estava misturado com os odores corporais. Daquilo que havia sido aspergido no tecido delicado sobrara possivelmente apenas uma ilusão. Que estranho, pensou Gabrielle, que ela nunca tenha se dado conta disso antes.

Da maneira mais sóbria possível, ela devolveu a amostra para Ernest Beaux. E notou que estava sendo observada. Não por Dimitri, mas uma pessoa estranha não parava de encará-la.

Sem pensar, ela virou a cabeça e olhou por sobre o ombro. A assistente de laboratório estava atrás de Dimitri, quase oculta por sua compleição forte. Apesar disso, Gabrielle enxergou o olhar cheio de expectativa, temeroso, que a jovem lhe lançava. Rapidamente a moça se virou, o rosto tão pálido quanto as paredes de seu local de trabalho.

Seguiram-se as fórmulas número 20 e 25, depois Gabrielle neutralizou o nariz novamente com uma inspirada no café, antes de se voltar aos três últimos frascos. Também esses perfumes correspondiam à mesma família de aromas, mas eram compostos de maneira diferente daquela das cinco primeiras amostras. Gabrielle hesitou uma ou duas vezes, mas nenhum dos aromas impressionou-a tanto como o de número 5.

"A senhora quer tomar notas?", perguntou Beaux, quando ela lhe devolveu a última amostra.

Ela balançou a cabeça. "Não, não preciso. Gostaria de testar novamente a primeira série."

Enquanto lhe passava uma amostra do número 1, ele sugeriu: "A senhora pode fazer mudanças a qualquer instante, *Mademoiselle* Chanel. Criar um perfume é um quebra-cabeças. Os ingredientes têm de ser constantemente testados antes de combinarem com perfeição. Se a senhora quiser outros ingredientes, podemos tentar. O laboratório está totalmente à disposição."

"Muito gentil de sua parte", disse Dimitri. A dignidade do príncipe que visitava a fábrica do fornecedor da corte ecoava em suas poucas palavras.

Gabrielle adorou a experiência. Ela aceitou, agradecida, a oferta de Beaux.

Dimitri despediu-se para fumar um cigarro do lado de fora e na realidade ela gostaria de tê-lo acompanhado, mas era preciso manter a abstinência. A nicotina modificava o olfato. Com um cigarro entre os lábios seria impossível encontrar o aroma dos aromas. Embora ela achasse já tê-lo encontrado. Mas a aventura da pesquisa ainda tinha de ser satisfeita.

Lado a lado com Ernest Beaux, ela testou as mais diversas possibilidades, e Gabrielle percebeu que o perfumista compartilhava do seu sentido de exclusividade. Nesse meio-tempo, eles tinham chegado à longa mesa do refeitório. Lá ele lhe entregou, um depois do outro, os pequenos flaconetes que continham os diversos óleos essenciais que tinham dado origem à nota do coração.

"Essa família é composta pelos aromas mais luxuosos do mundo", ele lhe explicou. "Rosa, jasmim, ylang-ylang e sândalo, que se contrasta com as substâncias mais doces. São aromas tradicionais numa combinação diferente da usual."

Ela cheirou em silêncio e continuou ouvindo. Por fim, pediu-lhe para modificar um ou outro componente, mas o resultado nunca era tão bom quanto a impressão vinda espontaneamente com a amostra número 5. Ela se esqueceu das horas junto à mesa do laboratório. Depois de um tempo, Gabrielle perguntou a Beaux o que havia de diferente no perfume que encantara seus sentidos.

"É a alta concentração de aldeídos", ele respondeu.

"São moléculas artificiais, certo?", ela perguntou, enviando secretamente um agradecimento a François Coty, que a introduzira nos segredos da produção de perfumes.

Ernest Beaux assentiu. Seu olhar fugaz encontrou a assistente de laboratório, que estava ao lado de Gabrielle ajudando a visitante. "A senhora sabe muito bem o que está fazendo, *Mademoiselle*."

"Isso engana", ela assumiu. "Sei que há substâncias artificiais, mas não mais do que isso."

"A senhora já viu o que acontece com o vinho quando está aberto por muito tempo. Transforma-se em vinagre. O hidrogênio no etanol, ou seja, o álcool no vinho, se liga com o oxigênio e por meio de uma reação orgânica primeiro vira acetaldeído e depois ácido acético, ou seja, vinagre. Simplificando: em algum ponto desse processo o álcool se transforma em aldeído. A tarefa do químico é interromper artificialmente a cadeia de reações e, dessa maneira, separar os aldeídos. Essa possibilidade foi descoberta apenas poucos anos antes da guerra. Por essa razão a composição de um aroma depende sempre primeiro dos resultados das pesquisas de um químico. O acréscimo de aldeído a um buquê de flores gera o mesmo resultado que algumas gotas de limão sobre morangos frescos: o aroma se torna mais perfeito."

"Me disseram que a produção de aldeído é muito trabalhosa e que, por isso, o perfume se torna muito caro."

Ernest Beaux deu de ombros. "Nossa amostra número 5 contém os ingredientes básicos mais luxuosos do mundo. Não faz muita diferença acrescentar mais uma molécula artificial. Não fazíamos economia na corte em São Petersburgo, *mademoiselle*, continuamos assim na produção de *Bouquet de Catherine* e nas tentativas para uma *eau de Chanel*."

"O melhor sempre tem seu preço. Sei disso." Ela sorriu para ele.

Em seguida, ela levou novamente o nariz àquele tubinho cujo conteúdo tanto a fascinava. Inalou o aroma como alguém que está quase sufocando e inspira o ar fresco, sem conseguir preencher suficientemente os pulmões com o cheiro singular. Era como se bolhinhas de champanhe estourassem dentro de seu corpo, seus sentidos lhe proporcionaram um leve arrepio. O coração não martelava mais tão forte contra o peito, mas acompanhava calmamente o ritmo com o qual ela inspirava aquela refrescância.

"Era isso que eu esperava: um aroma inigualável. O perfume para mulheres com a fragrância da modernidade."

Mais tarde, Dimitri se juntou a eles. Depois de Gabrielle lhe relatar que tinha encontrado o que procurava, ele pediu uma amostra. Numa mistura de alegria e temerosa expectativa, ela observou a reação dele.

"Tem o cheiro fresco de neve recém-caída nos telhados de Petrogrado", ele murmurou, a testa alta franzida. Seus olhos procuraram o longe e seus pensamentos pareciam ter se perdido entre brincadeiras e passeios de trenó, que nunca voltariam.

"Tive uma inspiração semelhante", disse Ernest Beaux admirado com a sagacidade do príncipe. "Durante o tempo que servi no Exército Branco, estive estacionado próximo a Murmansk. Eu comandava um campo com prisioneiros vermelhos em Kola. Nunca me esquecerei do cheiro das noites polares. Por isso tentei criar um perfume com essa radiança particular."

"Como conseguiu?", perguntou Dimitri.

A jovem ao seu lado pigarreou e baixou a cabeça, corada.

"A composição de rosas e jasmim mais um aldeído sintético é o que diferencia o *Bouquet de Catherine*. No caso de nossa amostra número 5, a composição é superior à da nossa antiga fórmula." Ele olhou rapidamente para a funcionária. "A culpa é de um erro da minha assistente. A senhorita preparou a mistura um para um e não na diluição desejada."

Dimitri fez um sinal com a cabeça que demonstrava simpatia para a culpada, cujas maçãs do rosto se tingiram de vermelho. "Que sorte!"

"As moléculas têm mais uma vantagem", Beaux prosseguiu. "Perdão, posso?", ele pediu, mas não esperou pela resposta e pegou na mão de Gabrielle. Ele a virou e gotejou o perfume no pulso dela. Surpresa demais para reagir, ela ficou apenas olhando até entender onde ele estava querendo chegar. "Espere um instante, depois cheire", disse Beaux. "A senhora vai notar que esse aroma se fixa mais tempo na pele do que o das habituais águas de colônia."

Assim como o perfume da princesa Maria no lenço, pensou Gabrielle.

Dimitri pegou o braço da amada, ergueu-o e, num gesto de intimidade, pousou o nariz sobre o pulso dela. "Na pele é ainda mais maravilhoso do que no frasco", ele elogiou, soltando seu braço. "Acho que deveríamos festejar o nascimento de sua *Eau de Chanel*, Coco."

"Não creio que vá usar esse nome." Gabrielle falou sem ter real consciência do que estava dizendo. Pensativa, acrescentou: "Quero chamar meu perfume de número 5. O número da amostra é um bom presságio. Sempre mostro minha coleção nova no dia cinco do mês cinco. O cinco combina maravilhosamente com o perfume da minha casa."

Ela não lhe revelou os outros significados do cinco. O número da Vênus, ela pensou espontaneamente quando se lembrava das horas de espera diante do confessionário. Naquele momento, não voltou a sua mente o significado simbólico da Ordem de Cister, nem as imagens que ela havia contado nas pedras de mosaico nas paredes e nos pisos. Naquele momento tão significativo, pensou apenas que o cinco era o número místico do amor, a combinação indivisível do três masculino e do dois, feminino.

"*Mademoiselle* Chanel, o número cinco é seu." Ernest Beaux estava radiante pelo seu sucesso.

Era isso!

Sem querer, Beaux tinha usado uma combinação de palavras que deixou Gabrielle agitada, parecendo ter sido atingida por um raio. Ou talvez por um feixe de luz polar, a inspiração do perfumista para emprestar à sua antiga fórmula uma nota de saída mais moderna.

Chanel nº 5.

CAPÍTULO 10

Tratava-se do habitual *pequeno* círculo que se reunia ao redor de Sergei Diaghilev. Cerca de vinte de seus maiores admiradores e mais fieis colaboradores festejavam o regresso do *Ballets Russes* a Paris. Mais homens do que mulheres. Não apenas porque Diaghilev não se interessava muito por mulheres, mas porque muitos de seus convidados masculinos apareceram sem companhia feminina. Misia registrou que Olga Picasso estava ausente mais uma vez. Será que desde o início não teria sido mais fácil para todos os envolvidos se Coco tivesse se apaixonado por Pablo Picasso em vez de por Igor Stravinsky?, ela se perguntou. Ambos teriam formado um casal ilustre, e as emoções de Pablo de longe não oscilavam tanto quanto as do compositor. Além disso, ele tinha residência fixa. Ah, teria sido um *amour fou* bem ao seu próprio gosto, pensou Misia. Principalmente porque ela não gostava muito de Olga. E Coco achava Picasso atraente, eram palavras dela...

Misia percorreu a mesa com os olhos até chegar em Stravinsky, sentado na outra extremidade com uma expressão carrancuda diante de um prato com seu menu especial: fatias de batata crua e tomate, azeite e gotas de limão como tempero. O garçom no Le Dôme quase perdera a compostura ao tomar nota do pedido de Stravinsky. Misia aguardava com malícia que o *maître* o mandasse para o La Rotonde, que era menos elegante e cujo cardápio não tentava satisfazer o paladar fino dos clientes.

Por outro lado, há anos o estabelecimento era um dos pontos de encontro preferidos da boemia, de modo que os funcionários certamente estavam acostumados com os mais bizarros desejos.

Diaghilev, que como sempre escolheu Misia para se sentar com ele, notou o olhar dela. "Eu não precisaria de uma dor de cotovelo para ficar com dor de barriga e mau humor ao comer batatas cruas", ele lhe disse antes de voltar, com gosto, para sua porção de frutos do mar.

"Parece que ele ainda não se conformou com o fato de Coco estar com outro."

"Não. Ainda não." Diaghilev estava concentrado em tirar a carne da cauda torta da lagosta assada. Por isso, acrescentou com algum atraso: "Igor ficou completamente fora de si quando descobriu, ao voltar de Garches, que Coco ainda está na Riviera e que deve voltar apenas daqui a algumas semanas. Ele estava esperando por uma reconciliação. Ou assassinato. Sei lá. Mas me parece que ele não está pensando em suicídio, pois senão não estaria se alimentando de maneira saudável, segundo seu próprio conceito de saudável."

Misia pensou que era Diaghilev quem deveria se preocupar um pouco mais com a saúde. Ele era diabético e ela duvidava que aquela quantidade de crustáceos à espera de serem ingeridos era compatível com sua doença. Ela se decidiu por não criticá-lo e deixar que aproveitasse a comida. Mais um homem infeliz na sua mesa acabaria por estragar o seu apetite.

"Você ouviu alguma coisa a respeito de Coco?", ela quis saber, embora a pergunta deixasse claro que o contato com a amiga tinha sido interrompido há algum tempo.

"Eu queria fazer a mesma pergunta", Diaghilev falou com um tom de reprovação. "Ora, querida, você não sabe como vai nossa amiga?"

"Ela não fala comigo!"

O monóculo caiu. "Uma catástrofe!", exclamou o empresário e várias cabeças se viraram, assustadas, na sua direção. "Então quem vai me contar como anda a amor dela com o grão-príncipe?"

Misia suspirou, irritada, porque tinha informações de segunda mão. "Você não precisa de mim para isso, Sergei. Toda Paris está falando sobre os dois. *Tout le monde* os viu em Monte Carlo. Ouvi dizer que eles estão fazendo muitos passeios, andando no *cabriolet* dele. E, à noite, dá para encontrá-los nos restaurantes mais conhecidos ou no cassino, onde o príncipe apostaria as joias das coroas dos Romanov, se as tivesse. Mas é claro que é o dinheiro de Coco."

"Você seria capaz de aceitar um homem com quem teria de dividir a afeição de sua amiga?" Diaghilev lhe deu um sorriso compreensivo. "Me parece que você está com ciúmes, *ma chère*. Mas ainda não sei se é pelo amante da vez ou pelo fato de às vezes não poder se fazer de casamenteira."

Misia não teria permitido essas liberdades vindas da boca de nenhuma outra pessoa; de Sergei Diaghilev, entretanto, ela perdoava tudo – até um atrevimento que a fez ficar corada. Ela abanou o rosto com o guardanapo antes de responder com uma crítica brincalhona: "Você é impossível, Sergei".

"Eu sei." Ele deu um sorriso, mas logo em seguida retomou a seriedade. "Aliás, eu também escuto umas coisas que poderiam ser interessantes para a continuidade do novo amor da nossa Coco. Meus compatriotas, que continuam na Rússia e que tinham ajudado a abrir caminho para o Exército Vermelho, supostamente descobriram que os bolcheviques não são seus libertadores, mas opressores. Parece que está havendo fome e parte da Marinha se revoltou. A mãe Rússia não está conseguindo se acalmar."

Misia, que estava levando a taça de champanhe à boca, parou o movimento no meio. "Você acha que os Romanov podem retomar a coroa?"

"É o que se fala. Possivelmente Dimitri Pavlovitch se tornará o novo czar – e daí ele terá de se curvar às rígidas normas dos Romanov. Um casamento com Coco é impossível nessas condições." Diaghilev puxou o lenço da princesa e afundou o nariz no tecido. "*Honi soit que mal y pense*", ele citou ao guardar de volta o talismã. "Quem imaginar maldade aí é malandro."

Não mais um casamento socialmente indispensável, pensou Misia. Coco não suportaria de novo uma situação como aquela das bodas de Boy. Ela tinha de ligar com urgência para a amiga, a fim de estar a postos como ombro consolador quando fosse necessário. Nessa hora, lembrou-se: "O segundo casamento do pai do príncipe Dimitri foi morganático. A mulher que ele amava era de um nível social bem inferior ao seu."

"E o que isso rendeu ao grão-príncipe Pavel Alexandrovitch? Ele foi exilado e quando pôde retornar de Paris, depois de muito tempo, não teve muitos anos de alegrias na pátria. A revolução irrompeu e os bolcheviques o assassinaram, bem como o meio-irmão de Dimitri e muitos outros membros da família do czar. Não, realmente não sei se desejaria para Coco o lugar de favorita do futuro czar..."Ele se interrompeu, olhando espantado para uma movimentação na outra extremidade da mesa comprida.

Sergei Sudeikin passou pelos amigos em comum e foi correndo na direção de Diaghilev, carregando um prato de comida numa das mãos e os talheres na outra. "Mestre, me acuda!", ele exclamou muito dramático sob a gargalhada do grupo.

Misia conhecia o pintor tão bem quanto todos os outros que haviam apoiado o *Ballet Russes*, ou trabalhado no grupo durante uma ou outra montagem. Sergei Sudeikin participara da concepção da cenografia já na estreia, havia oito anos. Como muitos de seus conterrâneos, o artista fugira para Paris antes da revolução. Era natural que ele e a mulher, depois da sua chegada no ano anterior, tivessem procurado apoio primeiro junto a Diaghilev, até porque no passado Vera Sudeikina tinha sido, como Olga Picasso, sua bailarina.

"Stravinsky simplesmente pegou a costeleta do meu prato e a comeu", relatou Sudeikin, que se sentou ao lado de Diaghilev. "Sem mais. E não fiquei com nada!" Ele estava falando com a braveza de um menino cujo brinquedo predileto foi surrupiado.

"Provavelmente ele não conseguiu resistir ao cheiro de carne queimada", Misia disse tentando disfarçar a graça, mas era difícil conter a risada. Os olhos dela procuraram por Stravinsky que, curvado sobre seu prato, estava com a aparência muito mais feliz e bem-disposta do que antes, frente às batatas cruas e os tomates.

"Ele disse que queria surpreender o estômago", gemeu Sudeikin.

"E que surpresa!", Misia soltou uma gargalhada.

Diaghilev tinha ficado em silêncio durante o diálogo, olhando pensativo para a outra extremidade da mesa, onde havia um lugar vago ao lado de Stravinsky. Misia percebeu de soslaio como ele esquadrinhou os convidados bem-humorados e dedicados à comida ao seu redor. Depois de um tempo, ele se fixou em Vera, sentada a algumas cadeiras de distância do marido e de Stravinsky. Embora Vera Sudeikina afirmasse categórica que seu pai era chileno, a maioria dos amigos de Eduard Bosse viera do Báltico para São Petersburgo. Entretanto, ela passava por uma sul-americana morena e, apesar do nariz relativamente grande, era uma beldade. De todo modo, tão morena quanto Coco Chanel.

"Me desculpe por um instante", Diaghilev falou à mulher ao seu lado. Ele estava tentando ajustar o monóculo novamente. "Vou pedir à Vera que abra as cartas para Stravinsky. Se ela lhe predisser um futuro maravilhoso, talvez consiga tirá-lo de seu estado mórbido e ele se tornará um pouco mais agradável." Ele empurrou a cadeira para trás e disse a Sergei Sudeikin: "Sente-se aqui, meu amigo, e peça o que quiser. Você estará prestando um grande favor à música".

Misia observou-o, cheia de admiração. Que ideia charmosa! Ela pensou que, como casamenteira, podia aprender mais algumas coisas de Diaghilev. Com seu sorriso mais amável, ela se dirigiu ao cenógrafo que havia se sentado ao seu lado: "O que quer comer? Se gostar de peixe, posso sugerir o *dorade*..."

CAPÍTULO 11

Quando saíram do laboratório, Gabrielle abraçou Dimitri. Ela o beijou quando estavam no carro. Pediu champanhe ao chegarem no bar do Carlon, no bulevar Croisette. E estava tentada a cantar as músicas que uma intérprete negra de jazz executava lindamente ao cair da noite.

Dimitri conseguiu evitar essa parte da alegria, exposta tão sem constrangimentos em função do novo perfume, carregando Gabrielle sobre seu ombro, então já bastante alcoolizada, até o Rolls-Royce.

No carro, ela encolheu as pernas e fechou os olhos, aproveitando o vento no rosto e a segurança que Dimitri lhe transmitia. Desde seu primeiro encontro em Veneza ela sentia gratidão por ele, mas esse sentimento tinha aumentado tanto após a descoberta de Ernest Beaux que ela achou que o coração ia explodir, tamanha sua agitação. Ela não conseguia dizer se era amor. Mas, de todo modo, era o mais profundo carinho de amizade que conseguia imaginar.

Envolta pela segurança que acompanhava essa sensação, mais tarde adormeceu nos braços de Dimitri, no Hotel Riviera-Palace.

Até seu retorno para Paris, Gabrielle ainda foi algumas vezes a La Bocca. Supostamente para fazer mais testes com Ernest Beaux, que talvez chegassem a um aroma melhor. Na realidade, porém, ela sugeria a Dimitri esses passeios a Cannes porque queria ficar perto de seu perfume. Era divertido inalar as essências e depois, por exemplo, ir a um restaurante envolto naqueles aromas. Ela estudou cada detalhe do cheiro, ele se fixava nas suas roupas, cabelo e pele, até que o perfume e a pessoa se tornavam um só.

Por fim, ela teve de se separar. A partida estava próxima. Dimitri queria estar de volta a Paris em meados de abril, impreterivelmente, para festejar por lá o aniversário da irmã Maria.

Também para Gabrielle já era hora de encerrar as longas férias. Seu ateliê exigia sua presença, e até que a produção do seu perfume começasse na fábrica de Chiris em Grasse, ela ainda tinha muito trabalho pela frente, que só podia ser feito em Paris. Ela tinha de achar um frasco e uma embalagem. Embora houvesse especialistas cujos desenhos certamente seriam esplêndidos, Gabrielle decidiu não abrir mão dessa parte da história da criação do *Chanel n. 5*. Afinal, conceber uma bela embalagem não podia ser muito mais difícil do que ter uma ideia para um chapéu ou um vestido. Gabrielle queria ao menos tentar fazer com que o perfume, pelo qual ela ficou tanto tempo procurando, tivesse seu próprio estilo. Só se não conseguisse iria se dirigir a Georges Chiris ou François Coty, pedindo por uma indicação.

Foi fácil se despedir de Monte Carlo. Chovia a cântaros. A costa azul tinha se transformado num cenário cor de antracito, o céu estava pesado, cor de chumbo, o mar Mediterrâneo uma superfície que reluzia todos os tons de cinza, sobre as quais flutuavam coroas de espuma.

"Está nevando nas montanhas", informou o funcionário que segurava um guarda-chuva sobre Gabrielle enquanto ela descia a escada do hotel até o carro.

"Sorte que nos decidimos por voltar pela *route Napoléon*", disse Dimitri, quando eles já estavam instalados no veículo e ele tateava o teto à procura de alguma goteira. "Dizem que o tempo está melhor mais em direção ao oeste. Então, para Marselha!" Ele engrenou a marcha e, quando partiu, as rodas derraparam. Depois seguiu numa velocidade tranquila, regular, acompanhando as curvas até a Corniche.

Gabrielle estava em silêncio. Ela olhava para a água escorrendo pela janela lateral. Diante de seus olhos, os palacetes à beira da estrada sumiam, transformando-se numa massa cinzenta. A visão correspondia aos seus sentimentos. A despedida deixou-a melancólica, foi difícil segurar as lágrimas. O final de suas férias despreocupadas e felizes, abalou-a. Ainda lhe restavam alguns dias na companhia de Dimitri, já que combinaram prolongar o trajeto da volta pela Provença e pelo vale do Rhône com uma série de pernoites. E não havia motivo para assumir que seu relacionamento não se manteria no dia a dia em Paris. Mas Gabrielle temia que alguma coisa – ou alguém – pudesse destruir a magia que os envolvia.

Casas, rochas, fileiras de árvores, o mar pouco convidativo passavam ao lado. Gabrielle se lembrou de que não perguntara a Dimitri se ele gostava de velejar. Apesar do ar quente da primavera, a maior parte dos dias de sua estadia tinha sido fria demais para um passeio com o iate alugado. De todo modo, seu amado gostava de andar de carro – isso era certeza. Às vezes ele se perdia, mas no geral atravessava o país com uma segurança na qual ela passara a confiar cegamente. De algum modo, pensou, ela confiava inclusive a própria vida a ele. Um primeiro pequeno sorriso apareceu.

Nice, Antibes, Cannes – eles se depararam com placas conhecidas. O tempo não melhorou. Mas provavelmente ainda não tinham avançado o suficiente para oeste a fim de escapar da chuva, que batia incessante contra os vidros e ribombava no capô. Embora Gabrielle estivesse sentada no seco, parecia sentir como a umidade atravessava seu corpo por debaixo das roupas. Ela colocou as mãos nos bolsos largos do casaco. Seus olhos acompanhavam o movimento rítmico do limpador de para-brisa. Lá e cá, lá e cá. A paisagem quase não mudava, tudo permanecia nas nuances do cinza.

Suas pálpebras começaram a pesar. Ela cochilou por um tempo, depois caiu no sono.

Não sabia o quanto havia dormido quando acordou, assustada.

Era incompreensível o motivo de ter acordado em sobressalto. Dimitri dirigia com a segurança de sempre. A estrada iniciava um ligeiro aclive, voltava a descer para o vale, mas ele conduzia o Rolls-Royce com calma pelo asfalto molhado da chuva. Nenhum carro vinha em sua direção, nenhum caminhão cruzava seu caminho. A condição do tempo fazia com que até camponeses e animais ficassem abrigados.

Gabrielle olhou pela janela lateral e enxergou, através do véu formado pelas gotas da chuva, rochas com alguma vegetação, pedregulhos nas margens dos vales, os troncos cinza-claros dos eucaliptos por entre as pedras toscas, num céu carregado. Subitamente, ela se desconcertou.

"Onde estamos?", perguntou num fio de voz.

"Não faço ideia", Dimitri respondeu sem tirar os olhos da estrada sinuosa. "Em algum lugar da estrada nacional 7, antes de Saint-Raphaël..."

O grito dela pareceu com o de um animal ferido, preso numa armadilha.

Assustado, Dimitri pisou no freio. O carro começou a derrapar, mas ele conseguiu dominá-lo até parar em definitivo.

Gabrielle segurou-se no painel de instrumentos. O grito desesperado não foi seguido de um segundo. Através do vidro do carro, ela encarava a cruz que marcava um ponto bem próximo ao seu ponto de parada. Lágrimas escorriam volumosas sobre seu rosto. Como a chuva, que havia se transformado em tempestade.

"Coco?"

Muda, ela balançou a cabeça.

"O que aconteceu?"

Como explicar a Dimitri que seu coração acabara de ser arrancado?

Ele havia parado no mesmo lugar em que há quase um ano e meio o motorista da irmã de Boy estacionara para mostrar a Gabrielle e a Étienne Balsan o local do acidente. E, como da outra vez, ela não aguentou. Não fazia diferença quanto tempo havia se passado. Nem o novo homem ao seu lado significava tanto que ela pudesse sentir-se consolada em sua presença, naquele momento. A dor se mantinha tão forte como se na noite anterior houvesse perdido Boy para sempre.

Ele dirigia sempre muito rápido, não era um homem que fizesse nada de maneira refletida ou lenta. O ronco do motor era música para seus ouvidos, por vezes scherzo por vezes rondó. Os freios guincharam. Aço raspando sobre aço, borracha sobre lona. Em seguida, o carro se ergueu no ar, quebrou arbustos e árvores, para finalmente bater no canto de uma rocha e explodir numa bola de fogo.

Dimitri hesitou por um momento, depois abriu a porta e desceu.

Ela acompanhou como, em poucos segundos, ele ficou completamente ensopado, como manchas escuras se formavam no seu terno claro de viagem, o cabelo lambido em mechas úmidas. Com passos largos, foi até o memorial à beira da estrada, curvou-se sobre a cerca de ferro fundido de meia-altura que o envolvia. A chuva descia pelo seu colarinho, mas ele não permitiu que isso o impedisse de ler a inscrição gravada na pedra:

Em memória do capitão Arthur Capel,
vítima de trágico acidente neste lugar em 22/12/1919

Gabrielle sabia o que estava escrito ali sem ler nenhuma das palavras ou a data. Ela conhecia o texto, pois o pequeno memorial fora obra sua. Não havia falado a respeito nem mesmo para Misia. A melhor amiga também não sabia que Gabrielle pagava um florista de Fréjus para lhe trazer flores frescas regularmente. Naquele dia, aos pés da cruz, havia tulipas brancas de caules curvados, encharcadas com a água que caía das nuvens. Foi dessa maneira que ela criara um túmulo para o homem amado que era apenas seu, e não de sua viúva. Mas no passado ela o visitara tão pouco quanto o cemitério em Montmartre, no qual Arthur Capel tinha sido enterrado.

A proteção que Gabrielle montara contra o luto explodiu feito as gotas da chuva sobre o para-brisa. Ela chorou. E não conseguia parar de chorar.

Quando Dimitri voltou para o carro, ela não conseguiu nem tocar a mão que ele pousou, num gesto de carinho e desamparo, sobre o ombro dela. Mexer-se era impossível. As lágrimas eram o único sinal que havia vida dentro dela.

Em silêncio, ele tirou a mão e seus dedos agarraram o volante. Deixou a cabeça pender. O desespero de Gabrielle contagiou Dimitri, mesmo que por um motivo diferente.

Claro que ele sabia que papel Arthur Capel tivera na vida de Gabrielle. Ela lhe contara. E, naquele instante, estava grata pela consideração que Dimitri lhe demonstrava. Grata principalmente por ele não assoberbá-la com perguntas ou conselhos bem-intencionados. Em algum momento ela encontraria palavras para lhe dizer que ele estava fazendo tudo certo.

Por fim, ela sentiu um solavanco. Ele colocara o carro em marcha.

Fora a chuva incessante, o motor roncando e o choro engasgado de Gabrielle, até Marselha não se ouviu outro barulho no carro.

CAPÍTULO 12

"Sinto muito", sussurrou Dimitri com os lábios roçando a orelha dela. "Teríamos de ter combinado o percurso. Eu devia ter perguntado a você."

Gabrielle se aninhou nele, enterrando o rosto molhado pelas lágrimas no seu colo. Não havia nada a dizer. Ela podia apenas tentar lhe transmitir que ele não tinha culpa pela situação. Pensando bem, mesmo se ele dissesse que iria pegar a estrada nacional 7, provavelmente ela não o teria alertado. Imaginava ser forte o suficiente para suportar a visão do lugar em que Boy havia morrido. Poucas horas depois, na cama de um hotel confortável em Marselha, soube que não era bem assim.

No dia seguinte eles prosseguiram até Aix-en-Provence. O tempo estava melhor e a luminosidade das cores ajudava a erguer um pouco o ânimo de Gabrielle. Amarelo-mel, verde-pinho, púrpura suave e branco dominavam a cena. As árvores frutíferas estavam em flor e as ervas jovens ao longo do caminho soltavam um aroma intenso.

De mãos dadas, ela passeava com Dimitri sob os plátanos do Cours Mirabeau, tomaram um lanche no Café Les Deux Garçons, apreciaram as incríveis fachadas do Renascimento e as ruínas romanas. Impregnada pelas impressões em silenciosa satisfação, depois de uma feliz noite juntos, eles partiram para Arles.

Sob o teto de oliveiras que reluziam prateadas, chegaram à cidade cujas atrações iam desde um anfiteatro romano até uma catedral românica. Eles testaram com risadas a acústica da antiga edificação redonda, visitaram as diversas construções antigas e reservaram a visita à basílica como último destino do passeio. Como se Gabrielle já tivesse imaginado que a visitação fosse comovê-la profundamente.

Saint-Trophime com o convento beneditino ao lado impactou Gabrielle de uma maneira inédita... aquela arquitetura que se erguia contra o céu, com as portentosas colunas no interior e o claustro com seu desgastado piso de mosaico de centenas de anos, faziam-na recordar de Aubazine.

A expressão de fé cinzelada na pedra transportou Gabrielle para 25 anos antes, quando vivia uma vida cheia de privações no convento. E ela se perguntou se as sombras do passado que não paravam de sobressaltá-la desapareceriam, caso ela as confrontasse um dia.

Justamente naquele lugar ela se sentiu muito mais próxima de Dimitri do que de costume. Em silêncio, eles percorreram o templo medieval e, juntos, acenderam velas. Como na catedral russa em Nice, estavam de mãos dadas nessa hora. Ela queria lhe sussurrar o quanto estava feliz naquele instante quando o órgão soou na nave da igreja. Suas mãos estavam entrelaçadas, em silenciosa harmonia, enquanto prestavam atenção à música.

Os sons carregaram os pensamentos de Gabrielle de volta à sua juventude. Ela não sabia se naquela época a *Sinfonia fantástica* fora tocada alguma vez e, se sim, não reconhecera a obra de Berlioz. Seus conhecimentos musicais vieram apenas por intermédio de Stravinsky. Embora a igreja do convento em Aubazine executasse também corais e outras peças, tudo o que se referia àquela época fora rigorosamente reprimido. Talvez por isso ela tenha gostado tanto daquelas canções modernas – olhando para trás, até que bem ridículas – que entoava no cabaré.

Uma vaga ideia se formou na sua mente – deveria concretizá-la? Ou será que um passeio a Auvergne seria tão ridículo quanto as canções que ela usava para alegrar principalmente os clientes masculinos em Moulins e em Vichy? O herdeiro do czar seria o homem certo com quem se abrir, franqueando-lhe um olhar para seu passado? Nem com Boy ela tinha visitado os lugares de sua infância e juventude. De repente, sentiu-se culpada. Ela não permitira que Boy visse essa importante parte de seu interior, mas queria fazer diferente com o outro. Essa atitude não podia ser correta. Ela largou a mão de Dimitri.

Mergulhada profundamente em seus pensamentos, saiu da igreja.

Eles estavam hospedados na cidade velha, junto ao Rhône, numa construção amarela estreita com venezianas azuis. Os quartos de Gabrielle e Dimitri, surpreendentemente luxuosos, não eram ligados por uma porta como eles desejavam, mas pelo terraço. Foi lá que eles tomaram uma taça de champanhe à tardinha. Observaram o sol desaparecer atrás do rio, depois de ter feito a ponte da estrada de ferro reluzir uma última vez e o crepúsculo tingir as telhas vermelhas dos telhados com uma rara luz violeta.

Em seguida, Gabrielle e Dimitri se dirigiram a um restaurante próximo, onde ninguém os reconheceu e onde saborearam, com muito gosto, comida caseira provençal, como *ratatouille* e lombo de cordeiro com crosta de ervas. Bem-humorados, deram de comer um ao outro dos seus pratos. Depois, para ajudar na digestão, passaram a caminhar entre as vielas silenciosas onde apenas um músico de rua tocava melodias de *Carmen* com seu violino.

"Essa música faz parte desse lugar", explicou Gabrielle ao pararem por um instante a fim de assistirem o violinista. Ela lhe repetiu, com suas próprias palavras, aquilo que Stravinsky havia lhe contado após um concerto: "Prosper Mérimée, autor do livreto da ópera de Georges Bizet, inspirou-se nas belas mulheres de Arles para escrever a história de Carmen".

"As *belles Arlésiennes* me passaram desapercebidas", Dimitri retrucou sério e sem qualquer galanteio. "Só tenho olhos para você, Coco."

Valerá a pena eu me abrir com ele?, ela se perguntava.

Um átimo depois, ela sentiu novamente aquela pontada no coração. Como na tarde na catedral, considerou-se culpada porque tinha mantido Boy à parte de sua infância e juventude. Ela havia lhe contado – como a todo o mundo – a história arrepiante das duas tias burguesas, rigorosas, com as quais crescera, e de um pai empresário que emigrara para os Estados Unidos e que fez a América; o dinheiro seria dividido algum dia entre os filhos. Por que ela queria dizer a verdade justamente para um homem que socialmente combinava menos com ela do que Arthur Capel? E para um homem que talvez roçasse na sua vida apenas com as asas de uma bela borboleta? Quem poderia confirmar que o relacionamento se manteria na sua volta a Paris, sobrevivendo aos perigos da rotina?

Gabrielle mergulhou novamente em seus pensamentos. Mas ela não estava presa apenas ao luto por Boy. Relutava consigo mesma e com sua afeição crescente por Dimitri Pavlovitch Romanov. Ela acreditara ter direito a uma aventura erótica, sem envolvimento amoroso. Um caso, como todo homem algum dia teve durante a vida, uma festa para os sentidos e que não tocava a alma. Foi exatamente o que procurara na companhia de Stravinsky, com sucesso. Mas ela não contava com a amabilidade e a integridade de seu amante Dimitri, não esperava essa atração que seu corpo bonito, atlético, exercia. Sim, fazia tempo que ela não queria só sexo e companhia de Dimitri, mas muito mais. E não se tratava de sonhos cor-de-rosa de uma menininha ingênua apaixonada por um grão-príncipe.

Embora a noite estivesse cálida, ela fechou a porta do terraço ao retornar ao quarto do hotel.

Na manhã seguinte, Gabrielle estava sentada no carro, sendo conduzida por Dimitri pela antiga estrada romana até Avignon. Ela não apreciava a paisagem maravilhosa que passava ao seu lado. Ocupada demais consigo mesma, notou o breve desvio até Pont du Gard apenas quando Dimitri estacionou nas proximidades do famoso viaduto romano. Eles desceram do carro e foram caminhar ao longo da margem do rio, jogaram pedrinhas n'água e observaram os círculos que os cascalhos formavam.

Gabrielle inalou o cheiro aromático da paisagem. "Quase se parece com o meu perfume", concluiu. Estava contente por ter achado um tema apaixonante e que de longe era muito menos comprometedor do que sua própria história de vida.

"A Provença tem esse cheiro fresco apenas na primavera; quando ficar quente de verdade, não mais", Dimitri observou.

Ela franziu o nariz e assentiu com a cabeça.

"O especial do seu perfume é a clareza do aroma. Isso é o diferencial não do *Chanel n. 5* ou do *Le Bouquet de Catherine*, mas também das noites brancas de Petrogrado." Ele hesitou, abaixou o cabeça e depois acrescentou, baixinho: "Gostaria de poder lhe mostrar minha terra".

"Eu também gostaria de conhecer." E, para não despertar em Dimitri a melancolia que ela acabara de superar, Gabrielle puxou outro assunto: "*Monsieur* Beaux me contou que para a fórmula usa um tipo especial de jasmim que cresce apenas no sul da França e em mais nenhum outro lugar do mundo."

Ele olhou para ela. "Por essa razão o *Chanel n. 5* será caro."

"Não estou preocupada com o preço."

O fato de os custos de produção serem extremamente altos por causa dos valiosos aromas e dos ingredientes sintéticos não a afetava. Ernest Beaux já a alertara explicitamente a respeito, mas ela podia se dar ao luxo de paparicar as melhores clientes. Afinal, era uma produção única, com o intuito de promover sua etiqueta.

"Você é a mulher mais extraordinária que conheci." Num gesto íntimo, Dimitri ajeitou-lhe uma mecha de cabelo atrás da orelha.

"Sou apenas uma garota simples de Auvergne." Sua resposta foi automática, mas fez com que ela retornasse à ideia de viajar com Dimitri pelo próprio passado.

Apesar de tudo, estava mais bem-humorada do que na primeira etapa da viagem daquele dia. Em Avignon, eles se hospedaram no romântico

Hôtel d'Europe, que ficava num palácio do século XVIII em meio à cidade, e que mantinha um delicioso pátio interno com uma fonte. Como todos os turistas, eles planejaram primeiro fazer um passeio pelas antigas muralhas da cidade e, em seguida, visitar o palácio papal. No caminho de volta, tomaram um desvio pelo mercado da prefeitura, a Place de L'Horloge, embora os pés de Gabrielle reclamassem.

"Nos últimos dias andei demais sobre paralelepípedos antigos; estes sapatos não foram feitos para isso", ela concluiu após checar os saltos. "Provavelmente tenho de desenhar calçados mais confortáveis."

"Há muitos cafés por aqui. Vamos entrar num e descansar tomando uma taça de vinho."

Na praça com suas belas construções dos séculos XVI ao XVIII, as primeiras lâmpadas estavam sendo acesas. As luminárias se transformavam em pontos dourados diante de um céu violeta-púrpura. Os moradores caminhavam de volta para casa ou, assim como Dimitri e Gabrielle, também sentavam-se para um *apéritif* num dos cafés; os poucos turistas nessa época em Avignon faziam o mesmo ou ficavam perambulando a admirar a torre do sino, a prefeitura e a ópera que ficavam na praça. Diante do teatro com suas colunas, um grupo de jovens músicos tinha se reunido: um acordeonista, um violinista e um clarinetista. Alguns minutos mais tarde soaram os primeiros acordes de uma antiga canção popular, "Sur le pont d'Avignon", e Coco, naturalmente, cantou junto em voz baixa.

Dimitri prestou atenção no texto:

Sur le pont d'Avignon

l'on y danse, l'on y danse...[*]

Sorrindo, ele observou: "Sabe o que eu gostaria de fazer? Dançar com você na ponte de Avignon".

Depois de um olhar significativo para os próprios pés, Gabrielle retrucou, divertida: "Não faço ideia se estarei apta para tanto. A não ser que você me carregue pela cidade".

"Essa é uma oportunidade única", ele disse e ergueu a taça, na qual cintilava um tinto leve do vale do Rhône.

"Poderíamos voltar à Provença a qualquer hora..."

Ele ficou pensativo. "Não, nunca mais será como hoje, Coco."

---

* Sobre a ponte de Avignon, / aí dançamos, aí dançamos...

Em silêncio, ele balançou a cabeça. Não, não será, ela pensou. A confiança cresceria com a convivência, no melhor dos casos, mas como manter essa confiança se ela continuasse a sustentar diante dele a lenda da sua origem? Se ele não a abandonasse imediatamente, envergonhado pelo pai dela e pela educação que ela recebeu, o faria mais tarde, ferido, ao saber casualmente que ela lhe havia ocultado a verdade.

Como num chamado, pela grande praça ecoaram sons que Gabrielle certamente conhecia melhor do que a maioria dos ouvintes. Ela estava pensando justamente na infância e na juventude quando os músicos de rua tocaram aquela música animada que fazia parte de sua vida tanto quanto seu estilo original ao se vestir. Embora não a cantasse havia muito tempo, os lábios formaram sozinhos o texto e a melodia fluía fácil da sua garganta. Sem realmente querer, ela cantou os versos. Durante todos aqueles anos, não se esquecera de nem uma palavra:

"J'ai perdu mon pauvr' Coco,
Coco mon chien que j'adore,
tout près du Trocadèro,
il est loin s'il court encore...
Vous n'auriez pas vu Coco?
Coco dans l'Trocadèro,
Co dans l'Tro,
Co dans l'Tro,
Coco dans l'Trocadèro.
Qui qu'a qui qu'a vu Coco?
Eh! Coco!
Eh! Coco!
Qui qu'a qui qu'a vu Coco?
Eh! Coco!"*

Ela percebeu o rosto espantado de Dimitri, mas não silenciou. Nem quando ficou consciente da atenção que ela chamava para si. Ela cantava

* "Eu perdi meu pobre Coco, / Coco, meu cachorrinho, que eu adoro, / foi bem perto do Trocadéro, / ele já está longe se continua a correr. / Por acaso você viu meu Coco? / Coco no Trocadéro, / Co no Tro, / Co no Tro, / Coco no Trocadéro. / Quem é que viu o meu Coco? / Ei! Coco! / Ei! Coco! / Quem é que viu o meu Coco? / Ei! Coco!" (N. do E.)

baixinho, mas alto o suficiente para os clientes da mesa ao lado se virarem para vê-la. Mas o que em outra oportunidade talvez lhe fosse constrangedor não a incomodava naquele instante. Considerou um sinal que justamente no final do dia em que havia se ocupado com o passado mais do que de habitual, fosse tocada uma canção há tempos fora de moda, mas muito significativa para sua vida. Animada pela cantoria, vários clientes – tenores e sopranos – se juntaram no refrão. No final, palmas, rostos sorridentes se voltaram na direção de Coco, fazendo sinais de aprovação.

"Nunca imaginei que uma canção sobre um cãozinho perdido no Trocadèro de Paris pudesse ser motivo de tanta alegria." Dimitri parecia estar se divertindo muito. "Engraçado que o cachorro se chama justo Coco e não Lulu ou algo assim. Você conhece a letra tão bem porque tem o mesmo nome, *ma chère* Coco?"

"Exatamente o contrário."

"Não entendi..."

Ela inspirou fundo e então: "Quero lhe mostrar algo, Dimitri. Você teria algo contra se adiássemos nossa volta a Paris por um ou dois dias e mudássemos a rota?" Ela não esperou pela resposta, acrescentando de um só fôlego: "Quero lhe mostrar Auvergne, o lugar onde passei minha infância e juventude. Lá você saberá como Gabrielle se tornou Coco."

"Eu ficaria muito feliz." Ele tocou a mão dela.

Gabrielle entrelaçou os dedos com os dele. "Depois do jantar, vamos dançar sobre a Pont Saint-Bénézet. Do jeito que meus pés aguentarem. Promessa. Talvez realmente não devêssemos deixar essa oportunidade escapar. Aqui ninguém nos conhece, podemos fazer um monte de bobagens."

Era meia-noite quando eles foram até a ponte para a qual foi dedicada a famosa canção. No decorrer dos séculos, a construção medieval tinha sofrido com diversos transbordamentos do rio, em algum momento o Rhône arrancou grande parte de sua estrutura e haviam restado apenas quatro arcadas da outrora mais extensa ponte da Europa. Mas não só o fato da trilha relativamente estreita terminar em lugar nenhum, também a falta de um parapeito era um perigo para todos os visitantes. Durante o dia e, principalmente, à noite.

Havia pouca luz. A lua partia-se nas ondas que batiam sem fazer muito alarde no cais, os reflexos das luminárias da cidade ainda acesas dançavam sobre a água escura como vaga-lumes aquáticos. O coaxar intenso dos sapos foi interrompido pelo barulho do motor de um carro que trafegava pela rua ao longo do rio. Faróis aclararam as primeiras arcadas da ponte. O ronco cessou, permanecendo apenas o canto de amor dos bichos. Além de Gabrielle e Dimitri, poucas pessoas estavam ainda nas ruas. Na escuridão, ninguém se atrevia a subir na Pont Saint-Bénézet. Estavam totalmente a sós.

Depois de um lauto jantar e vinho servido generosamente no pequeno restaurante, Gabrielle achava a falta de segurança mais divertida do que ameaçadora. "Temos de prestar atenção para não cairmos na água", ela disse rindo, enquanto dava uma pirueta.

Quase perdeu o equilíbrio, cambaleou. Dimitri segurou-a antes de ela cair. Ele queria abraçá-la, mas ela se soltou e eles se deram os braços.

"É hora de um cancã", ela disse, sacudindo a mão livre como se quisesse pedir para uma orquestra imaginária começar a tocar. "Você conhece a opereta *Ba-ta-clan* de Jacques Offenbach?"

Dimitri balançou a cabeça. "Nunca ouvi falar."

"Então preste atenção..." Ela o soltou, empertigou-se na frente dele e curvou-se de maneira teatral. No instante seguinte, lançou as pernas para o ar, dançou animadamente um cancã, cantando com a voz um pouco alterada pelo álcool a polca "*Co-co-ri-co...*", de Offenbach. Ela se lembrava tão bem dessa letra quanto da música de Coco, o cachorrinho perdido – e, naquela noite, não estava se apresentando com muito menos vigor do que quando jovem.

Seu único espectador aplaudiu com entusiasmo.

Sem fôlego, ela se jogou contra o peito dele.

"Acho que vou poupar você de dançar mais um *kozachok*", Dimitri brincou.

"Obrigada", concordou. Depois, ela se lembrou. Deitando a cabeça para trás, Gabrielle olhou para ele com a testa franzida antes de concluir: "Você está querendo tirar o corpo fora. Os homens dançam o *kozachok* sozinhos".

Rindo, ele a rodopiou. "Você tem razão. E o cancã é para as mulheres. Mas uma valsa inglesa é para ser dançada a dois."

O nome despertou uma lembrança em Gabrielle, embora a valsa lenta – nos tempos de Boy – quase nunca fosse tocada, pois fazia pouco tinha entrado na moda. A palavra "inglesa" já bastava para ela se recordar do amante morto.

Dançou com Dimitri, lentamente, num ritmo de três quartos. Acompanhando os movimentos dele, permitiu que a conduzisse. Eles não dispunham de muito espaço, mas era suficiente para essa dança. Enlevada, ela escutava a melodia que ele sussurrava.

Depois de um tempo, encostou a testa no ombro dele – e começou a sonhar com o outro homem, com quem nunca tinha dançado de maneira tão especial e nunca mais dançaria.

CAPÍTULO 13

Depois de terem passado mais uma noite em Lyon, na manhã seguinte Gabrielle partiu rumo ao seu passado. Ela nunca mais tinha voltado, nem sozinha, e enquanto estava sentada ao lado de Dimitri no Rolls-Royce, perguntava-se se estava pronta para o reencontro.

Embora ela antes não tivesse passado pelo Massif Centrale de carro – no passado, faltava-lhe o dinheiro –, a estrada cheia de curvas parecia terrivelmente familiar. O caminho serpenteava por pastos verdes e primaveris, sobre os quais pastava o vigoroso gado Aubrac, pelas cabanas de pedra dos camponeses e por riachos borbulhantes. A temperatura tinha baixado consideravelmente, os picos redondos das montanhas vulcânicas estavam salpicados de branco. Gabrielle fechou o sobretudo mais um pouco, embora dentro do carro estivesse quente. Ela tremia automaticamente, pois não conseguia se lembrar de nenhum dia sequer em que não tivesse passado frio naquele lugar.

Thiers era uma cidade pequena na qual os turistas não chegavam, até porque a localidade simplesmente não aparecia na maior parte dos guias de viagem. Os moradores costumavam se ater às suas próprias preocupações e pouco se interessavam pelo que se passava em Paris, muito menos pelos famosos da capital. Embora o veículo caro chamasse a atenção, ninguém reconheceu o motorista ou sua acompanhante. A curiosidade das pessoas era dirigida no máximo ao cromo reluzente dos para-choques e à gola de pele do sobretudo de Gabrielle, mas não às pessoas. Desapercebidos que estavam, andaram de braços dados. Tão silenciosa quanto estivera durante toda a viagem, ela o conduzia pelas vielas angulosas, embainhadas por belas casas de enxaimel, quase as mesmas desde a Idade Média. Havia poucos cafés, mas muitas oficinas de artesãos variados, o incessante tilintar e martelar dos ferreiros ecoava pelo lugar e, quando eles passeavam pela confluência dos rios Dore e Durolle, o borbulhar das águas ficou mais alto e o ranger dos velhos moinhos mais claro.

Gabrielle apoiou-se na balaustrada da ponte e olhou para baixo. Achou que ficaria nervosa. Mas, para sua surpresa, o encontro com o lugar não a comoveu. Ela não sentia nada. No máximo, assombro por quão pequeno era este mundo que quando menina achava absolutamente fascinante e também enorme. Esse era o único lugar de sua infância onde ela sentira algo como um acolhimento. Aconteceu quando estava sob os cuidados dos avós e passou rápido demais.

"Há tantos ferreiros aqui porque a cidade é um centro de fabricação de facas", ela falou de repente. Não se dirigiu a Dimitri, mas encarou o pequeno redemoinho e a espuma bem embaixo deles.

Dimitri prestou atenção. "Seu pai trabalhava com instrumentos de corte e armas?"

O interesse dele era compreensível, passara a maior parte da vida na condição de soldado. Por um instante, Gabrielle pensou em inventar outra lenda. A afirmação de que o Château de La Chassaigne, que ficava próximo, fosse sua casa de infância estava na ponta da língua. Um belo solar medieval era certamente mais aceitável para um príncipe do que a casa mal-ajambrada de camponeses da mesma época. Talvez eles pudessem dar um passeio pelo parque...

Mas ela fora até ali para se confrontar com a verdade, mesmo se isso fosse mais problemático do que o reencontro em si. "Minha família morava num vilarejo nas proximidades, meu pai ia à cidade apenas para comprar facas para suas próprias necessidades."

Dimitri claramente não sabia o que dizer. Ele parecia confuso e demorou um tempo até constatar: "Então você nasceu na cidade das facas...". Sua voz tinha um tom animado ao acrescentar: "Antes da costura vem o corte, não é? Agora sei de onde você tem seu ofício, Coco".

Ela olhou divertida para ele, mas os olhos estavam baços de tristeza. "Cresci aqui, mas não nasci em Thiers. Foi em Saumur."

"Que bonito! Porque você não disse antes que o Loire era sua terra? Amo o castelo, os haras e o vinho de Saumur. Temos de ir para lá sem falta."

Ela engoliu em seco. "Minha mãe é de um vilarejo nas proximidades de Saumur e trabalhava lá como lavadeira", ela soltou. "Como a mãe dela."

"Oh", foi o único comentário dele.

A expressão dele não traía qualquer sentimento. Olhou para Gabrielle com atenção, e ela se perguntou se ele estaria à procura de algo para fazer uma pilhéria. Mas ela não estava com vontade de brincar.

Um travo de rebeldia tingia a voz dela: "Talvez meu pai vendesse aqui e acolá uma faca de sua cidade natal – não sei. De todo modo, ele era mascate, que tentou a sorte no sul. Não um executivo de negócios".

As nuvens no céu se adensaram, cobrindo os já fracos raios de sol. A luz se modificou, o rio debaixo deles não parecia mais azul, mas cinza. Um vento frio soprou de baixo para cima e fez não só Gabrielle tremer, mas também Dimitri.

Ele abraçou o próprio corpo. Depois de um tempo, perguntou: "Como eles se conheceram? Seus pais, quero dizer". Ele não parecia especialmente interessado, apenas à procura de algo para quebrar o silêncio entre eles antes que se tornasse pesado e ainda mais comprometedor.

"Albert Chanel era um homem sagaz. Bem-apessoado, charmoso, engraçado. Acho que eles se encontraram numa feira anual, onde as pessoas simples da época se divertiam. Infelizmente, sua sagacidade se manifestava no mau sentido, na irresponsabilidade. Ele não queria se comprometer e deve ter se casado com minha mãe apenas por pressão dos pais, quando eles já tinham dois filhos. Ele nunca esteve presente."

"Então você foi criada por parentes", concluiu Dimitri.

A sobriedade em seu tom deixou Gabrielle insegura, porque a voz não dava pistas do que ele sentia. Rejeição ou compreensão – ela não sabia no que ele estava pensando, era preciso adivinhar ou esperar. No melhor dos casos, ele enxergaria as coisas em comum, que existiam apesar da diferença dos níveis sociais. Pesar e medo de abandono de uma criança pequena certamente eram iguais, independentemente da origem da pessoa. Mas esse era um aspecto de suas vidas que já tinha sido compartilhado antes.

Um pé de vento soprou no vale. As rodas dos moinhos ficaram mais barulhentas; as coroas de espuma no rio, mais espessas. Gabrielle apertou o *cloche* na cabeça. Dimitri, que não estava usando chapéu, passou a mão pelo cabelo. Primeiro um olhou de soslaio para o outro e depois eles se encararam. Ambos fizeram o mesmo gesto de levar a mão até a testa. Enquanto as sombras escureciam, subitamente uma risada clareou o rosto de Dimitri. E ele pegou a mão dela entre seus dedos.

"Seus pais tiveram mais de dois filhos?", quis saber.

"Maman, estou com tanta fome."

"Fique quieta, Gabrielle, não tem nada. Temos de esperar até papa voltar de sua viagem. Daí a gente vai ver dinheiro de novo. Até lá trate de se dar por satisfeita com o que eu consigo arranjar. Mais, não dá."

"Por favor, maman. Só meia cumbuca de leite..."

"Não, Gabriellinha. O leite é para os seus irmãos. Você e sua irmã podem tomar água."

"Éramos seis. Três meninas e três meninos, e o pequeno Auguste viveu apenas poucos meses." Gabrielle passou a mão pelo rosto e não sabia se era uma lágrima que estava secando. Talvez fosse neve. Pequenos flocos começaram a dançar na luz mortiça daquela manhã, batendo no parapeito da ponte – e sobre sua pele. Ela apertou a mão de Dimitri e a soltou a fim de enterrar as suas próprias nos bolsos do sobretudo. Ignorando a umidade no rosto, juntou toda a coragem para finalmente lhe contar sobre o que ela mais se envergonhava na sua ascendência: "Eu estava com 12 anos quando mamãe morreu, minha irmã Julie e Antoinette tinham 13 e 8, meu irmão Alphonse estava com 10 e Lucien, 6. Papai levou os meninos a um abrigo de crianças, onde eles foram vendidos como força de trabalho. Minha irmã e eu acabamos num orfanato de freiras."

"Por isso você chorou em Veneza." Não era uma pergunta, mas uma constatação, feita sem ressentimento. Dimitri tirou seu lenço e secou-lhe delicadamente os olhos. "Você não precisa me dizer o quão solitária uma criança pode ser. Sei exatamente pelo que você passou."

"Hum", ela disse apenas, porque temia realmente começar a chorar se abrisse a boca e tentasse transmitir em palavras o que sentia. Foi assolada pelas lembranças. Recordou-se de Julie e Antoinette, que não viviam mais. E ela sentiu tristeza pelos irmãos, dos quais não tinha qualquer notícia. Mas não era esse o ponto. A delicadeza de Dimitri, essa carga de compreensão, comoviam-na profundamente, embora não fosse a primeira vez que ela percebesse as semelhanças de ambos ao superar barreiras sociais, já que suas infâncias tinham sido marcadas por grandes perdas. Mas a tranquilidade e a doçura com que ele tomava conhecimento da sua origem superavam suas expectativas.

Como se tivesse adivinhado os pensamentos dela, Dimitri falou com seriedade: "Na corte, em Petrogrado e em Moscou, conheci muitas mulheres de origem nobre, claro que também em Paris, Londres e nas outras cidades em que estive, mas nunca conheci ninguém com um tino tão certeiro para a elegância e a moda como você. Estou impressionado, Coco. Uma garota com sua história se torna um tipo de consultora da nata da sociedade. Isso é mais do que admirável."

A neve começou a cair com mais intensidade. Pelo denso acortinado de flocos ela olhou-o com uma gratidão que vinha da alma. Esse homem compreensível tinha sido enviado pelo destino ou pelos céus, a mando de Boy?

Ele retribuiu o olhar. Depois de um tempo, sorriu de maneira encorajadora. "Vamos até o carro? Você ainda queria ir até Moulins e Vichy. É melhor sairmos daqui antes de sermos soterrados pela neve."

"Isso não vai acontecer", ela lhe assegurou. Realmente, toda aquela brancura invernal não se acumulou no solo. Os flocos deixaram apenas um filme úmido, viscoso, sobre o pavimento, os paralelepípedos brilhavam num cinza-azulado feito o aço do qual eram feitas as facas em Thiers. "Mas é melhor irmos, sim. Você tem razão. Já está tudo dito."

Ao menos por agora, ela pensou.

Do outro lado dos muros da cidade, a neve se acumulava. Os pneus do carro deixaram uma trilha escura entre a camada branca sobre a pista. Dimitri dirigia muito concentrado e com cuidado para não derrapar. Ele não falava nada, o que Gabrielle achou bom, até porque ela estava certa que o silêncio não se devia à vida pregressa dela, mas à temperatura invernal demais para o mês de abril. A quietude não era uma carga, mas uma necessidade.

Para Gabrielle, o fato de Dimitri ter ouvido o relato de sua infância com tamanha tranquilidade era algo extraordinário. Como se ele tivesse percebido que havia algo de errado na lenda pessoal que ela criara. Enquanto refletia a respeito do que poderia estar em desacordo, a monotonia era marcada pelo ronco do motor e pelo movimento do limpador do para-brisa. Depois do alívio por ter revelado a verdade, sobreveio o cansaço. As pálpebras dela ficaram mais e mais pesadas e ela adormeceu...

A voz familiar acordou-a: "*Bonjour, mademoiselle*!". Dimitri sacudiu Gabrielle com delicadeza. "Chegamos em Vichy."

Gabrielle massageou com dois dedos a base do nariz, a fim de se livrar da dor de cabeça resultante, provavelmente, da posição tensa ao dormir. Cética, olhou pela janela lateral, respingada pela chuva, e reconheceu a fachada neobarroca do cassino atrás de um gramado bem cuidado. No caminho de cascalho do chamado parque da fonte, formavam-se poças que os visitantes tentavam contornar, com mais ou menos êxitoso. Dúzias de guarda-chuvas pretos se armavam sobre os passantes vestidos com elegância. As mulheres e os homens deviam estar se dirigindo ao bebedouro na outra extremidade do lugar, para tomar uma caneca de água termal sob uma cúpula de inspiração levantina, com azulejos azuis e dourados. Embora fizesse quinze anos desde a última vez em que Gabrielle estivera ali, ela se lembrava de tudo com clareza e estava segura de que nada tinha mudado nesse tempo.

Vichy era o maior balneário de águas termais da França e durante a estação *tout le monde* se encontrava por ali; a Grande Guerra não havia alterado esse hábito. Em Paris, Gabrielle sempre ouvia falar de Vichy, mas a fascinação não a tinha contaminado. A alta estação ainda estava longe, mas o movimento era considerável para a época do ano e o tempo. Provavelmente eles precisariam apenas pôr os pés para fora do carro para chamar atenção. Ao menos Dimitri seria imediatamente reconhecido por toda a clientela de nobres.

"Vamos descer?", ele perguntou, parecendo desejoso de fazer um passeio de reconhecimento. Gabrielle ficou inquieta com a animação forçada que ele demonstrava, mas que não conseguia ocultar sua tensão interna.

Será que ele tinha medo que Gabrielle o comprometesse? Ela se assustou com o pensamento.

Em Thiers, ele havia sido paciente e compreensivo, reagira com muita delicadeza sobre a origem dela. Gabrielle ficara feliz. Por que a opinião dele mudaria depois de 35 quilômetros de estrada, período que ela passara dormindo? O ambiente familiar certamente não era motivo para ele se transformar, no intervalo de uma hora, em um esnobe da pior espécie.

Ou sim? Será que ela se enganava a seu respeito? De que outro modo ele poderia ter reagido em Thiers? Afinal, ele não poderia tê-la abandonado lá.

Um diabinho começou a espezinhar a alma de Gabrielle. Um diabo que queria que ela acreditasse que Dimitri Pavlovitch Romanov demonstrara não tranquilidade, mas falta de emoção. Sua educação nobre era responsável por não atirá-la do carro dela mesma, ele certamente seria tão amável para levá-la de volta, dirigindo, até Paris – afinal, também era do seu interesse –, mas fora isso o romance estava terminado ali. Depois do relato, ele a encarava do alto. Mas o que mais esperar? Ela também desprezava a própria infância. Não era à toa que ela se envergonhava da verdade.

Pegou a bolsa, tirou a carteira de cigarros. "Acho que não precisamos descer. Vichy não é tão importante assim para mim. Era para ser apenas uma breve escala antes de Paris. Vamos para Moulins, que fica no caminho de casa."

Mal expressara seu desejo, ela se perguntou por que pedira a parada em Moulins. Sua estada nessa pequena cidade tinha sido um marco em sua vida, certo, mas ainda havia sentido em apresentá-lo a mais esse capítulo de sua biografia? Será que ele devia (ou queria) saber o que tinha acontecido para ela ganhar o apelido de "Coco"? Não havia nada que a traumatizasse mais do que a infância no orfanato, e aquele era um mundo totalmente diferente do mundo do herdeiro do czar. Se seu passado insultara Dimitri, então tudo já estava perdido. Assim, percorrer ou não esse caminho era indiferente. Mas isso não se aplicava a ela, que queria ir de qualquer jeito a Moulins. Não para mostrar mais alguma coisa a ele.

Ele não ligou o carro, mas lhe deu fogo e acendeu um cigarro para si. "O que aconteceu com você, Coco?"

Depois de uma profunda inspiração, ela disse. "Sinto muito, me enganei. Em Vichy não tem nada além de uma ou duas chapelarias, cujas vitrines me levaram no passado a tentar minhas próprias criações. Não vale a pena caminhar debaixo dessa chuva."

A princípio, estava correto. As cartas foram lançadas em Moulins. Em Vichy, muito mais nobre, ela tinha esperança de ser cantora na famosa casa de óperas. Queria ser uma nova Mistinguett. Mas não chegou a tanto. Não era talentosa o suficiente como soprano – algo que percebeu depois. Porém, não foram seus fracassos como cantora o motivo da melancolia que a embalava naquele momento. Em Vichy, ela tinha sido abandonada pela melhor amiga que tivera até então. Ao se lembrar disso, um sorriso furtivo apareceu. Não, Misia não era comparável a Adrienne. A história de Gabrielle com Adrienne tinha começado já em Thiers, pois Adrienne Chanel era sua tia de nascimento, embora elas tivessem uma ligação de irmãs. Ela era a filha caçula dos avós e irmã do pai de Gabrielle, quase da mesma idade que ela. Depois dos anos em Aubazine, elas se reencontraram em Moulins – e Gabrielle achou que o sol tinha começado a brilhar para ela.

"Queria ir numa casa de chá", disse Adrienne, olhando sonhadora para a mesa pobre no internato Notre Dame. "Como uma mulher fina."

"Como uma mulher fina", Gabrielle deu risada. O rosto bravo da amiga fez com que ela hesitasse. "Quem vai a casa de chá além das velhas ricas?", ela perguntou, cuidadosa.

"Os homens elegantes. Aqueles que não trabalham. Eles são muito, muito mais bonitos do que os que trabalham."

Gabrielle arregalou os olhos. "Eles não fazem nada?"

"Fazem uma coisinha ou outra. Pense que sempre é melhor conhecer um homem que não trabalha do que um que tem um emprego. Bem, você vai perceber sozinha qual deles cheira melhor."

"Aqui em Vichy pude observar pela primeira vez o que significa ter estilo." Gabrielle sorriu com a recordação, embora estivesse com seus pensamentos ainda presos em Adrienne e em Moulins e não no parque balneário de Vichy. "Aquilo que as mulheres usavam na cabeça para passear na época era inacreditável. A maioria se parecia com aqueles cavalos paramentados da batalha."

"Pena que não queremos saber se as chapeleiras de Vichy aperfeiçoaram seu gosto. Dizem que os homens têm uma queda por chapéus femininos." Ele piscou para ela. Ele queria dissipar a melancolia que reinava entre eles com o bom humor.

"Seu gosto não é motivo para nós molharmos os pés", ela retrucou, aliviada, por ter achado um tema sobre o qual podia falar apaixonadamente, mas que não era tão delicado quanto o passado. "Os chapéus, antes, eram feitos à mão. Não há o que reclamar sobre isso. Eles estavam de acordo com a moda. Pneus gigantes com muito tule, flores de pano, retalhos e pássaros. Pássaros, meu Deus! Flores e pássaros em todos os lugares, dos mais absurdos materiais."

"Ainda me lembro muito bem dos chapéus da czarina Alexandra. Minha tia usava sempre os mesmos, que pareciam uma floresta."

Ele certamente dissera isso de maneira irrefletida, mas, naquele dia, ao mencionar a família, ele a machucara de forma involuntária.

"Para mim, essas montagens caríssimas nunca foram um sinal de elegância. A arte da simplicidade é a arte de verdade, você compreende?"

Mesmo talvez tendo entendido a afronta, ele sorriu. "E daí você foi para Paris e todas as mulheres se apaixonaram imediatamente por seus chapéus."

Ela retribuiu o sorriso. "Não tão rápido e não tão simples, mas cedo ou tarde aconteceu algo parecido. Num castelo ao norte de Paris – em

Royallieu – conheci a atriz Émilienne d'Alençon. Ela gostou das minhas criações e usou-as no palco e em muitos eventos sociais. As amigas dela também gostaram e elas quiseram os mesmos modelos." Ela desceu a janela e jogou a guimba ainda acesa numa poça.

"No fundo, hoje não é diferente", ela continuou, voltando a subir a janela. "Por que você acha que dou minhas roupas mais bonitas para as manequins? As princesas e as condessas da sua terra saem à noite com mais frequência do que eu, movimentam-se nos círculos mais elevados. Quando são vistas num restaurante, numa recepção ou num baile, é como um desfile de modas. Elas circulam, se divertem e, ao mesmo tempo, fazem a melhor propaganda para mim."

"Uma ideia inteligente. Você é uma excelente mulher de negócios, Coco. Aliás, você ia me dizer por que seu apelido é Coco – ainda estou esperando."

Depois de tudo que tinha descoberto, será que ele estava realmente interessado nos detalhes da sua vida? Ele parecia tão alegre e despreocupado que ela quis, sim, acreditar nisso. Era tempo de sumir com os fantasmas.

"A história do Coco eu conto em Moulins. Foi lá que tudo começou."

Em Moulins, o brilho e o poder do Renascimento não sobreviveram no século 20. A ornamentação descascava das belas fachadas medievais, e tudo naquela pequena cidade dava a impressão de adormecido – e o tempo fechado não era o único responsável.

"No passado, uma guarnição era responsável por certo movimento", explicou Gabrielle quando Dimitri passou pelas ruas tranquilas às margens do Allier. "Fora isso, viviam e vivem aqui funcionários públicos e suas famílias. Nada muito emocionante."

"O que foi que a trouxe até aqui?", Dimitri quis saber.

"As freiras do convento me mandaram para as administradoras do internato de Notre-Dame de Moulins. Como um pacote que está estorvando, sem mais utilidade. Não havia mais ninguém que quisesse aceitar uma órfã de 18 anos." A maneira com que ela tinha sido tratada no passado ainda resultava num travo de amargura. Ela decidiu não contar a Dimitri que, como aluna de caridade, usava uma roupa diferente das outras meninas que viviam no convento às custas dos pais, que ela se sentava numa mesa à parte e fazia trabalhos menos qualificados. De todo modo, foi dessa maneira que ela conseguira deixar Aubazine. E poderia ter sido pior, caso tivesse sido mandada como força de trabalho para um pequeno sítio. Por isso falou num tom de voz mais duro: "Aquelas mulheres me proporcionaram aulas, acomodação e comida e..." Mudando novamente a entonação, agora com mais suavidade, ela acrescentou: "... revi Adrienne. Foi a melhor coisa que poderia ter acontecido".

Dimitri arqueou as sobrancelhas. "Quem é Adrienne? Não sei se conheço alguma amiga sua com esse nome."

"Era minha tia." Gabrielle sorriu por causa da lembrança. "Irmã do meu pai. Éramos quase da mesma idade, e a bem da verdade ela era minha terceira irmã, além de Julie e Antoinette."

"Era?"

Gabrielle deu um suspiro fundo. "Adrienne não vive mais. Como Julie e Antoinette. Como minha mãe. Sou a última das mulheres Chanel. Sobrei. Ainda. Parece que é nosso destino morrer antes do tempo."

Ele ficou em silêncio. Talvez estivesse chocado com o temor dela em viver uma vida breve. Talvez ele também estivesse pensando na mãe, que chegou apenas aos 21 anos de idade. Ele não deixou transparecer nenhuma emoção, continuou a dirigir com segurança pelas vielas estreitas da cidade velha, mesmo sem um objetivo definido.

Quando o silêncio se tornou opressivo, Gabrielle retomou: "Não se preocupe! Estou disposta a enfrentar a maldição – cuidado!" Ela deu um grito.

Na curva fechada de uma rua em leve declive, o carro saiu da pista. Dimitri pisou fundo no freio antes de o pneu traseiro direito tocar num poste de iluminação pública. Gabrielle foi jogada para a frente. Seus reflexos a fizeram se agarrar ao painel de instrumentos.

Mal o carro parou, ela disse: "Se você continuar assim, a tradição das mulheres Chanel vai prosseguir, sem dúvida".

Ele não conseguiu se sentir muito à vontade com o comentário. Os músculos do seu queixo estavam tensos. Dimitri manteve-se calado, engrenou a marcha a ré, se virou e começou a andar cuidadosamente para trás.

Claro que o humor negro dela não era adequado. Esse tinha sido o primeiro momento da viagem, depois de já terem percorrido tantos quilômetros, que acontecia algo desse tipo. "Você está dirigindo maravilhosamente bem", Gabrielle apressou-se em dizer.

"Farei tudo o que estiver no meu alcance para mantê-la viva", Dimitri retrucou, calmo. O Rolls-Royce movimentava-se em baixa velocidade pela cidade, mas então Dimitri subitamente virou à direita e deixou-o parar junto ao meio-fio. "Vamos descer e andar a pé."

"Está chovendo", ela afirmou, lacônica.

Os cantos da boca dele se repuxaram. "Temos guarda-chuva."

"Posso ficar resfriada." Ela deu um sorrisinho.

"Você não vai morrer disso."

Como obedecendo a uma palavra mágica, o céu se abriu de repente e um raio de luz refletiu sobre o capô, ofuscando os dois dentro do veículo.

"Acho que o destino está nos forçando a sair", disse Dimitri.

"Espero que a comida do Grand Café ainda seja tão boa quanto no passado."

Precavido, Dimitri pendurou o guarda-chuva sobre seu braço. Ele não o abriu, pois o tempo tinha mesmo estiado. A pavimentação úmida brilhava ao sol feito chumbo, e as poças resplandeciam cores vibrantes. Aos poucos, a cidade despertava novamente: trabalhadores com seus macacões e funcionários de escritório em ternos saíam para tomar um aperitivo na tabacaria da esquina, dois jovens trajando uniformes escolares foram repreendidos pela babá por ficarem pisando nas poças, uma mulher carregando um cesto de compras passou apressada, uma jovem bonita com chapéu tipo *cloche* e franja escura saiu de uma loja...

Gabrielle acompanhou a moça com o olhar, pois a fazia se lembrar de si mesma, só que naquela época ela portava uma serra circular e os cabelos longos vinham presos num coque baixo; a saia também era bem mais longa. Mas a desconhecida parecia sua sósia, caso a Gabrielle de hoje estivesse na mesma situação de há vinte anos.

"Vamos até a rue de l'Horloge", ela sugeriu. "Quem sabe La Maison Grampayre ainda existe? Era uma loja de armarinhos. Adrienne e eu trabalhamos lá como vendedoras. Seda, rendas e fitas tinham muita saída. E reformas de roupas. Às vezes eu ficava horas sentada na máquina de costura. Provavelmente meus dedos tocaram quase todas as calças de Moulins." Um sorrisinho divertido acompanhou a frase dúbia.

Dimitri ignorou o subentendido. "E hoje são as saias e as calças em Paris que nascem das suas mãos", ele retrucou com sobriedade.

"Ainda não todos", ela falou com animação.

"Mas muitos, muitos mesmo."

Ela assentiu orgulhosa do tempo presente, embora seu pensamento ainda estivesse no passado. Lembrou-se de Étienne Balsan, em cujas calças fez inúmeras bainhas ou pregou botões no quarto dos fundos da Maison Grampayre. Naquela época, ele estava estacionado em Moulins devido ao serviço militar. Mas ela não contaria nada a Dimitri do homem que lhe abrira o caminho do castelo em Royallieu até Paris. Se esse capítulo da sua história ainda não fora revelado a ele por um amigo bem-intencionado, então não era ela quem o faria. Não contaria nada sobre Étienne, que ficara rico devido a uma herança, nem sobre os outros oficiais que cruzaram seu caminho não apenas como clientes do armarinho, mas também fizeram visitas sigilosas a seu quarto. Gabrielle não se envergonhava da liberdade que desfrutara no passado, que alguns poderiam chamar de leviandade. Porém, não lhe parecia inteligente revelar ao amante algo de seus predecessores.

"Monsieur tem cavalos de corrida?"

"Sim. Muitos, até. E também pôneis para polo."

"Quanta sorte!" Gabrielle fez de conta que estava contente, embora não entendesse nada de cavalos. Ela entregou ao cliente a jaqueta do uniforme com o botão recém-pregado. Enquanto estava ocupada com o trabalho, Étienne Balsan tinha se mantido ao seu lado, observando. E falando sobre sua paixão.

"Mademoiselle quer um dia assistir aos treinos?"

"Seria incrível."

Eles combinaram para o dia seguinte. Nunca antes Gabrielle tinha estado nos gramados para além do rio. E para quê? Ela estava aliviada por morar numa cidade, tinha escapado da vida no campo. Mas aqui tudo era diferente de sua cidade natal: o verde que descia até as margens do rio era aparado cuidadosamente, cercas muito brancas fechavam os campos, cavalos esbeltos de pelo brilhante pastavam sossegados ao sol. O cenário parecia tão rico e cuidado que Gabrielle soltou um profundo suspiro. Era maravilhoso! Sem dúvida os puros-sangues viviam uma vida melhor do que os órfãos em Aubazine ou em qualquer outro lugar.

"Tenho uma vista como essa durante o ano inteiro quando estou em casa, em Compiègne", contou Étienne, enquanto colocava o braço ao redor dos ombros de Gabrielle. "Será que você iria gostar também?"

Nesse momento, ela ainda não sabia que o convite dele se devia apenas à situação e não era realmente sério. Mas ela também não sabia que algum dia simplesmente o procuraria no norte de Paris. Sabia apenas que essa forma de vida a faria feliz.

O tempo parecia ter parado. Nada mudara na rua que concentrava o comércio de Moulins. Fascinada e também sentindo um estranhamento, Gabrielle caminhou ao lado de Dimitri pelas vitrines tão familiares. Parou diante da Maison Grampayre, colocou a cabeça para trás e apontou para a pequena janela de sótão alguns andares acima da loja. “Era lá em cima que morávamos, Adrienne e eu. Foi nosso primeiro reino de verdade, antes de procurarmos por um quarto num outro lugar.”

“Como assim Adrienne morava em Moulins e não em Thiers?”

Dinheiro, pensou Gabrielle, tudo acaba sempre sendo explicado pelo dinheiro. Sua tia e sua companheira estavam melhor ali.

Ela respondeu: “Meus avós entregaram a filha mais nova às mulheres do internato de Notre-Dame, porque o instituto tinha fama. Eles pagavam por Adrienne. Por essa razão, ela era mais bem-vista do que eu, uma aluna bolsista. Apesar disso, ficamos muito próximas desde o primeiro instante. Inclusive nos apresentamos como dupla de cantoras.”

“Aqui em Moulin?” Dimitri olhou surpreso ao redor, como se não conseguisse imaginar que pudesse existir um cabaré naquele lugar tão ordeiro.

“Claro.” Gabrielle riu. “Para onde mais haveríamos de ir? Paris era tão longe quanto a lua.”

“Então a cidade nem era tão tediosa assim.”

“Deus e o mundo se encontravam no Grand Café. Bem, a maioria era de oficiais da guarnição. Realmente não havia muitos lugares para se divertir por aqui – e acho que isso não mudou. O Grand Café é um bar bonito com muitas mesas, que há vinte anos já tinha telefone, espelhos de corpo inteiro e teto alto. Adrienne e eu éramos responsáveis pela parte musical.”

“Entendo. Vocês cantavam *Qui qu'a vu Coco?*, não é?”, lembrou-se Dimitri.

“Sim. Também. A canção se tornou uma espécie de minha marca registrada...” Ela se interrompeu, mergulhando de novo nas lembranças. “Assim como a canção *Co-co-ri-co*.” Ela o encarou. “Assim, Gabrielle se tornou Coco.”

“Jacques Offenbach também não escreveu uma opereta sobre um perfumista? A música complementa sua vida, *ma chère*.” Ele pegou no braço dela. "Vamos olhar o lugar onde Coco Chanel nasceu. Sinceramente, fiquei com fome."

No final da tarde, eles chegaram novamente a Paris. Nesse meio-tempo, a neve recomeçara e os acompanhou até a capital, dançando diante dos faróis amarelados do carro. Dimitri conduziu o Rolls-Royce até a Place Vendôme e para a frente do Hôtel Ritz, mas Gabrielle não desceu. Nem mesmo quando o porteiro abriu a porta para buscá-la com o guarda-chuva.

"Não posso ficar sozinha agora", ela disse para Dimitri. "Não depois de tantas semanas juntos. Você não quer passar a noite aqui comigo?"

"Hoje à noite e todos os dias, se você quiser."

Ela assentiu, séria. A voz de Dimitri soava maravilhosamente, festiva até. Mas uma sombra a acompanhou.

E também não se dissipou quando, mais tarde, ele a segurava em seus braços.

CAPÍTULO 14

Dois dias mais tarde, Gabrielle foi com Dimitri até *Bel Respiro*. Não que ela tivesse intenção de voltar a fixar residência em Garches. A proximidade do Hôtel Ritz com seu ateliê continuava sendo muito sedutora. Mas ela queria ir para casa ver os cachorros – e as lembranças de Boy. Além disso, mais dia menos dia teria mesmo de ficar frente a frente com Stravinsky.

Só que o amante descartado não estava, como logo Joseph lhe relatou. E, sinceramente, ela também não sentia muita falta dele.

Desde sua partida para o sul, a casa parecia não ter mudado nada: Catherine Stravinsky ficava quase o tempo todo de cama, a ausência do marido era constante, e os filhos brincavam pela casa e pelo jardim cheios de barro, enquanto o casal de funcionários era responsável pelo andamento impecável da casa, por lustres brilhantes e prateleiras sem pó. Mesmo assim, Gabrielle não se sentia à vontade na própria casa. Ela tinha a impressão de que tinha sido mais bem-vinda nos hotéis em que se hospedara com Dimitri do que em *Bel Respiro*. A culpa não era dos convidados e muito menos dos zelosos Leclerc, nem do novo homem que começara a morar com ela. A aura do lugar é que a deixava desconfortável. Ao pensar a respeito, soube que foi assim desde o começo: ela sempre procurou Boy entre essas paredes, mas nunca o achou.

Quando se observou no espelho do banheiro, viu a tristeza brilhar nos olhos. Que ridículo ela ainda não ter superado a tristeza pela perda desse homem. Ela chorava muito por causa do passado. Entretanto, muitas portas estavam se abrindo para seu futuro. Havia tanto a fazer. Finalmente encontrara seu perfume, mas a combinação de aromas não era suficiente: ele precisava ganhar o mundo. Além disso, um companheiro amoroso estava ao seu lado, os amigos se alegravam pelo reencontro, principalmente Misia, claro. Ela não estava a sós. Por que então se sentia tão deprimida?

Gabrielle tomou uma decisão, mas, na hora de concretizá-la, suas mãos começaram a tremer e precisou se esforçar para se tranquilizar.

Tirar os objetos pessoais de Boy da prateleira ao lado da pia lhe parecia um sacrilégio. Ali ela tinha organizado uma espécie de altar para Boy, com coisas que ele deixara em *La Milanaise*: uma lâmina de barbear, o pincel de pelos de marta, frascos com a água de colônia preferida, um sabonete da Yardley e um pente à mão, como se ele pudesse voltar a qualquer instante. Ela também enxergou uma velha *nécessaire* de viagem. Os típicos artigos de toalete de um homem que saiu para uma viagem curta – não para sempre. Era terrível abrir lugar ali para os pertences de outro alguém. Como se ela quisesse apagar a memória de Boy da sua vida. A ideia era absurda, certo. Mas seu coração se prendia a essas pequenas recordações, os valores materiais contidos em sua caixinha de joias ou no seu ateliê eram muito mais indiferentes para ela.

Num ataque de profundo desespero, Gabrielle ergueu a mão para tirar de uma vez por todas as coisas de Boy da sua vida. Ela queria jogar tudo no chão, tudo fora.

No meio do movimento, porém, deteve-se.

Com a mão ainda no ar, olhou-se no espelho e notou uma mulher que estava agindo movida por uma fúria destruidora. Mas seria essa a cura para ao menos uma única lembrança dolorosa?

Havia uma história, uma experiência em comum, para cada um daqueles itens que restaram do homem amado. Ela não as apagaria da memória se descartasse os objetos em que ainda podia se agarrar. Perder o que de certa forma o mantinha vivo para ela só a tornaria mais triste.

Ela pegou a bolsinha de couro com cuidado. Foi quase um reflexo apertá-la sobre o coração e depois apoiá-la na pia de porcelana. A *nécessaire* o acompanhara em diversas viagens – mas não na última.

Por uma fresta da porta, Gabrielle assistiu Arthur Copel arrumando suas coisas. Ela tinha se acostumado a manter olhos e ouvidos alertas em todos os lugares possíveis no castelo de Royallieu. Era útil descobrir o máximo possível a respeito dos hóspedes de Étienne. Não que Gabrielle fosse especialmente curiosa – ela se interessava pelo estilo das mulheres e pelo gosto dos homens das altas rodas, queria aproveitar e usar isso a seu favor. Sentiu uma pontada no coração quando soube que o inglês atraente de olhos verdes, tão claros e profundos quanto um lago de montanha, estava prestes a partir.

Cuidadosa, na ponta dos pés, aproximou-se da porta, que se abriu. Involuntariamente Gabrielle procurou por um empregado, mas o homem fazia a própria mala. Com a nécessaire *na mão, prestes a guardá-la, ele olhou espantado para a intrusa.*

"O senhor está nos deixando?", Gabrielle fez a pergunta um tanto supérflua. Ao mesmo tempo, irritou-se por não ter pensado em nada mais inteligente a dizer.

"Sim." Ele a encarou. "Infelizmente."

"Quando parte?"

"Vou pegar o primeiro trem para Paris."

"Então também tenho de fazer a minha mala."

Sem qualquer outro comentário, ela se virou e foi embora.

Boy não retrucou.

No dia seguinte, eles se encontraram na estação.

Gabrielle mexeu no fecho e abriu a bolsinha. Imediatamente sentiu o inesquecível aroma cítrico do perfume dele: *Monchoir de Monsieur*. Quando Boy entrou para a turma de Étienne, essa criação de Guerlain estava em alta entre os homens elegantes. Havia um resto no frasco em forma de caracol que, como o restante, estava deitado no forro de seda vermelha. Ela ainda encontrou sua escova, o aparelho de barbear e uma série de lâminas; apenas o espaço para guardar o relógio estava vazio. A falta desse objeto tão pessoal abalou Gabrielle. Por outro lado, ela não se espantou, já que Boy estava usando o relógio no momento em que os ponteiros da sua vida pararam de girar. Para se distrair da dor, pegou os frascos um a um, observou-os atentamente e os devolveu no lugar.

E então, parou.

Suas mãos seguravam um frasco retangular de farmácia, vidro branco e gargalo fino, fechado por um pino redondo. Gabrielle não fazia ideia da utilidade que Boy dera ao frasco, pois estava vazio e completamente inodoro, como ela logo percebeu. Desejou ter prestado atenção no líquido que um dia lá tinha sido armazenado. Seria um remédio, uma tintura ou tônico para o cabelo? Ela gostou da forma, da simplicidade, e a relação entre o formato anguloso e o fecho redondo eram elegantes, de algum modo, incomuns. Um frasco discreto, bonito – como que criado para um conteúdo especial.

Pensando em não deixar seu achado cair, ela o pousou na pequena prateleira sob o espelho. Em seguida, fechou a *nécessaire* e devolveu-a ao seu lugar. Pediria a Joseph que providenciasse uma mesinha ou uma prateleira para Dimitri. O banheiro era grande o suficiente para móveis extras. Assim como para um novo homem. Os utensílios de Boy deveriam permanecer intocados.

Apenas aquele frasco específico ganharia um novo lugar. Ela saiu do banheiro com ele.

CAPÍTULO 15

Batidas leves, o "entre!" de Gabrielle e em seguida Catherine Stravinska apareceu na sala.

Surpresa, Gabrielle ergueu os olhos da pilha de papéis que equilibrava sobre os joelhos. Ela estava sentada num sofá, o frasco de farmácia de Boy à sua frente, ao lado uma xícara de chá e um prato com pequenos sanduíches que Marie havia preparado amorosamente; com um lápis na mão, desenhava frascos e rótulos. Os *layouts* tinham de estar resolvidos o mais rapidamente possível, pois ela já desperdiçara muito tempo desde sua decisão pela quinta amostra de Ernest Beaux. A produção da embalagem era demorada – foi o que lhe disseram de maneira muito clara na Chiris, em La Bocca. E se estivesse bem lembrada, François Coty repetira o alerta. Por essa razão, resolvera se dedicar aos esboços logo após a descoberta no banheiro e não queria ser atrapalhada. Mas o fato de a mulher de Igor Stravinsky se levantar para visitá-la era especial demais para reagir de maneira irritada.

Embora Catherine permanecesse a maior parte do tempo no quarto, sua aparência estava bem melhor do que quando do primeiro encontro com Gabrielle. A antiga dançarina tinha uma compleição delicada, mas não parecia mais tão frágil como há um ano. Continuava fraca e a pele estava translúcida, mas a palidez sumira. O cabelo longo, trançado e preso ao redor da cabeça tinha até algum brilho. A boa cozinha de Marie, além da calefação ligada, certamente contribuíram para a recuperação da mulher de Stravinsky. Além disso, houve consultas com um pneumologista pagas por Gabrielle e que estavam notoriamente dando resultado. Apesar disso, ela aparentava muito mais idade do que Gabrielle e não, na realidade, tinham somente dois anos de diferença.

"Posso falar um instante com você?"

Gabrielle reuniu os desenhos e colocou-os sobre a mesa, o lápis em cima. Sentia-se desconfortável. Será que Catherine queria conversar sobre

Igor? Os dois eram primos, conheciam-se por toda a vida. Estava vindo interceder pelo marido, antigo amante de Gabrielle? Gabrielle pensou que nunca deveria ter se permitido manter um relacionamento com o gênio da música. Tudo o que se relacionava com esse homem era muito exaustivo.

Com um sorriso amável, ela fez as honras da casa. "Sente-se. Gostaria de um chá?"

"Não quero atrapalhar..." Constrangida, Catherine torcia as mãos.

"Já estamos aqui. Então, vamos aproveitar e ficar à vontade."

"Sim, então..." Mais uma vez Catherine não terminou a frase, mas se sentou numa poltrona.

Gabrielle ergueu o sininho da mesa de centro e chamou por Joseph. Ela pediu duas xícaras de chá e canapés para Catherine, embora essa última não tivesse dito que os queria. Quando o empregado saiu da sala, Gabrielle cruzou as mãos no colo, a fim de demonstrar paciência. Estava muito evidente que a conversa seria difícil.

"Estou contente pela senhora estar me fazendo companhia", ela afirmou ao mesmo tempo que lançava um olhar furtivo para os desenhos.

Antes de falar, Catherine ainda hesitou mais um pouco: "Para mim é importante que saiba das mudanças por mim e não por um terceiro. Na realidade, *monsieur* Stravinsky é quem deveria falar, mas vocês se desencontraram. Ele foi ontem para Paris". Falar lhe era cansativo, a respiração estava pesada.

"Que pena", disse Gabrielle, embora ela preferisse adiar o encontro por mais um tempo. "Mas logo haverá oportunidade para... um esclarecimento."

"Sim. Claro. Com certeza." A enferma pôs a mão na frente da boca e tossiu.

Era óbvio que Catherine estava muito nervosa. E no instante em que Joseph entrou com a bandeja, duas xícaras de chá e um prato com os canapés, Gabrielle percebeu o porquê.

Ela estava convicta de que a pobre mulher temia perder o teto sobre sua cabeça. Como se Gabrielle tivesse intenção de simplesmente colocá-la, junto dos filhos, diante da porta, porque tinha escolhido um outro homem que não Igor Stravinsky.

Gabrielle dispensou o empregado com um ligeiro movimento da mão e curvou-se para a frente para pegar o bule e servir o chá. Ela esperou em vão até Catherine colocar suas preocupações em palavras.

Depois de um tempo, Gabrielle falou: "A senhora é e continuará sendo uma hóspede bem-vinda, Catherine".

"O quê?" Perplexa, ela encarou Gabrielle.

"A última coisa que eu faria seria tirá-la desta casa só porque..."

"Oh, não!", Catherine exclamou assustada. Ela gesticulava muito enquanto falava, as mãos agitavam-se feito borboletas inquietas e quase derramaram o chá. "Não, não, não. Eu nunca a colocaria em posição tão infame. Desde que tivemos de sair da Rússia, nunca ninguém foi tão bom para nós como a senhora."

Confusa sobre seu engano, Gabrielle se manteve em silêncio.

"*Monsieur* Stravinsky... Igor... Ele ama outra mulher!" Depois dessa afirmação, como se tivesse guardado toda sua força para esse único momento, Catherine se abateu de vez.

Gabrielle estava estupefata. A novidade pegou-a absolutamente de surpresa. Ela imaginara que, depois do relacionamento, Igor Stravinsky voltasse para a mulher. Afinal, ele próprio nunca negara ser um homem de família. O fato de procurar uma nova amante com tanta rapidez a deixou desconcertada. Ela se sentia traída. Não pessoalmente, mas por Catherine, pelos filhos – e, por último, também pela sua hospitalidade. Será que ele estava imaginando que ela aceitaria mais uma pessoa na casa? Lentamente, o espanto foi se transformando em raiva.

"E se trata de quem?", ela quis saber, por fim. "Conheço a pessoa?"

O rosto branco de Catherine ruborizou. "Acredito que vocês já se encontraram alguma vez. *Monsieur* Stravinsky apaixonou-se por Vera, a mulher de Sergei Sudeikin. Ele quer a separação." Suas últimas palavras foram acompanhadas por uma expiração ligeira. Em seguida, ela pegou a xícara a fim de tentar acalmar a tosse com um pouco de chá. E a mulher traída acrescentou ainda: "*Madame* Sudeikina colocou as cartas para Igor. Ela diz que as cartas não mentem. Eu acho que não mentem mesmo. E deu que eles foram feitos um para o outro – até a morte".

"É, as cartas não costumam mentir", murmurou Gabrielle, atordoada. Ela era supersticiosa, mas nesse caso não estava propensa a acreditar em forças superiores. Ela temia que Vera Sudeikina tivesse trapaceado um pouco. Com certeza estava atraída pelo compositor, tentando de todos os meios se ligar a ele. E Gabrielle conhecia Stravinsky bem o suficiente para saber que ele cairia na cilada. Por outro lado, uma pessoa que tinha animação de sobra seria uma companheira mais adequada do que a enfermiça

Catherine. Gabrielle tinha se encontrado com Vera Sudeikina uma ou duas vezes na casa de Diaghilev: tratava-se de uma mulher bonita, que compreendia a alma russa. Mas também alguém que, ao que tudo indicava, sabia muito bem onde queria chegar.

"Talvez as cartas mintam, sim", Gabrielle constatou subitamente. "Não é bom se fiar em uma opinião apenas."

Um sorriso discreto e fugaz apareceu no rosto de Catherine. "*Monsieur* Stravinsky aferrou-se na ideia de todos morarmos juntos..."

"Oh!"

Sem se preocupar com a interjeição de Gabrielle, a russa prosseguiu: "Ele não consegue viver sem os filhos. E ele é tão decente comigo. Ele não quer me deixar".

Pelo menos isso, pensou Gabrielle, furiosa. Enquanto ela pensava onde meter Vera Sudeikina naquela casa e se queria apoiar esse *ménage à trois*, Catherine continuou falando. Mas Gabrielle estava ocupada demais com as próprias ideias para prestar atenção no monólogo proferido de maneira ofegante. Quando ouviu o nome de uma cidade conhecida, despertou.

"O que a senhora quer fazer em Biarritz?"

Catherine olhou-a com irritação. "Posso tomar mais chá?" Sua voz estava rouca.

"Quanta falta de atenção a minha. Perdão." Gabrielle apresou-se em lhe servir mais chá.

Catherine tomou um gole, ávida. E passou a explicar de maneira clara, com a voz firme: "*Monsieur* Stravinsky quer ir conosco para Biarritz. Ele diz que o clima dali seria o melhor para os meus pulmões".

"Quer dizer, se mudar?"

"Igor quer procurar uma casa para as crianças, para mim e para sua nova companheira na costa do Atlântico. A senhora compreende, não? Ele é um homem de família."

Que surpresa. Em sua ausência, muita coisa tinha acontecido, pensou Gabrielle. Seu ex-amante fazia plano com outra, que a mulher dele aceitava sem restrições. Isso parecia algo harmônico e vinha ao encontro das necessidades de Gabrielle. Apesar disso, não foi sem esforço que ela conseguiu retomar a calma. Era bom ouvir a respeito das mudanças por intermédio de Catherine. Se fosse por Misia, ela não teria acreditado. Até as palavras de Stravinsky iriam deixá-la na dúvida, imaginando se não seriam resultado do amor cego de um homem apaixonado. A história ganhava outra dimensão pela boca de Catherine.

Gabrielle se curvou para a frente e pegou as mãos frias de Catherine. "Agradeço sua franqueza e lhe desejo tudo de bom para o futuro. Estou à disposição para ajudá-la, Catherine. Pode ter certeza disso."

"Tem mais uma coisa..." Catherine baixou as pálpebras, envergonhada.

"Sim?"

"O cheque..." De repente, a confiança estampada no rosto de Catherine se transformou em puro desespero. Ela engoliu em seco. "Sei que a senhora dá um cheque a *monsieur* Stravinsky todos os meses. Seria possível manter esse crédito? Quero dizer, até depois de nossa mudança para Biarritz."

Gabrielle sorriu. "Não me apego ao dinheiro – e tenho o suficiente. Fique tranquila, nunca vou me esquecer nem de você nem de Igor."

Para total perplexidade dela, Catherine levantou-se para se ajoelhar à sua frente.

CAPÍTULO 16

Para Maria Pavlovna Romanova era absolutamente incompreensível como seu irmão pudesse ficar tantas semanas namorando no sul da França, enquanto uma nova revolução se armava na sua terra. Nos círculos de imigrantes entre Berlim e Londres, só se falava das notícias de tumultos que aconteciam desde fevereiro. Carestia e insatisfação com o governo bolchevique levavam a greves de trabalhadores e à insurreição de marinheiros em Kronstadt, próximo a Petrogrado. As pessoas exigiam novas eleições, liberdade de expressão e de imprensa, a eliminação de privilégios para os membros do partido, igualdade na distribuição de alimentos, a possibilidade de artesãos abrirem seus próprios pequenos negócios e a liberdade no uso da terra por parte dos camponeses.

Embora o levante dos marinheiros tenha sido sufocado de maneira violenta pelo Exército Vermelho, a esperança de um retorno para a Rússia tomou conta dos refugiados em Paris e contagiou até os mais céticos. Falava-se de uma entronização dos Romanov numa Rússia democrático-parlamentarista, semelhante ao exemplo da coroa britânica. Esse era o momento em que Dimitri deveria reclamar seus direitos. Mas ele estava viajando com Coco Chanel. Seus correligionários tinham de esperar até seu regresso a Paris.

Inatividade era a coisa que Maria mais detestava no mundo. A letargia do antigo marido foi o motivo de ela ter arriscado um escândalo, havia oito anos, para se separar do príncipe Guilherme da Suécia; nem mesmo a separação do filho Lennart, de 4 anos à época, foi empecilho para uma vida livre. Ela nunca aceitou ficar ociosa como as outras princesas. Em Estocolmo, conseguiu do sogro, o rei, permissão para frequentar a escola de artes e ofícios. Estudou desenho e aprendeu tudo sobre fotografia. Depois de retornar à Rússia, quando a Grande Guerra estourou na corte do czar, alistou-se imediatamente como enfermeira para o fronte. Apesar de muitas experiências ruins, continuava acreditando no amor e pouco antes do início da Revolução de Outubro casou-se com o príncipe Sergei Mikhailovitch Putiatin. Mas não foi um casamento feliz. Pelo menos não como ela o imaginava. Ela deu à luz um filho, mas esse também teve de ser deixado com os sogros na hora da fuga para Bucareste e morreu logo em seguida. Maria seguiu com o marido para Londres e depois para Paris. Como ficou patente, Sergei era incapaz de se adequar à realidade e ganhar dinheiro. Maria vendeu suas joias para sobreviver, costurava e bordava sempre que alguém comprava um modelo seu. Não faturava muito, mas sua atividade continuou sendo um motor de confiança apesar dos reveses.

Dimitri regressou a Paris pontualmente para as comemorações do aniversário de 31 anos dela, que foi festejado em meio a um pequeno círculo de amigos russos, mas Maria não achou uma oportunidade de conversar reservadamente com o irmão. Entretanto, era urgente falar com ele para lhe dizer que seu nome não estava mais sendo cotado para ser o novo czar, mas sim os de Kyrill Vladimirovitch e Nikolai Nikolaievitch, respectivamente seus primo e tio. Ela estava convencida de que Dimitri ainda não sabia de nada a respeito porque o grupo de artistas franceses que ele frequentava ultimamente não fazia ideia de nada disso – ou simplesmente não se interessava por política. O grupo mais conservador dos russos no exílio apoiava Kyrill, o que também podia ser imputado à lendária ambição de sua falecida mãe; os exilados mais progressistas, por sua vez, queriam ver Dimitri no trono. Para Maria, era imprescindível que o irmão entrasse em contato imediatamente com seus correligionários a fim de manifestar sua pretensão ao trono.

Quando procurou por um táxi em Paris a fim de se encontrar com Dimitri numa reunião no Ritz, ela estava consciente que se parecia mais com uma mulher do campo do que com uma princesa. Nunca aprendera a pentear e prender o cabelo de maneira elegante nem se vestir sozinha. Por falta de uma camareira desde sua fuga de Petrogrado, Maria nunca mais dera muita importância à própria aparência nem olhava mais com regularidade ao espelho, encarando tanto o guarda-roupas como o penteado como uma necessidade aborrecida, da qual ela acabava se desincumbindo de algum modo. Num ambiente nobre, porém, sua falta de vaidade não caía nada bem e ela sabia disso.

E tudo indicava que sua aparência impedia os taxistas de Paris de aceitar sua corrida. Os motoristas passavam por ela, dando de ombros, apesar dos seus sinais ávidos. Parecia que os homens desconfiavam que ela não tivesse dinheiro o bastante. Ah, se soubessem!

Na sua bolsa estavam as pérolas da avó. Maria conseguiu se apoderar secretamente dos belos colares da czarina Maria Alexandrovna e os tirou do país. Como suas próprias joias. Mas ao contrário de seus enfeites pessoais, até aquele momento ela tinha evitado transformar a valiosa herança em dinheiro. Em sua opinião, tinha chegado enfim a hora de passar as chamadas pérolas Romanov ao herdeiro do czar. Era bem possível que Dimitri precisasse daquilo para financiar sua pretensão ao trono.

Finalmente um carro parou ao seu lado.

"Para onde, vovó?", perguntou o motorista com um evidente sotaque eslavo.

A saudação decepcionou Maria. Ela tinha mesmo de começar a se ocupar mais com o espelho do que com a política. Quando anunciou seu destino, deixou transparecer no tom da voz sua arrogância imperial: "Leve-me ao Hôtel Ritz na Place Vendôme".

"*Bosche moj!*" O motorista, de quem Maria até então só vira a nuca, virou-se para ela. "Meu Deus!" Ele fez o sinal da cruz da maneira dos ortodoxos. "Alteza imperial, é uma honra para mim poder dirigir para sua majestade!"

"Muito obrigada", Maria respondeu automaticamente. Mas depois ela perguntou, cuidadosa: "Nós nos conhecemos?" A questão, entretanto, era supérflua. Pois se o russo a havia reconhecido pelo espelho retrovisor e em seus trajes simples, então no passado eles certamente tinham se visto pessoalmente ao menos uma vez. Fotografias que circulavam dela mostravam-na apenas muito produzida.

"Ah, sim. Foi num baile na praça Alexander. Tive inclusive a honra de dançar com sua majestade. E depois nos revimos no hospital de Pskow. Devo-lhe minha vida."

Maria se envergonhou, mas não se lembrava do rosto simpático, sulcado de rugas, do motorista. Para não decepcioná-lo, concordou com a cabeça.

Ele entendeu a situação dela. "Sou o príncipe Paul Nikolaievitch Soliachin", ele se apresentou. "Mas atualmente nem todos me reconhecem como tal."

Eu também não sou reconhecida como grã-princesa, Maria pensou. Ao mesmo tempo, as ideias começaram a se movimentar. Formou-se na sua mente a imagem de um jovem herói, radiante. Triste ver como seu conterrâneo havia envelhecido na imigração. Automaticamente ela o comparou com o irmão bem-apessoado, que conseguira manter a pose.

"Sim", ela concordou com suavidade, "lembro-me de você, príncipe Soliachin. Mas agora é melhor partirmos, senão vou chegar atrasada no meu encontro."

Enquanto ele pisava no acelerador, ela se perguntava quanto de gorjeta deveria deixar para um homem da sua própria classe social. De sua antiga classe social.

CAPÍTULO 17

Claro que Misia foi a primeira a visitá-la. Quando a notícia de que Gabrielle tinha retornado a Paris se espalhou, a amiga apareceu no seu ateliê – como sempre, sem avisar antes. Ela não fez qualquer comentário sobre sua intervenção na vida particular de Gabrielle, comportando-se como se o telegrama para Stravinsky nunca tivesse existido. E Gabrielle lhe fez o favor de deixar o assunto de lado. Afinal, Misia teria negado com a maior veemência qualquer participação na intriga; Gabrielle tinha certeza do contrário. Falar a respeito era desnecessário. Elas se abraçaram como se nada tivesse acontecido.

"Quero saber de tudo", Misia disse, jogando o sobretudo com um gesto elegante e descontraído sobre o encosto de uma poltrona. "Você tem de me contar tintim por tintim de sua viagem e de seu grão-príncipe."

"Sente-se, por favor", Gabrielle retrucou com um sorriso, mas Misia já tinha se acomodado.

"Como vai Dimitri Pavlovitch?"

Gabrielle sentou-se ao lado da amiga no sofá e acendeu um cigarro. "Espero que bem." Ela soltava uma nuvenzinha de fumaça a cada palavra. "Ele foi para Berlim, a fim de se encontrar com antigos militares de alta patente. Não faço ideia por que todos os generais russos resolveram se exilar na Alemanha, mas parece que há seis semanas já se discute por lá uma reorganização da Rússia."

"Isso quer dizer que ele anunciou sua pretensão ao trono?" Misia estava tão excitada que quase perdeu o fôlego.

"Sim. Claro."

Misia bateu palmas. "Meu Deus, imagino que pude ajudá-la na hora de comprar uma coleção de gravatas de seda decentes para ele na Hermès! Gravatas para o czar – esse seria um título muito original para as minhas memórias."

"Você tem cada ideia, Misia", Gabrielle riu e, nesse instante, desculpou a amiga mais uma vez pela intriga. "Senti sua falta."

"Seis semanas de férias. Você devia estar maluca. Não sentiu um tédio horrível?"

"Nadinha." A risada de Gabrielle transformou-se num sorriso silencioso. Ela pensou um pouco para repetir em seguida. "Não, realmente não. Viajar com Dimitri é muito agradável. A gente se entende bem. De certa maneira, nós nos complementamos até. Ele é um amigo maravilhoso."

"Só isso?" Misia parecia decepcionada. "E eu estava querendo combinar com você o que usar na hora da coroação dele. Que também deveria ser a sua. Ele já pediu você em casamento?"

"Pare com essa bobagem!"

"Então não pediu", Misia constatou. "Bem, ele ainda deve pedir. Ninguém nunca viu uma mulher como você no Palácio de Inverno, Coco. Vai ser uma farra."

A partida de Dimitri para Berlim foi tão atropelada que Gabrielle nem teve tempo de refletir sobre as consequências das reuniões dele. O que aconteceria se realmente se tornasse o sucessor do infeliz czar Nicolau II? Verdade, vez ou outra ela tinha sonhado em ser sua mulher. Mas será que esses sonhos não tinham nascido da despreocupada atmosfera romântica no sul da França? Em Paris, no rebuliço do dia a dia, sua posição tinha sido reorientada de forma automática. Nesse meio-tempo, Gabrielle não esperava nada de Dimitri, muito menos uma proposta de casamento.

"Vamos ver as notícias que ele trará de Berlim", Gabrielle tentou reduzir a agitação da amiga. "Sua partida foi tão repentina porque ele não é o único pretendente ao trono. Um primo ambicioso chamado Kyrill parece estar no caminho e ele mora na Alemanha. Kyrill é casado com uma princesa de Saxe-Coburg e Gotha, o casal fugiu com os filhos dos bolcheviques para a casa dos sogros, em Coburg. Ele não está tão distante de Berlim quanto Dimitri."

"Desde o assassinato do czar, minha tia Maria Pavlovna não falava nada além de que seu filho mais velho deveria ser o sucessor", explicou Dimitri quando estava sentado no banco de trás de um carro ao lado de Gabrielle. Um motorista os levava à Gare du Nord, onde Dimitri iria tomar o trem para Berlim, e Gabrielle não abriu mão de uma comovente cena de despedida. "Kyrill até se bandeou para o lado dos vermelhos por um curto período. É lamentável que a tia Maria não esteja vivenciando o transcorrer atual dos fatos. Ela teria ficado muito feliz, mas minha vida estaria mais difícil do que já é apenas com a lembrança que tenho dela."

O nome despertou um raciocínio em Gabrielle. "Maria Pavlovna?", ela repetiu, pensativa. "A princesa que tinha uma relação muito estreita com Diaghilev?"

"Ela lhe deu seu lenço perfumado. Sim." Dimitri sorriu apesar da tensão que estava visivelmente sentindo. "Naquela época, em Veneza, conversamos sobre ela. Você conheceu o perfume Bouquet de Catherine *indiretamente, por meio da minha tia."*

"As relações familiares dos Romanov são incrivelmente intrincadas", disse Misia, rindo. "Todas essas intrigas e *mésaliances*. Nosso amigo Marcel Proust devia escrever um romance a respeito, já que nunca vai encontrar o tempo perdido." Ela achou muita graça na piada feita com o ciclo de romances do escritor, que Proust publicava em partes há alguns anos e ainda não havia encerrado.

"Eu sou fascinada pelas histórias da Rússia antiga. Estou até com ideia de tomar emprestado alguns elementos da cultura eslava para minha próxima coleção. Camisa dos cossacos, bordados, essas coisas."

"Mas, por favor, nada de pompons", Misia foi taxativa. Ela fez um movimento de desdém com a mão. "Não consigo imaginar você apresentando esse tipo de ornamento típico, mas lembro de já tê-la ouvido falar a respeito, e então vou esperar. Ainda falta um ano até sua próxima coleção. Quem sabe o tanto que pode acontecer até lá. A princípio, você queria encontrar o perfumista dos Romanov em Cannes, certo? Você avançou na questão da *Eau de Chanel*?"

"Oh, sim!" Gabrielle apertou a guimba num cinzeiro e levantou-se para ir até a escrivaninha.

Ela abriu uma caixa e tirou de lá um tubinho lacrado com uma rolha, no qual brilhava um líquido dourado. Ao observar aquela preciosidade, pontinhos cintilantes dançavam em seus olhos castanhos como estrelas no céu escuro. Ela balançou o vidro delicadamente antes de levá-lo até Misia e o abrir. O aroma doce-oriental do perfume se espalhou imediatamente.

"*Mon dieu*!", Misia exclamou. "Que aroma! Coco... É fantástico!"

Gabrielle assentiu, orgulhosa. Ela pingou uma gota no pulso de Misia. Em seguida, cheirou o tubinho e inspirou profundamente a mistura de oitenta ingredientes. Não importa quantas vezes experimentasse a amostra, sempre descobria uma nova nuance. Era como um encontro infinito dos seus sentidos com a absoluta perfeição.

"Posso apresentar?", ela disse, festiva. "*Chanel n. 5*".

"Um número no nome?", Misia falava baixo porque segurava o braço diante da boca para continuar sentindo o cheiro. "Por que não?" Ela parecia estar de acordo com a decisão de Gabrielle, pois não insistiu no assunto. Em vez disso, comentou: "Mas você certamente não vai querer que esse aroma maravilhoso fique acondicionado nesse frasco de laboratório. É tão pouco romântico. E nem elegante. Ao contrário, afasta as pessoas".

"Claro que não", disse Gabrielle. Ela tornou a fechar o tubo com a rolha e devolveu-o à escuridão protetora da caixa. "Meus desenhos para o frasco estão inspirados num vidrinho da *nécessaire* de viagem de Boy. A vidraçaria Brosse está trabalhando nisso." Ela foi buscar a preciosidade que encontrara no banheiro.

Nesse meio-tempo, Misia tinha se levantado e estava ao seu lado, olhando curiosa por sobre o ombro da amiga. "Que diferente!", foi seu comentário sobre o frasco retangular com o fecho redondo. "Muito simples e elegante. O frasco vai se destacar entre todos os outros. Afinal, o *art nouveau* ainda não se despediu das embalagens de perfumes e de cosméticos. Uma ótima ideia, Coco. Mais uma vez você está contrariando o que é usual. Mas essa é sua marca registrada."

"François Coty disse que um perfume não é só para ser cheirado, mas também para ser visto. Ele é um mestre. Meu mentor, sem dúvida."

"Você vai passar a fabricação ao Napoleão da indústria dos cosméticos?"

"Não, não posso, nem se eu quisesse. Ernest Beaux, meu perfumista, trabalhou em Moscou para a Rallet e agora está empregado na Chiris como diretor técnico. Honestamente, acho uma empresa menor mais adequada para minhas pretensões. Afinal, não quero fazer um lote muito grande do *Chanel n. 5* e o trabalho envolvido não valeria a pena para uma fábrica do tamanho das indústrias Coty."

"Muito sábio", Misia assentiu. "Mas cedo ou tarde o charmoso Coty certamente vai querer falar com você a respeito. Coty é um déspota, não dá para defini-lo de outro modo. Mas um ditador simpático – e inteligente. É preciso admitir. Você deveria seguir todos os seus conselhos."

"É o que pretendo."

"E a embalagem? Esse frasco lindinho precisa de uma caixa com algo escrito."

"Ainda não sei. De todo modo, não quero saber de virgens segurando frascos de destilação sobre a caixa."

"Você vai ter de correr. A produção da embalagem certamente é tão demorada quanto a dos frascos."

"Sei disso", Gabrielle suspirou. Ela fechou cuidadosamente o vidro e o devolveu ao seu lugar.

Quando suas mãos estavam livres de novo, foi logo pegar o maço e o isqueiro. Misia, com o punho mais uma vez debaixo do nariz, recusou a oferta de um cigarro balançando a cabeça. Depois de ter aceso o seu, Gabrielle confessou: "Infelizmente não tenho nenhuma ideia, e quanto mais me esforço, mais vazia fica a minha cabeça."

"Hum", disse Misia, fechando os olhos e inspirando o aroma. "Quais as flores que compõem a sua *Eau de Chanel*? Perdão, o *Chanel n. 5*?"

"Jasmim...", Gabrielle começou, mas Misia a interrompeu antes de ela prosseguir com a relação. "Maravilhoso! São flores brancas. Acho que isso pede um cartão branco. E letras pretas."

"Branco. Preto. Sim, são minhas cores."

"Justo. Coco, essa combinação corresponde exatamente ao seu estilo. Por que outro motivo você teria pintado sua casa de branco e as venezianas de preto?"

"Preto sobre branco", repetiu Gabrielle, pensativa. "É sedutor? François Coty sempre diz que um perfume tem de seduzir..."

"Ah, com certeza", assegurou Misia.

"Ele também se referia à embalagem, Misia." Gabrielle franziu a testa. "Preto sobre branco. Não estou segura, mas... Sim, pode ser. Claro que a embalagem não pode ficar parecida com uma caixinha de remédio. Mas se for feita de material de boa qualidade e com um logotipo elegante, vai ficar perfeita." Ela sorriu para Misia através da fumaça do seu cigarro. "E só aceitamos a perfeição. Outra das máximas de nosso amigo."

"*Chanel n. 5*, Coco Chanel, *Chanel n. 5*...", Misia murmurava feito um mantra. De repente, ela olhou para cima. "Você ainda tem aqueles documentos antigos da Catarina de Médici?"

"Claro. Afinal, não se trata de um livro que a gente empresta e depois se esquece para quem."

"Vá folheá-los, Coco. Acho que me lembro de ter visto um monograma da rainha em algum lugar. Não sei mais exatamente onde, mas creio que seu brasão estava nos papéis. Além disso, temos de planejar uma visita ao Louvre. Ou uma viagem aos castelos no vale do Loire, onde ela viveu. Vamos acabar achando..."

"Misia!" Gabrielle interrompeu a agitação da amiga. "Não compreendo onde você está querendo chegar. Me explique, por favor, antes de me mandar viajar."

"Estou falando do monograma de Catarina de Médici. Em francês, ela é chamada também de Catherine de Médici, não é? Seu monograma é um "c" duplo entrelaçado. A primeira letra do nome da rainha e a do seu."

Espantada, Gabrielle ergueu as sobrancelhas. "Você tem certeza?"

"Você guardou os papéis aqui ou em Garches?"

Com um movimento vago, Gabrielle apontou na direção do armário.

"Vamos checar já." Misia sorriu de um jeito malicioso. "Se conseguirmos encontrar um logotipo a partir daqui, então vai ter valido a pena você ter gasto seis mil francos por essa papelada velha."

CAPÍTULO 18

Enquanto o aroma da primavera envolvia Paris, as castanheiras floresciam e os cisnes disputavam corrida com os navios de carga no Sena, Gabrielle quase não se afastava da sua escrivaninha. Era tão raro ela ir a *Bel Respiro* que não viu os lilases na sua exuberância máxima. E só acompanhou as festividades do centenário da morte de Napoleão por ouvir falar.

As encomendas para a coleção atual, exibida em 5 de maio no seu endereço da rue Cambon, precisavam ser organizadas e ajustadas. Suas clientes faziam fila no ateliê, os fornecedores traziam os tecidos que depois seriam entregues, juntamente com os moldes para corte, para as muitas costureiras que Gabrielle contratava nas imediações de Paris. Era um entra e sai contínuo, todas as mulheres queriam estar bem vestidas para as férias de verão e ainda brilhar nas últimas estreias teatrais da temporada.

Gabrielle pensou como seria se todas essas clientes usassem o *Chanel n. 5* e uma única nuvem de perfume baixasse sobre a cidade feito um sino de jasmim, rosas e ylang-ylang. Esse foi o momento em que ela finalmente encerrou seus esboços, negociando com fábricas de cartão e gráficas – quanta gente envolvida no processo! –, para em seguida enviar um telegrama à gerência da Chiris perguntando, com certo nervosismo, pelo andamento da produção. Seu dia a dia assemelhava-se a uma engrenagem exaustiva, como uma espécie de moto-contínuo, e às vezes ela se perguntava se não teria sido melhor entregar a produção do perfume às mãos de François Coty em vez de fazer quase tudo sozinha.

Dimitri era um companheiro amoroso, mas tão ocupado com seus assuntos particulares que seu tempo também era limitado. Quando se sentavam no restaurante do Ritz ou na suíte de Gabrielle para um lanche rápido, antes de se deitarem cedo, ele contava o que tinha descoberto nos encontros com os outros exilados: "Notícias de lá dizem que o inverno pesado está sendo seguido por uma seca desoladora. Os celeiros do Volga e o sul da Rússia foram especialmente afetados. Por essa razão a fome não tem fim. Estamos todos desesperados, orando por nossos irmãos e irmãs".

"Não se diz que suas chances de voltar à Rússia aumentam à medida que piora a situação do povo?"

"Depende de como a opinião pública mundial reagir à situação. Vinte milhões de pessoas não têm o que comer. As reformas de Lênin não mudaram em nada a situação. Se estou bem informado, não lhe resta alternativa senão pedir ajuda internacional à sua República Soviética. Outras opções parecem não existir. Seria meio caminho andado se as Nações Unidas, o império britânico e a França associarem a ajuda ao retorno da família do czar. Mas não gosto da ideia do meu destino ser decidido sobre as costas de trabalhadores e camponeses."

Gabrielle desfiava em silêncio o frango grelhado no prato. Ela não queria pensar no futuro para Dimitri – nem no seu. A possibilidade da volta dele à Rússia como czar subitamente lhe deu medo.

Como se pudesse ler pensamentos, ele disse: "Nem a sucessão está resolvida ainda, Coco. Os correligionários de Kyrill Vladimirovitch acreditam que a coroa e os comunistas podem governar lado a lado. Sou por uma monarquia parlamentarista, como na Inglaterra, e conto com o apoio de outros grupos. Mas temos ainda a antiga assembleia popular russa Zemsky Sobor, que prefere nosso tio Nikolai Nikolaievitch. Os partidos estão divididos, o que também não ajuda em nada."

"Então ainda vai demorar para ser tomada uma decisão", ela concluiu.

"Acho que sim."

Gabrielle se sentiu aliviada. Por um tempo, o *status quo* não seria alterado. Sem refletir muito a respeito, ela falou: "Talvez o ajude se eu inserir alguns elementos eslavos na minha coleção. Você se lembra que tive essa ideia já na Riviera?". Ela queria ser simpática, interessando-se pela cultura dele. Além disso, marcaria uma posição: a preferida do herdeiro ao trono tornou a tradição russa *à la mode*. "Eu deveria começar o mais rapidamente possível com ideias concretas. Tenho de achar alguém para os bordados."

"Você já achou", respondeu Dimitri, animado. "Maria, minha irmã, têm mãos de ouro. Ela é a complementação perfeita para suas ideias."

Gabrielle se recordou que Dimitri já falara várias vezes sobre as habilidades manuais da irmã. Mas ela ainda não tinha se sentido à vontade com a perspectiva de fazer a princesa colaborar com o ateliê Chanel. Como Dimitri reagiria se os trabalhos de Maria não fossem tão espetaculares assim? Ela achava que o irmão, ainda por cima homem, não tinha a objetividade necessária para avaliar técnicas de bordado.

Enquanto pensava como fazê-lo desistir dessa ideia, ele exclamou: "Você tem de conhecer Maria! Vou dar um jeito de vocês se encontrarem nos próximos dias!".

Gabrielle assentiu, vencida. Replicar não adiantaria em nada.

Quando Maria Pavlovna entrou pela primeira vez em seu ateliê, Gabrielle se assustou. Ela lembrava vagamente uma mulher jovem, mais parecida com uma camponesa regressando do campo do que uma princesa, mas era ainda pior: no ambiente elegante da rue Cambon, a irmã de Dimitri passava a impressão de total desleixo. Nem sua forma física nem sua roupa correspondiam minimamente ao ideal contemporâneo da mulher elegante.

Ao mostrar o ateliê à princesa, Gabrielle percebeu de pronto que Maria não era indiferente à moda ou à beleza. A nobre observou com brilho nos olhos as criações já prontas, fez as perguntas certas quando Gabrielle lhe apresentou a nova coleção e tocou os moldes sobre as mesas de corte com admiração. Gabrielle soube que estava falando com uma mulher de bom gosto. Mesmo se se vestisse e se penteasse de maneira inadequada, a irmã de Dimitri lhe era muitíssimo simpática.

Em seguida, durante uma xícara de chá no escritório, Maria lhe explicou que ela se inspirava principalmente pela *rubashka,* aquela camisa simples, muitas vezes bordada, usada há séculos na Rússia. "Sei que essas blusas e vestidos amplos talvez não sejam o que minhas clientes esperam de mim, mas quero muito fazer esse teste", Gabrielle afirmou, concluindo seu monólogo.

"Mas a *rubashka* combina com você e com sua moda", retrucou Maria, animada. "Ela é uma peça discreta, sóbria. Vai depender apenas do modelo do bordado para não ser kitsch ou ofuscar quem a usa."

Gabrielle sorriu. A referência à elegância simples em suas coleções lhe agradou. A irmã de Dimitri tinha entendido a questão. "Seria possível me enviar algumas ideias? Gostaria muito de ver uma sugestão sua de bordado para minhas blusas. Vou lhe mostrar os desenhos dos modelos..." Ela se interrompeu, hesitando. Era ousado demais assumir uma postura mais próxima tão no começo de seu contato? Estava ardendo de vontade de dar uns conselhos a Maria.

"A vantagem de uma educação para meninas da sociedade é que aprendemos a usar linha e agulha", Maria falou sem se dar conta da questão que estava no ar. "Quando menina, eu ainda não sabia que isso poderia se tornar mais importante para mim do que os livros que minhas governantas me davam para ler."

Gabrielle olhou espantada para a convidada. "Você gosta de ler?"

"E como. *Mademoiselle* Hèléne e *miss* June me ensinaram tudo sobre literatura francesa e inglesa. Quando me mudei para a Suécia, havia cerca de setecentos livros na minha bagagem, e mais tarde esse número só aumentou. A perda da minha biblioteca é uma das minhas lembranças mais tristes."

Gabrielle queria perguntar a Maria por que a educação de Dimitri tinha sido tão diferente. Mas ela resolveu não perguntar, porque não queria conversar sobre seu amante com a irmã dele. No fundo, ela conhecia a resposta. Ou achava que conhecia. Enquanto Maria cresceu no Palácio de Alexandre, Dimitri vivia numa escola de cadetes. Lá o herdeiro aprendeu matérias militares, mas certamente nada cultural.

"Minha coleção agora também está bastante respeitável", disse Gabrielle, apontando para a parede com livros ao fundo. "Você pode olhar minha biblioteca a qualquer hora. Ou nos visite algum dia em Garches. Pegue o que quiser."

"É muita generosidade sua, *mademoiselle* Chanel."

"Coco. Meus amigos me chamam de Coco."

A irmã de Dimitri levantou-se do sofá a fim de beijar as faces de Gabrielle. "Gostaria de ser sua amiga, Coco", ela disse ao se sentar novamente. "Admiro-a profundamente. E me chamo Maria."

Gabrielle mal ouviu, pois por causa do abraço um aroma suave que não percebera antes chegou ao seu nariz. "Qual seu perfume?", ela perguntou sem mais.

"Ah, você não vai conhecê-lo. Chama-se *Bouquet de Catherine* e foi criado especialmente para a família do czar."

"Então quer dizer que você ainda tem um frasco original?"

Maria fez que sim. Era fácil perceber o espanto pelas perguntas de Gabrielle. "Sim, com um restinho de perfume. Só uso em ocasiões especiais. Gosta?"

Agora é o meu perfume, Gabrielle quis dizer, mas engoliu a resposta. Achando até um pouco engraçado, lembrou-se da sua desesperada procura pela fórmula. Teria simplesmente de perguntar à irmã de Dimitri...

"Sim", ela respondeu por fim. "Gosto muito."

"O aroma é uma das poucas lembranças que me restaram de nosso antigo mundo", confessou Maria. Sua voz carregava aquela tristeza e nostalgia que Gabrielle conhecia de Dimitri. Ela olhou para baixo e acrescentou, muito objetiva: "Como se vê, dos bens materiais nada restou".

Gabrielle decidiu falar o que tinha passado pela sua cabeça há pouco: "Sei que você perdeu tudo, mas não é bom que isso fique tão patente na sua aparência. Creio que é um grande erro você andar por aí feito uma refugiada. Isso não lhe traz nenhuma simpatia. Pelo contrário, as pessoas vão evitá-la".

Para sua grande surpresa, Maria não pareceu ofendida. Ela até balançou a cabeça, concordando. "Antigamente eu era dependente dos serviços de minha dama de companhia. Isso continuou até durante a guerra, quando eu não tinha tempo nenhum para me preocupar com a aparência. Agora só penso em roupas quando faço trabalhos manuais para os outros. Você tem razão, possivelmente esse não seja o melhor caminho."

"Se você quiser ter sucesso profissional, o primeiro mandamento é parecer bem-sucedida."

"Agradeço o conselho."

Maria estava sendo sincera. Gabrielle pressentiu isso no seu olhar franco, sem mágoa. Entretanto, ela sabia que a irmã de Dimitri não fazia ideia de como colocar a dica de Gabrielle em prática.

"Quando nos encontrarmos de novo, eu poderia lhe ajudar um pouco com isso", ela sugeriu. "Posso lhe mostrar como tirar proveito das roupas e da maquiagem. Mesmo uma mulher que nunca aprendeu a cuidar de si pode aprender a se virar sem uma dama de companhia."

Cruzes, ela pensou, o que estou falando? Na minha frente está a neta de um czar e eu, filha de um mascate, fico lhe dizendo o que fazer. Mas alguém tinha de tomar uma atitude.

"Não me prometa demais", Maria interrompeu seus pensamento. "Vai que eu queira visitá-la todos os dias."

"Será muito bem-vinda. Mas, por favor, traga os desenhos para os bordados."

As mulheres se encararam – e caíram na gargalhada. O humor dela também é bom, pensou Gabrielle, satisfeita. E: pobre Misia! A amiga certamente não ficaria contente em saber que tinha concorrência.

CAPÍTULO 19

"Inacreditável que um sueco possa gostar de algo assim", Gabrielle sussurrou, apontando para o palco.

Claramente contra a vontade, Dimitri desviou o olhar da apresentação extravagante. Dançarinos em figurinos muito justos e coloridos mesclados a um cenário igualmente cheio de cores, esticavam-se, saltavam, jogavam-se no chão, abraçavam-se ao som da música dissonante daqueles seis jovens compositores que se chamavam de *Le Groupe des Six*. E o libreto de Jean Cocteau emprestava ao balé espetacular uma nota literária. Admirado, Dimitri olhou para ela.

"Um industrial sueco é o mecenas do grupo", ela sussurrou.

Dimitri ergueu as sobrancelhas, pensativo.

"Maria diz que os suecos são o povo mais tedioso da face da Terra."

Ele gemeu baixinho. "Você está conversando demais com a minha irmã." Depois ele voltou a acompanhar a estreia. De soslaio, Gabrielle enxergou ainda um sorriso discreto no rosto dele.

Ela estava dividida entre reconhecimento e repúdio, lealdade e franqueza. Há um ano, o mecenas sueco e colecionador de arte Rolf de Maé criara o grupo *Les Ballets Suédois* para concorrer com o *Ballets Russes*. Muitos dos antigos companheiros de Sergei Diaghilev encontraram um novo espaço de trabalho, e, nele, copiava-se abertamente também o estilo do empresário. No início, Gabrielle ficou indignada. Mas o que ela viu no palco do Théatrê des Champs-Élysées a encantou. Os dançarinos, em sua maioria suecos e dinamarqueses, eram pura energia, e o libreto do amigo Jean Cocteau minimizou a severidade de seu julgamento sobre a concorrência de Diaghilev. Ela gostou de *O casamento na torre Eiffel*, em um ato. Na hora dos aplausos finais, não havia mais qualquer dúvida a respeito.

Não era a primeira vez que ela desejava participar como figurinista de uma produção como essa. Após o espetáculo, quando foi procurar Cocteau nos camarins para cumprimentá-lo, esse desejo se tornou quase imperioso. Ela sentiu, misturados, os cheiros de tinta, pó, maquiagem para o teatro, suor e o perfume doce demais da primeira bailarina. Em qualquer outra ocasião, seria repugnante, mas naquele instante o aroma tinha o efeito de uma brisa fresca – revitalizante, estimulante, inspirador.

"Coco!"

Jean Cocteau acenou para ela. Ele era um homem alto e incrivelmente bonito, de cabelo cheio. Sempre vestido de maneira impecável, naquele dia estava especialmente arrumado. Entretanto, Gabrielle estava convencida que o suor da tensão da estreia tinha molhado o colarinho da camisa branca, engomada e passada. Ele estivera absorto numa conversa com Pablo Picasso. Ao lado de Cocteau, o pintor passava uma impressão de ser alguém mais rústico, camponês.

"*Chérie*!" Cocteau abraçou-a.

Ela o beijou na face. "Meus parabéns! Foi uma apresentação maravilhosa."

"Se você tiver uma centelha de interesse em manter sua amizade com Sergei Diaghilev, então é melhor manter essa opinião para si", Picasso alertou. "Estou certo de que ele está no hotel, à espera das primeiras notícias dos seus espiões entre o público. E vai ficar muito irritado."

Gabrielle ameaçou-o de brincadeira com o indicador. "Não faça troça com Sergei. Por que não haveria lugar para duas companhias de balé em Paris? Afinal, estilistas há vários – e vários bons pintores."

"Ah. É verdade." Picasso balançou a cabeça. "Bem, se você estiver se referindo aos cenógrafos, tenho de admitir que Irène Lagut faz um bom trabalho. Embora ela seria muito melhor se tivesse me dado ouvidos."

"Ainda bravo porque ela não se casou com você?", perguntou Cocteau. "Pablo... isso foi há quatro anos. Hoje em dia, é quase uma vida inteira." Ele forçou uma risada.

"Se Irène tivesse aceitado meu pedido, eu não estaria casado com Olga."

Cocteau inclinou-se para Gabrielle e sussurrou tão alto que Picasso teve de ouvir: "O casamento ainda vai matá-lo".

"Olga está por aqui?", Gabrielle perguntou por educação.

Os olhos dela circularam ostensivamente sobre os cenografistas, artistas e visitantes, que se misturavam entre objetos de cena, caixas de instrumentos, figurinos, flores murchando rápido e ferramentas. Mas não viu a delicada mulher de Picasso em lugar nenhum.

"Ele fica contente quando consegue fugir dela."

"Bobagem!", Picasso rosnou, como que ferido em sua honra masculina. Ele trocou o tema e perguntou: "E onde está seu príncipe, *mademoiselle* Coco?".

Ela lhe deu o sorriso mais luminoso. "Dimitri Pavlovitch está me esperando no *foyer*."

"*Mon Dieu*! Esses russos apaixonados são tão grudentos. Acho que chamam isso de *alma*."

"Você não deve tirar conclusões dos outros a partir de Olga", Cocteau alfinetou de volta. Ele pegou Gabrielle pelo braço. "Vamos, querida, vamos deixar nosso infeliz amigo. Os problemas conjugais dos outros são tão exaustivos. Cumprimentemos Georges Auric. Sua abertura não é divina?". Desse modo, ele a tirou da confusão. Fora do alcance de Picasso, Cocteau continuou falando em voz baixa: "Picasso adorava Irène Lagut na época. Era para terem se casado. Você sabia que Olga só conseguiu arrastá-lo ao altar porque não deixou que ele se aproximasse da outra? Foi uma atitude nova para ele, mas claramente o levou a uma decisão errada."

Quando Gabrielle virou a cabeça para olhar Picasso, viu que Irène Lagut chegara ao lado dele. A pintora não era apenas uma mulher bonita, estava de alguma maneira no mesmo patamar do antigo professor e amante, o que com certeza também contribuía para a atração que exercia.

Gabrielle se perguntou se Irène teria sido uma esposa melhor do que Olga estava sendo. Coisa que Cocteau considerava fato. Não era fácil ser mulher de um gênio. Ela própria preferia se fazer de ligeiramente submissa a um homem do que era na realidade. O que também podia levar a conflitos, como aconteceu com Stravinsky. Ela pensou em Catherine Stravinska. Russa como Olga e também companheira de um gênio – e igualmente refém de um casamento que trazia infelicidade para ambos os lados. Talvez a mentalidade contribuísse para isso, ela refletiu. A tal alma russa.

Ela ainda estava envolvida com esses pensamentos quando parabenizou o compositor Georges Auric, o companheiro atual de Iréne Lagut, como veio a saber por intermédio de Jean Cocteau. Enquanto era apresentada aos outros integrantes do grupo, não parava de pensar sobre a felicidade dos relacionamentos – e o sofrimento inerente a eles. Ela pensou em Boy, que nenhum homem nunca conseguiria substituir. Nem mesmo Dimitri.

"*Mon ami*, me desculpe. Não quero deixar Dimitri esperando por muito tempo", ela disse a Cocteau valendo-se de uma brecha entre beijinhos, abraços e congratulações. "Nos vemos mais tarde, na festa."

"Acompanho você até o *foyer*", Cocteau retrucou rapidamente, colocando o braço sobre os ombros dela num gesto possessivo.

"O grupo vai sentir sua falta se você...", ela começou, mas Cocteau interrompeu o protesto: "Eles vão esperar. Quero discutir um assunto que é inadiável e mais tarde não teremos oportunidade".

Ele a conduziu por corredores cheios, iluminados demais, até a sala do teatro então vazia. O palco em semicírculo com quase dois mil lugares, estofados com veludo vermelho, parecia curiosamente abandonado. A luz que indicava o intervalo ainda estava acesa, mas o palco encontrava-se totalmente escuro. Uma atmosfera estranha de felicidade, despedida, alívio e nostalgia pairava no ar, que para Gabrielle era quase palpável e correspondia a seus próprios sentimentos. Não era verdade que depois de uma apresentação bem-sucedida, quase todos os espectadores eram tomados por uma tristonha felicidade? O grupo estava aliviado, seu desempenho tinha sido o melhor possível e, principalmente, havia a esperança da nova apresentação. Gabrielle ficou tão comovida por essa percepção como pelos cheiros dos bastidores.

"Você tem tempo para ler minha próxima peça?"

"Que pergunta é essa?", Gabrielle sorriu. Sua voz ecoou pelo espaço e alguém eventualmente escondido nos anéis superiores deve ter podido escutá-la. "Claro que acho tempo, independentemente do que tenha a fazer."

Em pensamento, ela acrescentou que ele não precisava tê-la levado até ali para fazer o pedido. Não seria a primeira vez que Cocteau lhe daria um original, esperando por uma opinião. Mas ela não o lembrou disso.

"Quero saber o que você vai achar da minha adaptação de *Antígona*, de Sófocles".

"Fico contente, Jean. Prometo que vou sugar cada linha como alguém que tem sede faz com uma gota d'água. Talvez se torne minha leitura de férias – ou será que o conteúdo é dramático demais para o mar?"

Ele pareceu espantado. "Você vai viajar de novo?"

"Por que não?", ela devolveu a pergunta e era a sua vez de ficar espantada. "*Tout Paris* sai de férias em julho e agosto. Desde nossa volta da Riviera, Dimitri e eu temos trabalhado tanto que merecemos alguns dias de descanso."

"Então nos encontraremos em Cannes e conversaremos sobre tudo!" Cocteau estava animado com a ideia.

"Infelizmente não. Aluguei uma casa em Arcachon."

Fora uma decisão espontânea, nascida de um sentimento de solidão. Dimitri andava tão afastado por conta das questões do trono russo que ela ficava mais sozinha do que em sua companhia. Embora passar as noites só nunca a tivesse perturbado, ela estava vivenciando tantas coisas naquelas semanas que gostaria de trocar umas ideias com ele. Gabrielle queria apenas conversar, trocar ideias sobre a finalização do perfume e de sua coleção russa, sobre os esboços fantásticos da irmã dele. Ela tinha pedido que Maria lhe bordasse uma blusa. Gabrielle queria dividir mais com Dimitri, não apenas sua cama. Por essa razão até o acompanhara por alguns dias a Berlim, tendo ficado muito bem hospedada no hotel Adlon. Mas no geral não fora uma boa ideia, porque as horas livres entre as reuniões com os exilados políticos russos e os generais ainda eram mais raras do que em Paris. Depois disso, ela decidiu passar o verão longe dos lugares onde a maioria dos seus conhecidos desfrutava dos meses quentes. Mas isso ela não contou a Cocteau.

A alegria de Cocteau imaginando as férias na Côte d'Azur deu lugar a uma grande decepção. "O que você vai fazer em Arcachon? Lá não tem nada exceto uma porção de ostras frescas e um cassino, que não chega aos pés daquele de Monte Carlo."

"Talvez eu esteja querendo exatamente isso." Ela sorriu para ele de maneira encorajadora. "Mas nada vai me impedir de ler sua peça."

"Espero que não. Afinal, quero lhe pedir para criar os figurinos."

"Oh." Gabrielle precisou de um minuto para se recuperar da surpresa. Ela tentou disfarçar a excitação. Por essa razão, resolveu se fazer de desentendida. "Como você sabe que tenho tempo para essas coisas do teatro? Tenho de lançar um perfume e me ocupar da minha coleção, os dias estão voando e não sei nem onde está minha cabeça."

"Fique quieta, Coco", disse Cocteau e beijou-lhe o rosto. "Li nos seus olhos o quanto você quer. Além disso, não conheço estilista melhor para essa adaptação."

Gabrielle engoliu em seco, muda, porque o amigo a tinha desvendado.

"Aliás, Picasso vai criar o cenário. Ele já aceitou. Se vocês não se matarem um ao outro, será um trabalho em conjunto muito produtivo. Estou convencido disso."

"Se não nos matarmos...", Gabrielle repetiu, cética.

Ela tinha voltado a pôr os pés no chão. Havia uma constelação problemática a ser resolvida. Não era assim que imaginara sua entrada no teatro. Nutria grande respeito pela arte de Picasso, como homem considerava-o atraente, mas ainda mantinha sua razão crítica e não desejava quaisquer liberdades no convívio com ele. Foi Stravinsky quem melhor a ensinara como era necessário não se curvar diante de um gênio. Tudo fazia crer que Pablo Picasso se comportaria tão teimosamente quanto Igor.

"Vocês irão se complementar", afirmou Cocteau.

"Tenho de pensar a respeito", murmurou Gabrielle.

"Vou mandar meu original nos próximos dias à rue Cambon." Cocteau bateu palmas. "Agora tudo está dito e devemos festejar. Vamos, venha por aqui, esta porta para o *foyer* não deve estar trancada."

Ela o seguiu em silêncio, os pensamentos ainda presos em Picasso.

Gosto dos seus quadros, ela pensou, por que não conseguiria gostar do homem também? Eles eram bons conhecidos, talvez o trabalho em conjunto pudesse torná-los amigos.

CAPÍTULO 20

O palacete branco com o nome incomum de *Ama Tikia* ficava na baía de Arcachon, nem a 100 metros da faixa de areia da praia de Moulleau. Na maré baixa, oferecia aos hóspedes em férias uma linda imagem do mar, que brilhava à luz do dia como ouro líquido e à noite espelhava um pôr do sol vermelho-sangue. Durante a cheia, as ondas altas chegavam a bater nos muros do jardim e até os ultrapassavam. Pequenos barcos percorriam a costa e por alguns centavos os pescadores levavam passageiros que queriam avançar mar adentro.

Todas as manhãs Gabrielle e Dimitri eram levados, num barquinho a remo, até seu lugar predileto nos bancos de areia, voltando só na hora do almoço. Enquanto isso, os caseiros de Gabrielle e o leal empregado de Dimitri ocupavam-se da casa. Depois de uma siesta prolongada, eles saboreavam um drinque na sombra do terraço, Gabrielle passava algumas horas com um livro, a peça de Cocteau ou seu bloco de desenho. Eles iam caminhar regularmente com o cachorro de Gabrielle, e por vezes se separavam quando Dimitri ficava com vontade de jogar golfe. Na maioria das noites eles não saíam, de vez em quando visitavam um restaurante em Moulleau ou iam de carro até o cassino em Arcachon. Mas para pessoas que gostavam de jogar, a frequência à casa de jogos era realmente baixa. E nunca se encontravam com amigos ou conhecidos.

Gabrielle se espantou como o tempo passava rápido. Ao alugar a casa, fora cuidadosa na hora de indicar as datas da estadia. Ela não imaginava poder se afastar novamente por semanas de seu cotidiano em Paris, sem sentir falta do ateliê e dos amigos. Mesmo gostando das conversas prolongadas com Dimitri, essa convivência tão íntima era uma prova dura. Quando eles iriam se entediar um com o outro? Quando não se suportariam mais? Mas esse temor desaparecia tão rápido quanto a luz do sol depois do breve crepúsculo do sul. Ambos se bastavam – algo que era mais do que Gabrielle jamais imaginara ou até ousara esperar. Os dias se passavam e ela ia prolongando o aluguel, até chegar a dois meses. Nunca antes suas férias tinham sido tão prolongadas.

No seu aniversário, a fase de recuperação estava caminhando para o final. Não apenas o calendário como também o tempo anunciava a chegada do outono. Em 19 de agosto, a onda de calor se desfez numa noitinha comparativamente mais fresca, o céu parecia mais claro e quase transparente em seu azul cintilante. Não restavam nem mais duas semanas por ali, no último dia do mês eles tinham de retornar a Paris. Como todos os alunos e os empregados.

Gabrielle sorriu ao pensar nas obrigações do dia a dia, que a alegria antecipada pela apresentação de seu perfume tornavam bem-vindas. Mesmo assim, a despedida foi difícil. Ela olhou ao redor no quarto simples, branco, e pensou o que era preciso fazer quando estivesse de volta a Paris. Que era preciso procurar – não como até o momento, sem muito empenho – um comprador para *Bel Respiro* e achar um endereço na cidade onde ela montaria um quarto como aquele. Claro e arejado.

Misia chamara sua atenção para um imóvel bem próximo à sua própria residência na rue de Faubourg Saint-Honoré que estava para ser alugado, mas Gabrielle não se preocupou em marcar uma data para visita antes da viagem. Não tinha pressa. Ou tinha? Depois de os Stravinsky terem se mudado, ela não queria mais a casa em Garches. Aquele nunca fora seu lar, e sem crianças nem música o lugar ficava muito silencioso. Certamente teria sido diferente se Boy ainda vivesse e eles morassem lá, juntos. Do jeito que estava, porém, era apenas uma pecinha no grande quebra-cabeças de sua vida. Curioso, pensou ela, que isso lhe ocorre justamente nesse dia, o do seu próprio aniversário. Seu 38º aniversário. Ela não estava fazendo planos para o futuro, pensou em silêncio, apenas um levantamento. E esse levantamento combinava melhor com aquela manhã do que com qualquer outro dia.

Nua, ela se espreguiçou debaixo do lençol fino. Sentia uma ligeira dor de cabeça insinuar-se por detrás das têmporas. Devia ser efeito do champanhe que tomara generosamente à meia-noite. Dimitri levara o balde de gelo e as taças até a praia e eles se sentaram na areia para brindar o ano novo particular dela. Apenas os dois, o ruído das ondas e o dos mastros nos barcos a vela, o luar e alguns caranguejos. Nada de festa, música, grupo de amigos. Apenas dois seres humanos que nunca imaginaram algum dia serem tão importantes um para o outro. Tinha sido maravilhoso, mas o excesso de álcool estava patente.

O ar salgado do Atlântico e o cheiro característico dos pinheiros em frente à janela entravam com o vento e estufavam as cortinas. Gabrielle sentiu um leve aroma de café. O desjejum estava sendo preparado.

A lembrança da bebida quente despertou seus instintos vitais. Ela afastou o lençol e se virou. Ao se sentar na beirada da cama, os espíritos da noite trombaram com tanta força contra sua testa que ela caiu novamente sobre os travesseiros.

Alguém bateu à porta e o ruído continuou na sua cabeça.

"Entre!", ela chamou com a voz não tão firme como de costume, mas como o ganido de um cão machucado. Rapidamente ela puxou o lençol até o pescoço.

A porta se abriu. Primeiro Gabrielle viu apenas um carrinho de chá, muito bem arrumado com toalha adamascada, louças em porcelana e talheres de prata para duas pessoas. Em seguida, vislumbrou Dimitri atrás de um vaso com um buquê gigante de rosas vermelhas. Ele lhe serviu o café na cama, pessoalmente. O herdeiro do czar fazendo as vezes de garçom já era bem estranho. Mais estranho ainda foi a escolha da sua roupa: um roupão branco e, por baixo, supostamente nada. Os chinelos estalavam no piso quando ele se aproximou com um semblante festivo.

Ela ficou atônita e não conseguiu abafar a risada. "O que você está fazendo?"

"Parabéns pelo aniversário, *ma chère*." E empurrou o carrinho diante da cama, curvou-se e abriu desajeitadamente as laterais. "Por que os funcionários conseguem fazer essas coisas que nos parecem tão difíceis?", murmurou.

Depois de ter aberto a mesinha, empertigou-se novamente e ficou ao lado dela, abaixou-se e beijou-a. "*S dnem rozhdeniya*", ele disse em russo. "Feliz aniversário, Coco, muitas felicidades e sucesso no novo ano e muito amor."

Ela colocou os braços ao redor do pescoço dele. "Ser servida por você ao acordar é a cereja do bolo de uma manhã muito especial. Não há jeito melhor de se começar um dia de aniversário."

"Piotr e Joseph foram contra." Dimitri se ergueu, sorrindo. "Ambos estão muito bravos, de verdade, porque quis bancar o garçom. Apenas Marie foi compreensiva. Escutei-a sussurrar algo sobre romantismo para Joseph."

Enquanto ria com ele, Gabrielle percebeu que as dores de cabeça não eram tão intensas assim.

Dimitri empurrou duas cadeiras até a mesa improvisada, ergueu a tampa do bule fazendo o aroma do café se espalhar no quarto e, um tanto atrapalhado, serviu a bebida. As habilidades de garçom realmente não eram seu forte.

"Venha, Coco, antes de o café esfriar", ele a chamou sem olhar para ela, pois estava ocupado em tentar achar um lugar para a cloche de prata que cobria um dos pratos. Vestido com o roupão de banho, a cena era involuntariamente engraçada.

"Obrigada, Sua Majestade Imperial", Gabrielle brincou. Rindo, ela se levantou. Dessa vez, um pouco mais cuidadosa do que antes. Puxou o lençol da cama e enrolou-o feito uma túnica ao redor do corpo. Em seguida, se aproximou, inspecionou o cestinho com *croissants*, a manteigueira e os diversos vidros com geleia, passou as pontas dos dedos cuidadosamente pelas rosas perfeitas. Não só para valorizar o esforço de Dimitri, ela disse: "Você arrumou tudo muitíssimo bem". Ela realmente tinha gostado muito.

Queria se sentar diante de um dos pratos quando ele a reteve: "Não. Aí não. Seu lugar é aqui". Ele deu um passo para o lado, a fim de lhe dar espaço.

Surpresa, ela se sentou.

Dimitri não fez o mesmo, mas ficou em pé ao seu lado. Cheio de expectativa, parecia.

Com espanto crescente, Gabrielle tomou um primeiro gole de café. Percebeu o olhar de Dimitri e tentou imaginar o que ele aguardava. Claro que ela precisava checar o que havia debaixo da cloche. Tinha algo escondido ali. Será que Maria tinha preparado um café da manhã inglês, com ovos mexidos e bacon, por conta do aniversário? Os russos também gostam dessas coisas fortes logo pela manhã, que um estômago francês nunca seria capaz de digerir àquela hora. E para combater uma ligeira ressaca, uma refeição gordurosa não era a melhor pedida. Bastava imaginar uma fritura para se sentir enjoada, sem falar no cheiro que a acompanhava. Por essa razão, ela hesitou mais um pouco, tomando outro gole de café.

"Dimitri, você não vai se sentar?", perguntou, simpática, com a xícara na mão.

"Não tenho pressa."

Ele parecia mesmo estar esperando que ela verificasse o conteúdo do prato. Gabrielle não entendia como ovos fritos, bacon e salsichas ou *blinis* e *pirog* poderiam ser tão importantes para ele, mas não queria torturá-lo ainda mais. Se era preciso tanto comer aquilo, ela iria ao menos tentar.

Baixou a xícara de café e ergueu a cobertura prateada com formato de sino. E quase deixou a cloche cair.

A porcelana estava decorada com um tecido de seda branco e folhas de rosas, e por cima havia um colar de pérolas infinitamente longo. Ou muitos cordões menores.

Gabrielle não conseguiu distinguir exatamente. Mas tanto fazia. A imagem era a de uma pequena montanha de pérolas branco-creme de brilho rosado que – de acordo com a incidência da luz – cintilavam todas as cores pastel. Não era preciso ser especialista para reconhecer que, pelo tamanho e pelo brilho, tratava-se de joias preciosas.

"Parabéns pelo seu aniversário, Coco", Dimitri repetiu baixinho.

Timidamente, Gabrielle tocou o presente. Bem no fundo, temia que as pérolas pudessem se desfazer em pó de ostras. Mas tinham uma textura tão real que ela precisou respirar fundo.

Na verdade, ela não se importava muito com joias de verdade. Em sua opinião, colares, anéis e brincos podiam servir apenas como ornamentos, nada que de alguma maneira aumentasse o valor de uma mulher. Por essa razão, preferia bijuterias. Claro que nem sempre foi assim. Quando jovem, Gabrielle também se encantava pela magia de diamantes refulgentes.

Boy não dava presentes a Gabrielle. Pelo menos, não como acontecia na turma de Étienne em Royallieu com suas amantes. Os amigos de Étienne ofereciam a suas mulheres o que chamavam de oferenda da manhã. Objetos caros que cada uma delas apresentava com orgulho: penas de pavão, golas de pele ou joias. Boy, por sua vez, parecia não ligar para as mulheres que se enfeitavam como árvores de Natal.

Gabrielle não tinha certeza de como reagir a essa falha. Na realidade, ela achava a simplicidade muito mais interessante de ser alcançada do que toda aquela produção. Mesmo assim, por vezes ouvia o diabinho que atazanava seus pensamentos e lhe sussurrava que estava perdendo alguma coisa. Foi por isso que seu coração disparou quando Boy perguntou, mais ou menos um anos depois do início do relacionamento: "Eu nunca dou presentes, não é?".

"Verdade", ela respondeu, sentindo um misto de expectativa, ansiedade e desconcerto.

Na manhã seguinte, ele colocou um estojinho de couro vermelho sobre o travesseiro dela. Ao abrir o presente, quase ficou ofuscada pelo brilho da joia depositada sobre uma almofadinha revestida de veludo vermelho.

"Que lindo", suspirou.

"É um diadema", retrucou Boy sorrindo. "É seu."

Gabrielle nunca vira um diadema antes. Ela não sabia nem do que se tratava. Claro que também não sabia como usá-lo. Era para pôr ao redor do pescoço?

Mais tarde uma conhecida lhe disse que a pequena coroa era arranjada num penteado alto. Mas Gabrielle usava cabelos curtos. Como prendê-la? Quando usá-la? Ela bem que tentou se familiarizar com o adereço. Ensaiava secretamente, na frente do espelho, até conseguir colocar o diadema na cabeça de tal maneira que ele não caísse na testa nem escorregasse para trás. E escolheu um vestido longo para usar.

"Você quer sair?", Boy perguntou, surpreso. "Para quê? É tão bom ficar em casa."

O diadema sumiu no estojo e Gabrielle satisfez o desejo do amado por discrição. Um presente desse quilate não se repetiu. Ela estava feliz com Boy. Com ou sem joias caras.

Gabrielle estava encantada pela elegância discreta das pérolas. Elas não tinham qualquer relação com os brilhos que as mulheres da sociedade tentavam se cobrir. Aquelas pérolas possuíam magia; pareciam ser ainda partes vivas de uma ostra. Eram mais do que um adorno, irradiavam tudo o que uma mulher pudesse desejar de suas joias.

"É o colar da minha avó."

"O quê?" Arrancada de seus pensamentos, Gabrielle olhou para Dimitri. Ela ouvira todas as palavras, mas não as entendera.

"São as chamadas pérolas Romanov, Coco. Eram da czarina Maria Alexandrovna, a mãe do meu pai." Dimitri hesitou. Inseguro, transferiu o peso do corpo de uma perna a outra. O silêncio dela parecia irritá-lo. Era óbvio que ele queria que a generosidade do presente a fizesse ficar fora se si.

Mas Gabrielle não se mexeu.

Para um homem de meios materiais tão limitados como esse, rosas de caule longo provavelmente eram contabilizadas como um gasto extravagante. Ela sabia disso. Se estivesse esperando receber um presente dele, então ela se contentaria com um buquê. Mas ela não esperava nada dele. As horas que passavam juntos, em harmonia, eram muito mais valiosas. Felicidade – Boy havia lhe ensinado – não se compra. Dimitri mimava-a com sua presença, delicadeza e amizade; esses eram os mais belos presentes do relacionamento.

"Eu... eu... não posso aceitar...", ela balbuciou.

"Você não gostou das pérolas?", ele perguntou desapontado.

"Não! Por Deus, claro que gostei."

Pensando bem, os colares correspondiam exatamente ao seu estilo. Desse ponto de vista, Dimitri fizera uma ótima escolha. Não era apenas um presente generoso, mas também fora escolhido com cuidado. Apesar disso, era inaceitável.

Posto à venda, o cordão de pérolas poderia alcançar um valor expressivo, embora o preço da joia não fosse o mais importante para Dimitri. Ela sabia disso. As joias de sua avó eram um bem precioso de grande valor simbólico, não apenas para ele, mas para todos os monarquistas no exílio. Era evidente que significavam muito mais do que Gabrielle seria capaz de quantificar.

"Não posso aceitar", ela reiterou, sem encará-lo. Ela conseguia imaginar a decepção tomando conta do rosto de Dimitri, e não queria ser testemunha. Além disso, ele não devia ver a felicidade no rosto dela. De um modo ou de outro, fora uma ideia maravilhosa apresentar essa preciosidade como presente de aniversário. Ele poderia compreender errado a satisfação de Gabrielle. Pois: "Fazem parte das joias da coroa, não?"

"Ah, então é isso", Dimitri disse aliviado, mas seu riso era amargo. "Não se preocupe, os bolcheviques já nos roubaram tanto que este colar não faz diferença. Quero dizer, sem falar que faziam parte dos pertences particulares da czarina. Ela amava estas pérolas e seria terrível para mim saber que acabaram no pescoço da amante de um comissário comunista ou nas mãos de uma duvidosa casa de penhores. Minha avó era uma mulher especial e..." Ele fez uma ligeira pausa para prosseguir com suavidade: "Por isso suas pérolas têm de pertencer novamente a uma mulher especial".

Enquanto ela ainda se esforçava por se manter calma, ele pegou os cordões. E passou as várias fiadas longas delicadamente sobre a cabeça de Gabrielle. Os dedos dele tocaram o ponto sensível na clavícula dela. Ela se arrepiou com o toque e a leve pressão da joia.

Curiosamente as pérolas não eram frias em contato com a pele, e logo ficaram com a temperatura de seu corpo. Usá-las era uma inimaginável sensação de completude.

"No Ermitage, parte do Palácio de Inverno que já no tempo do meu bisavô foi transformado em museu, havia um retrato da czarina Maria Alexandrovna usando esses colares. Queria poder mostrá-lo a você."

Em silêncio, ela ergueu a mão e envolveu os dedos dele, puxando-os até os lábios para beijá-los um a um. O gesto dizia mais que qualquer palavra.

"Guardo no coração essa imagem da minha avó", ele disse e ergueu-a da cadeira, segurando-a no colo. "Assim como nunca irei me esquecer de você hoje de manhã."

Quando a boca de Dimitri encontrou os lábios de Gabrielle para um beijo longo e apaixonado, as pérolas se tornaram irrelevantes.

CAPÍTULO 21

"Como você arranjou estas pérolas?", Misia perguntou antes mesmo de cumprimentar Gabrielle, quando elas se reencontraram após mais de dois meses. A amiga não a abraçou, como Gabrielle obviamente esperava, mas colocou os braços sobre seus ombros e afastou-a de si. À distância, passou a observar os colares que Gabrielle estava usando com um tubinho preto. "Elas são fantásticas!".

Gabrielle tocou os cordões. "Sim. São."

"E como você as arranjou? Nem na Cartier dá para comprar algo assim."

"Acho que não." Sorrindo, Gabrielle baixou a voz: "Dimitri me deu de presente. Mas, por favor, não saia falando isso por aí".

Mal acabara de fazer o pedido, ela se irritou. Provavelmente Misia interpretaria o desejo como estímulo para fazer o contrário, mas ela torcia pela discrição da amiga.

Misia arregalou os olhos. "Não me diga que são as famosas pérolas Romanov."

Gabrielle ficou em silêncio.

Mas a amiga entendeu-a mesmo assim. Quase sem fôlego, soltou: "Meu Deus, Coco, você não pode andar na sua loja assim, como se fossem bijuterias".

"Onde mais eu usaria os colares?"

Naquele dia, Gabrielle e a amiga estavam na sua butique, contrariando o hábito de se verem no ateliê ou nas salas particulares do primeiro andar. Desde cedo ela aprendera que era melhor para os negócios não aparecer muito para as clientes, deixando as vendedoras assessorarem as mulheres. Ninguém tentava regatear o preço de um vestido com uma funcionária, mas a situação era outra no caso da negociação com *mademoiselle* Chanel em pessoa. Ela sempre se surpreendia com os truques que as clientes ricas usavam para solicitar favorecimentos ou até se esquivar da conta. Naquele dia, entretanto, ela não estava lidando com clientes, mas verificando a decoração da loja para achar um lugar a fim de expor as caixinhas brancas com "*Chanel n. 5*" impresso em preto.

Visto que Misia não falou nada, Gabrielle acrescentou: "Ouvi dizer que as pérolas antigas perdem o brilho quando não são usadas regularmente em contato com a pele. Por isso, não vou deixar essas joias especiais fechadas numa caixinha".

"Quem disse?", Misia ofegou.

"Maria Pavlovna", Gabrielle retrucou sem mais.

"É, ela tem de saber." Com o comentário invejoso, Misia acabou deixando de lado seu respeito pelas joias.

A irmã de Dimitri tinha ido no dia anterior ao ateliê para apresentar a Gabrielle a blusa que havia bordado, e parecia um milagre: o trabalho da princesa superava o de qualquer bordadeira profissional. A obra de arte de Maria era tão impressionante que Gabrielle lhe pediu mais modelos. A conversa das duas girou sobre moda, mas é óbvio que as pérolas chamaram a atenção de Maria. Afinal, tratava-se das joias da sua avó. Gabrielle esperava por um protesto e estava se sentindo desconfortável imaginando que Maria fosse levantar objeções. Mas a russa disse apenas: "Dimitri fez bem em dar as pérolas a você. Qualquer outra coisa seria apenas mais uma perda". Gabrielle não sabia o que Maria estava querendo dizer, mas também não perguntou.

Na tentativa de consolar a melhor amiga, Gabrielle mudou de tema: "Há pouco recebi as primeiras amostras do meu perfume...";

A manobra de distração foi efetiva. "Quero muito vê-las!", Misia exclamou, encantada, e reforçou: "Muito!".

"Então suba. Eu estava mesmo querendo fazer um brinde e com companhia é muito melhor."

Sobre a escrivaninha de Gabrielle havia uma caixa aberta e o papel de seda branco saindo pelas beiradas era como neve sendo jorrada por uma fonte no inverno. Ela havia desempacotado às pressas as amostras enviadas: caixinhas brancas com texto em preto, dentro os frascos simples de rótulo branco e a mesma tipologia sem serifa, preenchidos com o líquido claro amarelo-âmbar. Cinco exemplares de *Chanel n. 5*, que Gabrielle colocara ao lado da caixa. Ela pegou um deles e o entregou a Misia.

"Para você. Ainda não é Natal, mas quero que você seja a primeira a usar minha fragrância."

"É Natal, Coco." Misia estava radiante. Segurando o perfume, ela se sentou numa poltrona. E passou a girar e a virar a caixinha antes de abri-la, com reverência, tirando o frasco cuidadosamente de dentro para checá-lo também.

Gabrielle recostou-se na escrivaninha e ficou observando a amiga. Assistir Misia valorizando o presente era um grande prazer. Por não ter participado do processo de produção, sua opinião era muito importante para Gabrielle – e ainda anteciparia a reação de suas clientes. Com o nervosismo crescente, a estilista começou a brincar com os cordões de pérola, que alcançavam quase sua cintura.

"Os cantos chanfrados são uma bela ideia", comentou Misia a respeito do frasco de vidro. Ela olhou para Gabrielle. "Muito impactante. E sem cafonices. Genial! Como você chegou nessa ideia? O frasco da *nécessaire* de viagem de Boy tinha cantos vivos, se me lembro bem."

"Foi numa noite no Ritz", Gabrielle contou. "Eu estava sozinha, trabalhando nos esboços. De vez em quando, olhava pela janela. Então percebi que a Place Vendôme é oitavada. Tive então a ideia de fazer a modificação."

Misia abriu o tampo a fim de colocar uma gota do *Chanel n. 5* no pulso, lá onde se ouvem as batidas do coração. "Já conheço o cheiro, mas confesso que não me canso de senti-lo."

"Então você está bem provida por ora." Com um sorriso nos lábios, Gabrielle acendeu um cigarro. A aprovação de Misia não apenas lhe trazia alívio como também uma grande alegria pessoal. Era como um triunfo. Ela sabia que Misia faria de tudo para divulgar o perfume entre a alta sociedade.

"Esse perfume é bom demais para ser dado apenas como presente de Natal para suas clientes, Coco." A afirmação soava quase como um protesto.

"Temo que a produção seja cara demais para se chegar a um preço de venda. É possível que o *Chanel n. 5* seja hoje em dia o perfume mais caro do mundo."

"Mas também o melhor." Misia voltou a fechar o frasco e devolveu-o à embalagem. "Você devia tentar, Coco. O preço não deve ser tão decisivo assim. Não lhe faltam compradoras. Veja todas as americanas que estão viajando pela Europa, esbanjando dólares. Eu não deixaria de maneira nenhuma o negócio dos perfumes exclusivos com esse inglês. Edward Molyneux é o nome dele, acho."

"Eu o conheço. Ele tenta copiar meus modelos, mas não me incomoda." Relaxada, Gabrielle bateu as cinzas numa travessa de cristal. "Será que ele quer lançar um perfume também?"

"O nome é *Numéro cinq*", informou Misia num tom de voz grave. "Mas deve ser mais um acaso do que resultado de espionagem industrial. O ateliê de Molyneux fica, até onde sei, no número cinco da rue Royale."

"Verdade. Talvez eu devesse fazer uma aposta com ele para ver qual perfume terá mais sucesso. Seria divertido, você não acha?"

"Isso só será possível se você colocar seu perfume no mercado."

"Hum..." Ela tragou o cigarro, pensativa. As reflexões de Misia não eram irrelevantes. Por outro lado, Gabrielle não tinha a menor ideia de como fazer uma água de colônia chegar ao mercado, como por exemplo na seção adequada dos grandes magazines. Ela se encontrara diversas vezes com Théophile Bader, dono das Galeries Lafayette, mas seria complicado simplesmente lhe sugerir colocar o produto caro entre o rol de seus produtos. Mesmo se tentasse, não tinha ideia das condições exigidas, nem como deveria negociar com ele. Boy teria sabido o que fazer. Mas ela estava sozinha. Totalmente. "Misia, sua animação é um tanto excessiva para mim."

"Fale com François Coty. Ele saberá o que fazer."

"Em contrapartida, ele vai querer produzir o *Chanel n. 5*, o que não é possível. É preciso haver outro jeito. Pelo menos para o início. Vou pensar a respeito."

Misia fez uma careta. Ela segurou o pacotinho como se fosse um troféu. "É uma pena que isso seja distribuído apenas como um presente."

"Estou dizendo que vou pensar a respeito."

"Então não perca tempo." Misia fez uma ligeira pausa antes de soltar: "Há tanta coisa mal parada... Você tem muitas coisas para pensar, Coco. Como aquela compra despropositada de *Bel Respiro*. Livre-se do imóvel de uma vez por todas. Fui contra desde o início e acho que está na hora de você se desapegar dele. Combinei um encontro seu com o *comte* de Pillet-Will na rue du Faubourg Saint-Honoré 29. Ele está muito interessado em alugar para você o apartamento grande do térreo."

"Misia, hoje você está realmente se excedendo."

"O jardim vai até a parte gramada da avenue Gabriel", a amiga insistiu.

Gabrielle prendeu a respiração. Ela ainda não conhecia Misia no tempo em que fora feliz numa das elegantes casas da avenue Gabriel. Mas contara das maravilhosas horas passadas ali com Boy. Será que ela se sentiria mais próxima dele naquele *quartier* do que no palacete em Garches? Será que a lembrança do amor de sua vida numa das regiões mais ricas do 8º *arrondissement* seria mais viva do que longe do centro?

De repente, ela se sentiu arremessada de volta à noite em que Étienne Balsan foi até *La Milanaise* com a terrível notícia. Gabrielle não se esquecera de nenhum minuto. Nem do tempo depois, no qual esteve mergulhada no luto e não suportou mais a casa onde eles tinham vivido juntos. Embora sua vida tenha se transformado, seus sentimentos continuavam intocados. Essa conclusão apareceu tão nítida diante de seus olhos quanto seu nome no frasco do perfume que Misia ainda segurava nas mãos.

Perdida em pensamentos, Gabrielle brincava com as pérolas no pescoço. Não havia nada mais importante para ela do que a memória de Boy. Ela visitaria o apartamento, concluiu. Sem Misia – e sem Dimitri.

CAPÍTULO 22

Seis semanas mais tarde, Dimitri abriu a porta do terraço. Eram duas folhas com muito vidro, típico dos palacetes parisienses do início do século XVIII. Ele saiu até o jardim outonal, cujo esplendor de cores se fora há tempos. Apesar da área ser densamente plantada e uniforme, a neblina espessa baixava sobre o jardim, enroscava-se feito algodão nos galhos nus das tílias e tremulava no ar. Aos seus pés havia folhas secas que o zelador ainda não tinha varrido, e que estalavam com suavidade.

Gabrielle estava atrás dele, bem próxima, e a fumaça do seu cigarro desaparecia na bruma.

"E então?", ela perguntou. "O que você acha do meu novo apartamento?"

"O que devo dizer, Coco? Você sabe que ele é maravilhoso. E ainda com esse pequeno parque no meio da cidade. Uma moldura ideal para uma mulher estilosa."

"O apartamento é menor do que a casa em Garches. Mas é grande o suficiente para mim e meus cachorros, os empregados e meus amigos. Também há espaço para meus livros e os biombos Coromandel. Você já pensou onde vai colocar suas coisas?"

Eles tinham acabado de olhar detalhadamente os ambientes, admirando os ornamentos de estuque, as cornijas de mármore e as marchetarias. Por outro lado, Gabrielle detestou os painéis das paredes, mas não podia retirá-los. O apartamento ainda não tinha móveis, quadros nem luminárias. Alguns cantos estavam bastante escuros, devido ao horário e ao tempo cinzento, mas nada que impedisse Dimitri de escolher onde gostaria de se instalar no futuro. As dependências atrás da cozinha também eram espaçosas o suficiente para hospedar Piotr e o casal Leclerc. Mas Dimitri não respondeu.

Depois de um tempo, ele pegou a mão dela e a segurou. "Coco", ele falou em voz baixa, "não vou me mudar para cá."

O vento norte soprou gelado, levantou as folhas e entrou por debaixo do sobretudo aberto de Gabrielle. Ela sentiu o frio diretamente sobre a pele, como se estivesse nua.

"Então você vai morar onde?"

"Na casa de Maria e Sergei. Num hotel. Ainda não sei direito." Ele parecia estar escondendo a verdade, titubeando feito um menininho que precisa se explicar à mãe depois de uma traquinagem. "Talvez eu fique por um tempo nos Estados Unidos."

Gabrielle tiritava de frio. Ela gostaria de voltar ao apartamento, que estava mais quente do que do lado de fora. Mas temia perder o contato com Dimitri caso soltasse da sua mão.

Enquanto sentia a proximidade do corpo dele, tudo estava bem. Ele queria viajar. Talvez apenas para ficar a sós por um período. Que o fizesse. Ela sabia o quanto era difícil para ele defender sua pretensão ao trono. Dimitri não era diplomata ou político e nunca aprendera a lutar pelo seu direito de herança. Será que já tinha perdido? No fundo, ela sabia que a questão não se limitava ao título de imperador. Mas não queria acreditar nisso.

Eles ficaram em silêncio, embora não estivessem unidos pela costumeira harmonia.

Gabrielle percebeu que a aliança entre eles se rompia. Os cacos dessa felicidade tranquila lanhavam seu coração e ela sentia-se grata pelo cigarro que tragava, nervosa. A nicotina preenchia seus pulmões e acalmava os nervos.

"Sempre haverá um lugar para você na minha casa", ela respondeu finalmente, tragando, exalando, tragando, exalando. "O apartamento tem bastante espaço."

Os dedos dele apertaram a mão dela com mais firmeza. "Quero continuar sendo seu amigo, Coco, e não ter de deixá-la algum dia por causa de outra."

Então por que você está me deixando?, ela pensou.

"A vida separa os amantes", ele disse. Nesse meio-tempo, a força com que ele a segurava fazia parecer que Gabrielle era a âncora da sua vida, o esteio de que precisava para não afundar. "Nenhuma briga conseguiria nos separar, não é?"

"Acho que não", ela murmurou.

"E me opor às normas da casa dos Romanov...", ele prosseguiu, como se ela não tivesse dito nada. "Eu não posso ir contra essas normas e simplesmente me casar com você." Ele falava como se estivesse conversando consigo mesmo.

Ela estava tão surpresa que puxou a mão. Eles nunca tinham mencionado casamento. Claro, vez ou outra ela imaginara como seria a vida de uma princesa de verdade. A brincadeira dela na catedral em Nice era inesquecível. Mas eles nunca conversaram seriamente sobre um futuro que fosse além dos interesses políticos de Dimitri e do sucesso profissional de Gabrielle. Eles até deram muita risada quando, depois do retorno de Arcachon, começaram a circular boatos em Paris de que teriam se casado. Entretanto, ela não fazia ideia de que *ele* pensava num relacionamento de caráter oficial.

Enquanto ele mergulhava num silêncio sombrio, ela pensou na viagem de volta da Riviera, no início do ano. Por que ela franqueara a esse homem flashes de sua vida que tinha negado até a Boy? Será que nas profundezas de sua alma ela sabia que seu passado não importava para Dimitri porque o futuro também não existiria?

A origem dela era mais do que um sinal exterior de um casamento entre desiguais. Ela não daria descendentes à casa Romanov. Ela não podia engravidar porque, quando jovem, fora tratada por um charlatão. Naquela época em Vichy. Pela primeira vez depois de um longo tempo o aborto retornou à sua lembrança. Não contara nada a respeito para Dimitri; ele devia achar que o problema estivesse na idade dela. Por que o passado a perseguia o tempo todo?

"Quero continuar sendo seu amigo, mas não posso ser seu marido." A voz carregava um desespero que se espelhava no rosto dele. "Meu primo Kyrill Vladimirovitch é casado com a princesa Victoria Melita de Sachsen-Coburg e Gotha. Até esse casamento foi motivo de escândalo, embora como neta da rainha britânica ela corresponda às exigências de minha família. Mas Victoria Fiodorovna, como ela se chama agora, era separada do grão-duque Ernst-Ludwig von Hessen-Darmstadt. Isso tornou a ligação tão complicada quanto o fato de ambos serem primos em primeiro grau. Depois do casamento secreto, o czar negou a Kyrill Vladimirovitch todos os privilégios reais, mas teve de voltar atrás e Kyrill retomou seu lugar na linha sucessória. Por essa razão, detalhes como esse antigo escândalo são importantes para a conformação do futuro de nossa pátria."

Ela mal o ouvia; na sua cabeça, os nomes zuniam como abelhas ao redor de sua rainha. A lembrança da dor e do sangue em abundância era muito mais forte. Étienne Balsan era o pai do filho não nascido, e naquela época ela não hesitara nem um instante em procurar um fazedor de anjos. Seu destino de bastarda não seria imputado a mais ninguém, o peso do nascimento ilegítimo era pesado demais. Seus olhos se encheram de lágrimas.

"Você trouxe muita alegria à minha vida", disse Dimitri. "Mais do que ousei esperar. Minha gratidão será eterna."

O cigarro já estava quase todo consumido, chamuscou seus dedos e a trouxe de volta à realidade. Ela o jogou no chão e pisou na guimba, com o olhar fixo na extremidade do jardim oculta pela neblina. Lá onde ficava a avenue Gabriel. Onde ela passara os anos mais felizes de sua vida. A perda de Boy era mais pesada do que tudo. Ela a deixara mais solitária do que jamais se sentira. A partida de Dimitri não seria nem metade daquele sofrimento. Tinha amigos. Não precisava de marido. Talvez um amante, que ela acabaria encontrando. Ninguém como Dimitri Pavlovitch Romanov, claro. Mas e daí?

"Vamos", ela se decidiu e se assustou com a voz embargada.

"Sinto muito, Coco."

Ela ignorou as desculpas dele.

Enquanto se virava devagar, caminhando para o apartamento, conseguiu se acalmar novamente. Ele seguiu-a com os ombros caídos e cabeça baixa. Quando fechou a porta do terraço, ela já falava num tom animado, como se a sala estivesse cheia de convidados da festa de inauguração do novo endereço. As paredes nuas ecoavam suas palavras.

"Nos próximos dias, voltarei aqui com Misia e José Sert. Vamos discutir a decoração. Confio totalmente no gosto dos dois." Ela girou sobre os calcanhares. "O que você acha, Dimitri? Onde devo colocar o piano?" Por enquanto, não havia nada mais pessoal a ser debatido do que a inócua questão do lugar do piano.

Ele não percebeu o ritmo alucinado do coração de Gabrielle.

QUARTA PARTE
1922

CAPÍTULO 1

As férias de Natal dela foram um sucesso. Gabrielle passara os feriados com amigos em Cannes e no início de janeiro viajara de novo, quando a Croisette foi ocupada pelos primeiros-ministros da França, Grã-Bretanha, Bélgica e Itália, mais suas delegações, bem como o ministro do Exterior do Reich alemão e outros homens públicos. Ela não queria saber da alta política. Não queria saber das exigências de reparação que os Aliados faziam à Alemanha e nem da catástrofe da fome na chamada República Soviética Russa. Por teimosia, ela apartou completamente sua vida da situação mundial.

O cenário político contribuíra para destruir seu relacionamento com Dimitri Romanov, que continuava a batalhar pela sua pretensão ao trono, embora de maneira cada vez mais ineficaz. Ela não queria ser lembrada disso e até Maria evitava proferir o nome do irmão quando estava no ateliê Chanel; nos últimos tempos, todos os dias. Havia tantas outras coisas para serem conversadas, coisas com as quais Gabrielle tinha de se ocupar. Pois mais sensacional do que os desenhos sempre incríveis de Maria e seu bordado fora a apresentação bem-sucedida de *Chanel n. 5*.

Contra o conselho de Misia, Gabrielle acabou se mantendo fiel à ideia original e entregou o perfume como presente de Natal para suas melhores clientes. Entretanto, não de maneira tão generosa como pensava no começo, reteve a maior parte dos cem frascos da remessa inicial para serem vendidos mais tarde na butique. E, na hora da avaliação do produto, se refugiou na Riviera. Por um lado, ela temia comentários desdenhosos, por outro fazia questão de não estar muito em evidência. Gabrielle tinha a intuição de que as primeiras testadoras, não podendo comentar sobre o perfume com ela própria, iriam fazê-lo com as amigas. Dessa maneira, o nome da nova criação da casa Chanel deveria estar em todas as bocas.

Ela convidou os amigos mais próximos de Paris, mais Ernest Beaux, para um jantar no restaurante do Hotel Carlton. Antes de as pessoas mais importantes do palco político da Europa terem tomado conta de

Cannes, *tout le monde* da alta sociedade se reunia por lá. As mesas estavam ocupadas, o *maître d'hôtel* tinha de pedir cadeiras extras sem parar, a fim de acomodar as turmas que se encontravam mais ou menos por acaso, enquanto mulheres de todas as faixas etárias trajando elegantes vestidos de noite entravam ou circulavam pelo lugar à procura de seus acompanhantes e no caminho para o toalete. Tratava-se do grupo-alvo de Gabrielle.

Ela tirou o vaporizador que trouxera de dentro da bolsa e espalhou generosamente o perfume na direção dos hóspedes que passavam por ali. Como uma grande cloche prateada, o perfume ficava por um breve instante pairando no ar, para depois se dispersar lenta e suavemente até as mesas do lado. Ela imaginou que passaria desapercebida, mas Misia notou de pronto o que ela estava fazendo.

"Deus do céu!", Misia exclamou tão alto que algumas cabeças se viraram. "Você não pode sair desperdiçando essa preciosidade no ar desse jeito."

Ernest Beaux, a quem coube a honra de se sentar ao lado de Gabrielle à mesa, parecia um tanto perplexo, mas resolveu fixar ostensivamente o olhar na taça de champanhe.

"Não se preocupe, vou prestar atenção para não cair dentro das taças", Gabrielle lhe assegurou, sorrindo.

Ela colocou o plano em ação somente quando os pratos com as entradas já tinham sido retirados. Afinal, sabia que o *Chanel n. 5* não era o tempero ideal para lagostas.

O perfumista assentiu. "Um bom aroma não é sinônimo de bom paladar. Posso lhe perguntar o que está fazendo, *mademoiselle*?"

Gabrielle ergueu o frasco que tinha na mão e apertou a bombinha de modo que o aroma seguisse as costas nuas de uma jovem muito elegante que passava naquele instante ao seu lado, de braços dados com um homem de smoking. A mulher parou, virou rapidamente a cabeça, franziu o nariz. Em seguida, sussurrou algo ao acompanhante.

"Cuidado para você não ser expulsa daqui", Misia falou.

"O que está fazendo?", o perfumista repetiu a pergunta.

"Estou seguindo o que François Coty me ensinou", Gabrielle respondeu, divertida.

Seu próximo objetivo era uma mulher mais velha, que se sentou na mesa atrás da dela junto a um grupo grande, supostamente todos membros de uma mesma família. As vozes estavam altas. Entre os amigos de

Gabrielle, entretanto, reinava um silêncio espantado. Cinco pares de olhos acompanharam sua ação, admirados, divertidos – e pasmados.

Gabrielle se curvou um pouco para a frente a fim de conseguir ser ouvida. Seu tom de voz deixava claro que as palavras eram destinadas unicamente aos seus amigos: "Nunca me esqueci o que François Coty me falou do início de sua carreira. Naquela época, ele estava tentando convencer o diretor da Printemps a oferecer sua água de toalete *La Rose Jacqueminot* no magazine. No início, ele não teve muito sucesso. Mas depois Coty resolveu jogar um frasco no chão da loja. O vidro quebrou, o aroma se espalhou e as clientes pararam, querendo saber que perfume era aquele, que elas queriam de qualquer jeito. Ele se tornou um campeão de vendas."

"Borrife mais uma vez e você alcançou seu intento", afirmou José Sert. "Não se vire, Coco, quase todas as mulheres estão com os narizes esticados, olhando para você."

"Coco está sendo observada porque nesta noite está maravilhosa mais uma vez", galanteou Jean Cocteau da outra extremidade da mesa. "Seu vestido é, como sempre, uma sensação. Principalmente com essas pérolas."

Gabrielle tocou nas joias. "São só colares", ela assegurou, discreta. "Estou pensando numa linha de bijuterias. Vou copiar estas aqui."

"As imigrantes russas e todas as ricaças americanas vão arrancar as imitações das pérolas Romanov das suas mãos", Misia concordou.

"De onde *mademoiselle* tira tantas ideias incríveis?", perguntou Ernest Beaux.

"De onde você tira tempo para pôr em práticas essas ideias incríveis?", Jean Cocteau arrematou. "Coco, minha cara, posso lembrá-la que você me prometeu criar o figurino para minha *Antígona*? Com tanto trabalho, quando, pelo amor de Deus, você vai fazer isso?"

"Não se preocupe com Coco", disse Sert. "No momento, acho que é Picasso que terá mais dificuldade em desenhar o cenário."

"Não diga isso. A estreia está marcada para o final do ano."

"Se Olga continuar pressionando-o tanto, sua criatividade vai ser abalada. Ela o obrigou a acompanhá-la, com o filho, para o interior nos feriados. Fazer o papel de pai de família feliz. Justo Picasso. Por favor!" Sert ergueu as mãos.

Cocteau assentiu. "Ouvi dizer que ela o prende de verdade."

"Não posso imaginar que ele permita algo assim", Gabrielle opinou.

"Psiu!", disse Misia, excitada de repente. "A neta da senhora idosa da mesa ao lado – ou seja lá quem for –, está se levantando e parece que vindo para cá." Ela desviou o olhar, se esforçando para não parecer indiscreta. "Ou ela quer se queixar, Coco, que você envolveu sua *mamie* velhusca com um perfume imperdoavelmente erótico... ou ela quer saber o nome dele."

Cocteau lançou olhares desafiadores para a turma. "O que ela fará? Vamos apostar?"

"Todos de boca calada", falou Sert, bravo. "Claro que não vamos dizer a ninguém que se trata do *Chanel n. 5*. O desconhecido aumenta o fascínio."

As sete pessoas à mesa – Gabrielle, Ernest Beaux, Yvonne Girodon, os Sert, Jean Cocteau e seu namorado de apenas 18 anos, Raymond Radiguet – prenderam a respiração. Tensos, ficaram à espera da aproximação da jovem. Mas parecia que Sert havia se equivocado, pois ela se dirigiu à saída. Suspiros decepcionados. Mas a moça parou no meio do caminho e se virou de repente. Era uma mulher muito bonita, de cabelo curto castanho com franja, usando um vestido de um azul pálido. Uma água-marinha brilhava na altura do decote.

"Perdoe-me a intromissão. Estamos nos perguntando", ela apontou para a mesa ao lado, "que cheiro maravilhoso é esse. E acho que aqui está melhor ainda." Ela sorriu, constrangida.

Cocteau ameaçou dissimuladamente os outros com o indicador.

"Um cheiro?", ele repetiu com o rosto sério. "Ora, eu não estou sentindo nada."

"Eu, sim", contradisse Gabrielle, que piscou para os amigos e continuou com a maior inocência: "Mas eu não faço a menor ideia de que perfume possa ser."

A moça estava visivelmente decepcionada. "Pena." Lamentando, ela deu de ombros. "Me desculpe a intromissão." Em seguida, foi em direção ao toalete das mulheres.

Cocteau foi o primeiro a falar. "Não gosto quando você fica observando as jovens", ele ralhou com o amigo. Brincando, dirigiu-se aos outros: "Raymond é maldoso. Acho que ele gosta de mulheres". Seu comentário grosseiro desanuviou a tensão e todos riram.

Foi Misia a responsável por fazer circular o nome do perfume. Até então, Gabrielle tinha borrifado o conteúdo de um frasco inteiro no restaurante e estava certa que isso era o tema de conversa mais importante diante dos espelhos dos toaletes do Carlton, onde grupos de mulheres ricas empoavam o rosto. Claro que a amiga negou mais uma vez ter cometido alguma indiscrição. Mas dessa vez ela acabou causando menos estragos do que com o telegrama para Stravinsky, dez meses antes.

Realmente havia uma informação em curso e as parisienses, voltando das férias de Natal e em busca de um perfume especial, acorreram todas à loja de Gabrielle na rue Cambon. Lá elas se encontravam com clientes que experimentaram o presente de Natal da casa Chanel num círculo privado, e queriam comprar a qualquer custo o que as amigas ganharam de graça.

Gabrielle estava sentada no degrau superior da escada que levava ao primeiro andar. Era seu lugar predileto, uma tradição de quando queria acompanhar secretamente o que acontecia na loja, no térreo. A curva da escada fazia com que ela pudesse enxergar tudo sem ser vista. Durante os desfiles de moda, ela sempre ficava nesse lugar, com um cinzeiro, um maço novo de cigarros e seu isqueiro, observando as manequins e a atmosfera das espectadoras sem quaisquer filtros, visto que sem sua presença sentiam-se mais livres em mostrar contentamento ou crítica. Agora Gabrielle se escondia dos olhares para saber como *Chanel n. 5* era recebido.

Ela dera orientações para as vendedoras não pressionarem nada. As valiosas embalagens brancas não podiam ser empurradas sem mais nem menos sobre o balcão. Naquele tempo exclusividade era tudo, os custos de vida aumentavam sem parar. Para os clientes ricos, o preço não tinha importância, não era sinal de luxo. O que importava era ser especial. E a curiosidade aumentava o interesse; José Sert concordava com isso.

"*Mademoiselle* ainda não teve a ideia de colocar o *Chanel n. 5* à venda", ecoou até Gabrielle a voz clara da bela condessa caucasiana, empregada fazia pouco.

"Isso é impossível", a cliente reclamou. "Não posso ficar nem um dia sem esse perfume. E agora ele sumiu do meu banheiro. Estou certa que a *comtesse* Laduree foi quem pegou, ao me visitar ontem."

"A senhora acha mesmo que *mademoiselle* deveria tentar arranjar mais alguns frascos?", a vendedora recitou o texto que tinha aprendido de cor.

"Mas claro! Como falei, preciso desse perfume sem falta."

"Vou ver o que é possível ser feito. Por favor, aguarde um instante, *madame*. Volto logo."

Gabrielle tinha parado de contar quantas vezes suas funcionárias subiam a escada, lhe abriam um sorriso satisfeito e davam meia-volta na metade do caminho, assim que saíam do campo de visão das clientes, para voltar com a boa nova de que era possível vender mais uma unidade do perfume. Ainda faltava um bom tempo até o fechamento da loja e os gerentes das filiais em Deauville e em Biarritz já tinham telefonado para relatar a surpreendente demanda. Embora a alta estação ainda nem tivesse começado na costa.

É uma vitória, pensou Gabrielle, enquanto acendia mais um cigarro. Ela tentou soprar a fumaça em pequenos círculos, mas não conseguiu. Estava na hora de enviar um telegrama para Ernest Beaux. A produção precisava ser agilizada urgentemente; os lotes, aumentados. Também era preciso se dedicar à nova coleção. Seus modelos no estilo eslavo iriam lançar novas tendências, também graças a Maria. No ateliê, sua ausência já estava sendo sentida. Se não caísse morta de sono na cama naquela noite, depois de um dia exaustivo, ela queria trabalhar um pouco nos desenhos de algumas bijuterias. Provavelmente Jean Cocteau reagiria mal se soubesse que ela estava adiando os esboços dos figurinos para sua peça para amanhã. Ou depois de amanhã. Afinal, a estreia estava prevista apenas para a próxima temporada.

Apesar de todas as tarefas e desafios que a aguardavam, ela fumou seu cigarro tranquilamente até o fim. Observou como aquela cliente saiu felicíssima com sua compra e mais outra que entrou na loja com a mesma intenção. Ao abrir a porta, uma lufada de vento gelado resfriou o ambiente, mas seu pedido aqueceu o coração de Gabrielle. Ela apertou a guimba no cinzeiro e se ergueu. Estava na hora de incrementar a produção do *Chanel n. 5*.

Boy, pensou Gabrielle, conseguimos!

CAPÍTULO 2

Apesar do curto caminho do táxi até a porta de casa, os sapatos de Gabrielle estavam encharcados. A neve tinha se transformado em lama na rue du Faubourg Saint-Honoré e durante a noite provavelmente se tornaria gelo. Estava muito frio e Gabrielle torcia para Joseph ter sido generoso com o aquecimento, inclusive nos quartos em que ela não ficava o tempo todo. Uma única parede fria bastava para relembrá-la dos apertos de sua juventude. Nem na casa dos pais nem no convento havia carvão ou madeira suficiente para os fornos. Ela não queria nunca mais passar tanto frio.

O apartamento revelou ser muito grande para ela sozinha, mas Gabrielle tinha mobiliado uma série de quartos de visitas, para seus amigos. No fundo, eram os cômodos que ela planejara para Dimitri. Como a maior parte das pessoas com as quais ela convivia morava em Paris, quase ninguém ocupava aquelas camas. Às vezes Paul Reverdy passava a noite com ela. O chamado poeta triste a idolatrava havia muito e costumava dedicar-lhe seus poemas. Ela o atendera para se consolar pela separação de Dimitri, mas esse homem era um lenitivo fraco. Quando dormia com ele, não restava muita coisa além do caos dos seus próprios sentimentos.

Cansada, ela fechou a porta. Um calafrio percorreu seu corpo, subindo desde os pés enregelados até chegar à coluna vertebral. Um banho quente seria a melhor pedida para prevenir um resfriado. E, em seguida, ela iria jantar algo leve e ir para a cama com um livro. Todo o mundo estava comentando o lançamento de *La Garçonne*, de Victor Margueritte, e ela tinha finalmente de resgatar o livro da pilha das leituras futuras. Como ouvira dizer, a história tratava de uma jovem que foi traída pelo noivo e que depois passa a viver uma vida livre, autônoma. Quaisquer semelhanças com pessoas reais é mera coincidência, Gabrielle pensou ironicamente.

"*Mademoiselle* Chanel!" A voz do *comte* Pillet-Will interrompeu seus pensamentos.

Ele estava sob a luz fraca do corredor, junto ao início da escada que levava aos andares superiores, como se estivesse aguardando por ela. Sua postura era a do dono da casa a receber convidados. Ele não tinha a atitude de um homem que se retraíra para o primeiro andar de seu palacete a fim de alugar apartamentos aos outros. Claramente achava que estava fazendo um gesto muito nobre ao permitir que uma estranha vivesse em seus domínios. E se esquecia regularmente do fato de que ela lhe preenchia um cheque todos os meses.

Ela sorriu para ele. "Sim? O que foi?"

"Não posso admitir esse estorvo constante. Ontem alguém tocou piano até tarde e devo lhe dizer que se tratava de uma música terrível..."

"O pianista era Igor Stravinsky", ela o interrompeu. O relacionamento deles tinha voltado aos eixos, ambos se tratando com respeito; e era preciso assumir que a força de persuasão de Diaghilev exercera um grande papel nessa relação. Stravinsky a visitara para lhe trazer um presente: um ícone que, nas suas palavras, deveria protegê-la para sempre.

Mas o nome do famoso compositor não impressionou o *comte* Pillet-Will. Sem se importar com o aparte, ele prosseguiu: "Hoje um homem fez certo escândalo ao tentar entrar na casa. Não sei por que o seu empregado não abriu a porta. Ele deve ter seus motivos. Mas devo lhe dizer, *mademoiselle* Chanel, que não suporto nem a barulheira de ontem nem o tipo de atitude de hoje".

"Provavelmente Joseph deve ter ido passear com os cachorros", ela ponderou. "Não estou esperando visitas, pode ficar sossegado. Boa noite, *comte*." Ela se virou rapidamente a fim de não dar oportunidade ao locador de elencar mais faltas ou perturbações.

Em pensamento, passou os amigos em revista. Quem poderia ter perdido as estribeiras na sua porta? Não conseguia imaginar ninguém que se parecesse com a vaga descrição. Infelizmente ela não combinava em nada com Dimitri, que talvez tivesse antecipado sua volta e quisesse revê-la.

Joseph ouviu sua voz. Ele abriu a porta antes de Gabrielle erguer a mão para tocar na maçaneta. O calor do apartamento bem aquecido e a luz quente do vestíbulo funcionavam como uma saudação de boas-vindas.

"Boa noite, *mademoiselle*", disse Joseph, apressando-se em pegar o sobretudo salpicado por pequenos flocos de neve.

"Temos visitas, Joseph?", ela perguntou enquanto tirava os sapatos, ainda em pé.

O empregado encarou-a, surpreso. "Não, *mademoiselle*, não que eu saiba."

Nesse exato instante, a campainha disparou. Alguém não parava de apertá-la, pois o barulho era incessante. O som era tão intenso que Gabrielle achou que o locador iria ouvi-lo em seu apartamento no primeiro andar. Os cachorros, que deviam estar na área da cozinha, começaram a latir. Ensurdecedor.

Com um gesto, Joseph impediu-a de checar quem estava querendo entrar com tanta urgência. "Fique tranquilo", ela falou, abrindo a porta.

A campainha emudeceu.

"Boa noite, Coco. Já estive aqui antes, mas não havia ninguém."

Gabrielle encarou o homem à sua frente.

Ele estava bem vestido, mas de uma maneira relaxada. Uma mecha molhada do cabelo escuro estava caída sobre o rosto de nariz largo e, apesar do queixume das palavras, seus olhos negros encaravam-na com firmeza e confiança.

Ela ficou tão pasma que não lhe ocorreu nada além de dizer seu nome: "Picasso!"

"Você é minha salvação, Coco. Estou perdendo a razão; junto de Olga fico com claustrofobia. Posso ficar aqui?"

Não se tratava de uma pergunta, mas de uma constatação.

O olhar de Picasso era hipnótico, sua força de atração tão forte que ela recomeçou a tremer. Dessa vez, de calor e não de frio. Ela não sabia se suportaria mais um gênio em sua vida, na realidade não queria ser puxada novamente para o torvelinho de uma crise conjugal.

Mande-o embora, uma voz interna a aconselhava. Feche imediatamente a porta.

Gabrielle deu um passo para o lado. "Entre."

E ASSIM A VIDA SEGUIU

GABRIELLE COCO CHANEL (1883 — 1971) permaneceu solteira a vida toda, sempre mantendo relacionamentos com homens importantes. Em 1926, criou o "pretinho básico", com o qual no começo angariou não apenas elogios, mas também críticas: "Agora *mademoiselle* Chanel quer que o mundo todo fique de luto por Boy Capel", escreveu um jornal. Mas a trajetória de sucesso desse vestido não pôde ser interrompida. Em 1956 veio o conjuntinho de bouclê, que se tornou igualmente imortal como "conjunto Chanel". Ela realmente copiou as pérolas Romanov e ainda hoje se mantém a relação entre vestidos e conjuntos Chanel com pérolas. Em 1934 mudou-se da casa da rue du Faubourg Saint-Honoré 29; atualmente, o endereço abriga uma butique Chanel. Gabrielle voltou a morar numa suíte no Hôtel Ritz até o final da vida, onde morreu como multimilionária. Até sua morte, fazia questão de ser chamada "*mademoiselle*".

MISIA SERT (1872 — 1950) separou-se em 1927 de José Sert (1876 – 1945), para dar ao grande amor a possibilidade de se casar com a aluna e amante georgiana, Roussadana Mdiwani (1906 – 1938), que após a fuga da União Soviética passou a empregar o predicado nobre de "princesa". Algumas fontes afirmam que a jovem se infiltrou propositalmente entre Misia e o marido. O casal manteve contato, mas não voltou a se reunir após a morte precoce de Roussadana. Misia permaneceu sendo a melhor amiga de Coco até o final da vida. No mundo das artes, é lembrada como musa da Belle Époque.

SERGEI DIAGHILEV (1872 — 1929) trabalhou até a morte como empresário do *Ballets Russes*, mas apesar de grandes sucessos internacionais passou por várias crises financeiras, tornando-se dependente da ajuda de amigos e incentivadores. Viveu seus últimos anos em Veneza. Ele morreu pobre nos braços de Misia Sert. Seu enterro e túmulo na parte ortodoxa do cemitério San Michele foram pagos por Coco Chanel. Após a morte, o grupo de balé se desfez; dois anos mais tarde, foi criado o *Ballets Russes de Monte Carlo*, que mais tarde deu origem ao *New York City Ballet*.

IGOR STRAVINSKY (1882 — 1971) ainda passou vários meses sendo auxiliado financeiramente por Coco Chanel. Ele ficou na França até 1939, quando da morte da mulher Catherine, e depois se casou com a companheira Vera Sudeikina (1888 – 1982), emigrando com ela para os Estados Unidos, onde nunca conseguiu se sentir propriamente em casa. É considerado atualmente um dos mais significativos representantes da Música Nova. De acordo com seu desejo, foi enterrado ao lado de Sergei Diaghilev em Veneza.

DIMITRI PAVLOVITCH ROMANOV (1891 — 1942) casou-se em 1926 com a milionária Audrey Emery (1904 – 1971). Nessa época, sua renúncia ao trono já estava decidida. A partir de 1924, o primo Kyrill Vladimirovitch (1876 – 1938) passou a se intitular "imperador no exílio". Visto que a burguesa Audrey não estava à altura da casa Romanov, ela recebeu um título nobiliárquico. Seu filho, Paul Ilijinski (1928 – 2004), durante muitos anos foi prefeito em Palm Beach, na Florida, e líder da casa Holstein-Gottorp (desde 1762, a dinastia dos czares). Dimitri e Audrey separaram-se em 1937. Por causa de uma tuberculose, passou os anos seguintes em Davos, onde veio a morrer. Seu túmulo encontra-se na capela do castelo da ilha Mainau, no lago Constança.

MARIA PAVLOVNA ROMANOVA (1890 — 1958), apoiada por Coco Chanel, conseguiu se fixar na indústria da moda. Ela criou em Paris o bem-sucedido ateliê *Kitmir*, especializado em bordados. Em 1923, seu segundo casamento também se desfez. Em 1930 Maria foi para os Estados Unidos, mais tarde para a Argentina. Apenas após a Segunda Guerra Mundial se reaproximou do filho Lennart Bernadotte (1909 – 2004), com o qual viveu até a morte na ilha Mainau.

FRANÇOIS COTY (1874 — 1934) separou-se em 1929 da mulher Yvonne. Nessa época, ele era politicamente ativo e fervoroso adepto dos fascistas. Com a compra do jornal *Le Figaro* e a fundação de outros órgãos de notícias, ele apoiou os partidos e movimentos de orientação direitista na França. A sociedade anônima Coty Inc., criada por ele em 1913 nos Estados

Unidos, existe até hoje. A empresa produz aromas famosos, entre eles os perfumes de Calvin Klein e Chloé.

A relação entre **PABLO PICASSO** (1881 — 1973) e Coco Chanel é curiosamente pouco conhecida. Mas a leitura atenta das recordações de Coco traz algumas revelações. O fato é que ela decorou o quarto mais iluminado de seu apartamento na rue Faubourg Saint-Honoré para o amigo pintor, e isso certamente não se deveu apenas ao trabalho em conjunto na peça *Antígona*, de Jean Cocteau, que estreou em dezembro de 1922. Também é fato que o casamento dele com Olga (1891 – 1955) encontrava-se numa grave crise nessa época. Segundo resultados de novas pesquisas em história da arte, ele conheceu Marie-Thèrése Walter (1909 – 1977) apenas em 1925, apontada como motivo oficial de sua separação de Olga. Antes disso, lhe são reputados somente casos breves.

JEAN COCTEAU (1889 — 1963) foi um dos amigos mais próximos de Coco Chanel; anos mais tarde, ele chegou a ser seu vizinho de porta no Hôtel Ritz. Artista excepcional, tornou-se um dos poetas mais importantes da língua francesa, e também um importante diretor e pintor. Viveu à larga sua inclinação bissexual: talvez seu relacionamento mais famoso seja, ainda hoje, com o ator Jean Marais. Menos conhecido, por outro lado, é seu caso com Natalia Pavlovna Paley, meia-irmã de Dimitri Pavlovitch Romanov.

POSFÁCIO

A vida de Coco Chanel é envolta por lendas – muito bem construídas, com belos detalhes burgueses de sua infância e juventude – pelas quais ela própria era responsável e cuja veracidade se revela extremamente frágil se observada de perto. O mesmo se dá com a história da introdução do *Chanel n. 5*. *Mademoiselle* Chanel fez com que muitos eventos se mantivessem sob o manto do mistério. Segundo sua opinião, isso aumentaria o interesse pelo perfume e também por sua pessoa. Além disso, as muitas histórias deveriam valorizar sua origem. Por essa razão circulam as mais diversas narrativas sobre Gabrielle Chanel e o surgimento do perfume mais famoso do mundo.

Quando recebi a proposta de escrever um romance sobre *Mademoiselle* Coco, fiquei extremamente eufórica e não só por causa do tema. No início, pensei que seria uma tarefa simples, visto que sua vida está amplamente documentada. Errado! Depois da leitura da nona biografia sobre Coco Chanel, compreendi que havia apenas poucas informações absolutamente confiáveis.

Apenas dois exemplos que muitos descrevem como minhas pesquisas foram por vezes problemáticas: numa das biografias, li que Gabrielle conheceu o perfume *Bouquet de Catherine* no encontro com a princesa Maria Pavlovna, nascida princesa Marie de Mecklenburg, ocorrido na descrita estadia em Veneza. Mas isso não é possível, já que na mesma época a princesa morria no exílio. Ou: encontrei num livro de não ficção o *marketing* de guerrilha – muitas vezes documentado – de Gabrielle no restaurante do Hotel Carlton em Cannes. Todas as fontes são unânimes ao afirmar que isso aconteceu durante as férias de Natal. Dois parágrafos depois, a autora (historiadora da arte) observa que, por causa desse sucesso, Gabrielle decidiu dar alguns frascos como presente de Natal às melhores clientes. Um presente de Natal depois das férias de Natal? Nada muito crível.

Resolvi abordar a história por outro ângulo e pesquisei em livros sobre as pessoas ao seu lado: Misia Sert, Igor Stravinsky, Pablo Picasso e suas mulheres, François Coty, Maria Pavlovna Romanova e outras. Aos poucos, começou a surgir um quadro que, relacionado com os fatos relativamente seguros da vida de Gabrielle, formaram a base de minha ação. Além disso, orientei-me por fatos históricos e, como disse, pelas datas inalteráveis.

Aqui também quero citar dois exemplos que não conseguiram ser esclarecidos de maneira definitiva: não se sabe ao certo quando Gabrielle conheceu mais de perto Dimitri Pavlovitch Romanov – se foi num jantar em Paris, em Biarritz ou em Veneza. Por isso, me ative à possibilidade que me pareceu lógica. Os registros no diário de Dimitri, entretanto, asseguram que ambos se tornaram um casal em fevereiro de 1921 e partiram para uma viagem à Riviera. Há também sempre a ênfase de que a relação entre Gabrielle e Dimitri não era a de um grande amor, mas marcada por uma profunda compreensão mútua e amizade íntima. Mas fato é que ela passou mais tempo a dois com Dimitri, quando saíam de férias, do que com qualquer outra pessoa, e que nem a Arthur Capel ela mostrou os lugares de seu passado. Será que os sentimentos menos intensos não eram talvez sinal de respeito à sua posição social e política, possivelmente também por culpa de amar outro homem que não Boy? Como nunca saberemos, só nos resta tirar nossas próprias conclusões.

Não está documentado se Gabrielle foi em 1921 ou já em 1920 até Ernest Beaux, em La Bocca, Cannes. Os dados históricos correspondem a 1921; a Casa Chanel também indica esse ano como o do nascimento do *Chanel n. 5*. Ernest Beaux não consegue confiar em sua memória e, em alguns lugares, chega a falar de 1922, o que parece ser muito improvável. De todo modo, ele não conheceria Gabrielle antes de 1920, pois por essa época ela ainda se encontrava na Côte d'Azur com Dimitri. E parece certo que o grão-príncipe foi quem apresentou a amada ao perfumista.

E, depois de 1922, como prosseguiu a caminhada de sucesso do perfume? A demanda pelo *Chanel n. 5* logo se tornou tão expressiva que a pequena fábrica da Chiris não deu conta de atendê-la. Além disso, Gabrielle não queria oferecer o produto só nas suas butiques, mas fazia questão de estar presente também nos *grands magazins*. Para tanto, ela precisou de parceiros. Théophile Bader apresentou-a aos irmãos Wertheimer, que até hoje fabricam e vendem produtos de drogarias. No início dos anos 1920, sua empresa, Bourjois, era o maior empreendimentos do tipo na França. Para grande desgosto de François Coty, ela vendeu a Pierre Wertheimer a maior parte de sua linha de produtos, mais tarde toda a parte de cosméticos e, depois da Segunda Guerra, também a unidade de negócio da moda. Até hoje a Casa Chanel é de propriedade da família Wertheimer.

Não é preciso dizer que sou uma grande fã de *Chanel n. 5*, além de admiradora ardorosa de Gabrielle e de sua moda. Infelizmente não correspondo, fisicamente, ao protótipo de sua coleção – e nem conseguiria comprar as peças. Mesmo assim, o que me liga à alta costura é um pouco mais do que o mero entusiasmo.

Nos anos 1950, quando jovem, minha mãe trabalhou como modelo e tinha um ótimo gosto para roupas. Mais tarde, tornou-se cliente do estilista Claus Leddin, em Hamburgo. Quando penso no passado, parece que passei mais tempo no seu ateliê durante as provas do que no meu quarto de criança. Eu era fascinada pelo mundo da alta costura, embora sempre na posição de espectadora. Nunca quis desenhar um vestido e costurá-lo; para tanto, me faltavam paciência e habilidade. Claus Leddin – o estilista de minha infância e juventude, que desenhou meu primeiro vestido de noite quando eu tinha 6 anos – começou a desenvolver tecidos nos anos 1970, fornecendo, entre outros, para a Casa Chanel. Mas essa não é a única ligação indireta: um dos melhores amigos de meu pai foi o jornalista, já falecido, Rudolf Kinzel, que durante toda a vida manteve contato com o mundo da moda. Na juventude, em Paris, foi amigo de Christian Dior; mais tarde, um amigo um pouco mais velho de Karl Lagerfeld. Suas histórias, sempre muito animadas e coloridas, me acompanharam por quase a vida inteira – e, na condição de jovem repórter, a uma maravilhosa entrevista com Karl Lagerfeld.

Evidentemente que antes e durante este trabalho assisti a filmes e documentários sobre a vida de Coco Chanel. Apenas quando comecei a escrever é que percebi que essa história começa praticamente no momento em que termina o filme *Coco antes de Chanel*, com a deslumbrante Audrey Tautou. Trata-se de mero acaso – ou de uma brincadeira do inconsciente da autora. Mas, é verdade que a história do perfume *Chanel n. 5* começa com o fim de um grande amor que não tinha de se apagar.

AGRADECIMENTO

Por fim, quero agradecer a minha maravilhosa agente. Meu muito obrigada vai também para Stefanie Werk, da editora Aufbau, que trabalhou comigo na superação de abismos profundos. Agradeço a minha família pelo apoio e o amor, sem os quais nunca conseguiria escrever um romance como este. E agradeço especialmente a meu marido, pelo *Chanel n. 5*.

EM MEMÓRIA DE MINHA MÃE MARAVILHOSA,
QUE ME REVELOU O MUNDO DA MODA.

 O texto deste livro foi fixado conforme o acordo ortográfico vigente no Brasil desde 1º de janeiro de 2009.

CAPA www.buerosued.de
ADAPTAÇÃO DE CAPA E MIOLO Amanda Cestaro
REVISÃO Valéria Braga Sanalios, Ceci Meira

1ª edição, 2018 (3 reimpressões)

Dados Internacionais de Catalogação na Publicação (CIP)
(Câmara Brasileira do Livro, SP, Brasil)

Marly, Michelle
Mademoiselle Chanel e o cheiro do amor / Michelle Marly ; tradução Claudia Abeling. – São Paulo : Tordesilhas, 2018.
Título original: Mademoiselle Coco und der Duft der Liebe.

ISBN 978-85-8419-075-1

1. Chanel, Coco, 1883-1971 2. Chanel, Coco, 1883-1971 - Ficção 3. Estilistas de moda - França - Biografia 4. Ficção biográfica I. Abeling, Claudia. II. Título.

18-18489 CDD-833

Índices para catálogo sistemático:
1. Ficção : Literatura alemã 833

2021
Tordesilhas é um selo da Alaúde Editorial Ltda.
Avenida Paulista, 1337, conjunto 11
01311-200 – São Paulo – SP
www.tordesilhaslivros.com.br
blog.tordesilhaslivros.com.br

Acesse o QR Code
para conhecer mais
sobre a obra.

 /Tordesilhas

 /eTordesilhas

 /TordesilhasLivros

 /TordesilhasLivros

Este livro foi composto com as famílias tipográficas
Celeste para os textos e Gotham para os títulos.
Impresso para a Tordesilhas Livros em 2021.